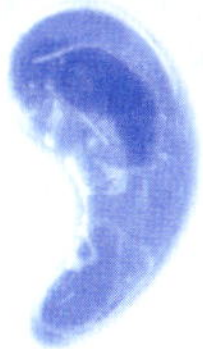

数霊《かずたま》 臨界点《りんかいてん》

祝 瀬織津姫《セオリツヒメ》 封印解除《フウインカイジョ》

深田剛史
Fukada Takeshi

今日の話題社

数霊　臨界点　目次

カバーイラスト　中野岳人

数霊　臨界点

第一章　円空の導き

その1　円空を訪ねて

『お前に円空の悟りは判らぬ』

（えっ、何？）

健太はあたりを見まわした。だが声の主らしき者は誰もいない。さきほどまで隣にいた言納はトイレにでも行ったのだろうか、姿が見えないし、ロバートは柱の向こう側で館長の話を聞いていた。ここ高賀神社に隣接する岐阜県洞戸《ほらど》村円空記念館の館長も相手が西洋人ということで、ふだんよりも解説に熱が入っているようだ。金髪碧眼《へきがん》の若者が円空仏に興味を抱いているのだ、それも仕方あるまい。

館内には他に誰もおらず、あとは数々の円空仏とそのレプリカが並んでいるだけだ。

（ということは……まさか）

健太の目の前には一五〇センチメートルの長身を誇る円空作の虚空蔵菩薩《こくぞうぼさつ》がやわらかい笑みをたたえてこちらを見ている。

（いや、違うだろう。これは飾ってあるだけで、祀ってあるんじゃないんだから仏さんは宿ってないはずだぞ。それにこのやさしそうな顔からあんな恐ろしい声が発せられるわけないと思……）

『そのようなことはどうでもよい
　お前に円空の悟りは判らぬ』

（……………………）

健太は何だか力が抜けてしまった。と同時に立っていられないほどの笑いが腹の底からこみあげてきた。

この三カ月あまり健太は考え続けていた。〝円空様の悟りとは何ぞや〟と。生涯で十万体とも十二万体ともいわれる仏像を彫り続けた円空の悟りとは、いかなるものであったのか。

その答えを求め各地の円空仏を訪ねた。そして自分の中で問答をくり返した。しかし、そのようなこと、求めたからといってすぐに答えが出るものでもない。だからどこまでも求め続けたのだ。

が、それも今、この瞬間に終止符が打たれた。

（そうだよな。円空様の悟りなんて判るわけないじゃん。そう簡単に判ってたまるかって……）

笑いが納まるころには今までの緊張も解け随分と気持ちが楽になった。

＊

龍泉寺は健太の自宅から東谷山《とうごくさん》尾張戸《おわりべ》神社とは反対側、南西に三キロメートルほどのところにある古《こ》刹《さつ》だ。その歴史は古く、延暦十四年（西暦七九五年）に天台宗の開祖最澄が熱田神宮にて龍神より御告げを受け、馬頭観音像を本尊として寺を建立した。

一方、空海も熱田神宮に参拝した際、八剣宮のうちの三剣をここ龍泉寺地中に埋納している。そのためこの寺は最澄・空海両大師の開基ともされているのだ。

なお、空海は龍泉寺を熱田神宮の奥の院としている。ニギハヤヒ尊を祀る尾張戸神社と共にここも熱田の奥の院なのだ。

龍泉寺の宝物館には円空による一刀彫りの馬頭観音像が展示されている。実はこの寺には五百七十四体もの円空仏があり、この数は全国で第三位をほこる。一番多いのは荒子観音寺で千二百四十三体。次が津島市の地蔵堂の千十二体だ。所在地はどこも愛知県内であり、この三つの寺だけで全国にある円空仏の六割を越す。だが、そのほとんどが小さなもので、龍泉寺が所蔵するものも馬頭観音像が一一二センチ、脇寺の熱田大神と天照皇大神はともに一〇二センチあるが、それ以外はどれも親指ほどのごく小さなものばかりである。

「ねぇ、健太。この消しゴムぐらいの小っちゃな仏さんは残った木クズで彫ったのかしら」

「多分ね。円空様は仏像を彫るために木を切るということは、めったにしなかったんだって。だからほんの小さな木クズであってもそこに仏の顔を彫って命を吹き込んだんだろうね。それを人々に配った」

「へー、そうなの」

言納はケース内に並べられた小さな仏像をのぞきこむようにして見入っている。

「病気の人には病気治しの神仏を彫り、悲しみにくれる人には母のような観音像を彫ってね」

健太も小さな仏像をひとつひとつながめながらそう言った。

「それよりもさあ、言《こと》。問題はこっちだってば」

健太は言納が着ているパーカーのフードを引っ張り馬頭観音像の前に立った。

「熱田大神とアマテラス様ね」

引っ張られて倒れそうになった体勢を立て直すと、言納はそう言った。

「うん」

健太は天照皇大神と書かれている像を見すえてうなずいた。

円空が感得して彫ったアマテラス像なるものは全部で四体あるとされるが、そのどれもが男神である。女神のアマテラスなんぞどこにもない。

いったいどうしてアマテラスが女神になってしまったのか。

そもそも女性と月の密接な関わりあいは古代から変わるものでもなく、したがって太陽神＝女性にはなり得ないのではなかろうか。

男性は与える者であり女性は受ける者。太陽は与える者たる男性の象徴で、月が女性のそれのはずだ。それにだ、女性は巫女として太陽神を祀る側の役なので、太陽神として祀られるのは不自然である。

「本当ねー、やっぱり男性なのね。アマテラス様って」

「そうだよ。だからこの天照皇大神はニギハヤヒ尊かも」

健太がニヤリと言納の顔をのぞくと、

「でもね、熱田大神もニギハヤヒ尊っていう結論が出てるんでしょ。両方ともがそうなのかしら」

言納はうれしさを押さえきれずに顔をほころばせて聞き返した。千八百年前の言依《ことより》が心こがしたオホトシ（ニギハヤヒ）への想い、いまだ健在なり。

「それは判らない。多分同神として彫ったのではないと思う、円空様は。けどね、少なくとも藤原不比等らによって太陽神が女神に置き替えられていても、円空様はそれを見抜いていたということだけは確かだね」

「うん、うん」

言納がうれしそうにうなずいた。

「いったい今まで延べ何億人の日本人が騙されてきたんだろう、あのウソ神話に」

「えっ？」

言納の顔から笑みが消えた。

「だってそうだろ。今の人口は一億二千数百万だけどさ、伊勢神宮のアマテラスが女神だと信じたまま死んでいった人の数、何億人、それとも何十億人？」

「えー、そんなに？」

「平均寿命が八十年の場合、人口一億二千数百万が八十年で一回転するだろ」

「どうゆうことかよくわかんない」

「つまり、人口増加のことを無視すれば、八十年で今までの人はみな死んで、次の一億二千数百万に入れ替わってるってこと。昔は平均寿命が短かかったから人口が一回転するのに五十年か六十年。記紀成立から千三百年経ってるからまあ今までに二十回転だな」

「そうなるんだ」

「大雑把にね。で、ここ千三百年の平均人口を……

よく判らないけど今の三分の一の四千万人とすれば出るな」

「四千万×二〇でいいの？」

「そう。すると八億人。いや、もっと多いかもね。正確には」

「すごいわー。そこまで大規模に騙せばもう真実よ、そのウソって」

　言納は感心しきった目つきで天照の像をながめた。

　するとその時だった。うしろからふいに話しかける声がした。

「ドウシテ男ノ神サマガ、女ノ神サマニ変ワッテシマッタノデスカ」

　二人が同時にふりむくと、そこには若かりしころのスティーブ・マックイーン似の少し小むつかしい顔をした西洋人の青年が立っていた。彼は目をパチクリさせながら健太と言納の顔を交互に何度か見た。

「はじめまして。ボクはロバートといいます。アメリカから来ました。ボブと呼んで下さい」

　健太は改ざんされた日本の歴史がアメリカ人にどこまで判るものかと疑いつつ解説していたのだが、ロバートはほぼ完璧に理解した。

「どうして日本人は自分たちの歴史を正そうとしないのですか」

「んー、それは……」

　もっともな質問なのだが健太は返答につまってしまった。

　彼、ロバートは子供のころから日本の文化に興味を持っており、今でも大学でそれを学んでいるという。これまでも何度か日本を訪れ、京都・奈良などの古都や伝統芸能に触れてきたのだが、あるとき出会った円空仏にすっかり魅せられてしまった。それで学生生活最後の年にこうして各地の円空仏を訪ねて回っているのだそうだ。

「円空さんの作品は九〇パーセントがアイチとギフですね。全部見たいです。ここからは電車で高山に向かいます」

飛騨にもすばらしい円空仏がたくさん存在しており、むしろ内容的には岐阜県の方がすぐれたものが多い。出生地が岐阜県羽島市のためか、晩年は飛騨・美濃で過ごしているからだ。愛知県は数ばかりといった感が否めなく、多くがちびっこい指サイズ仏なのだ。岐阜県の勝ち。おめでとう。


まだ誰も昼食をすませていなかったため、二人はロバートをさそい近くの和食屋へ入った。注文をすませるとロバートは、健太の持つ円空に関するすべての知識を聞き出そうと矢継早《やつぎばや》に質問をしてきた。

よっぽど好きなのであろう。レプリカでいいから売ってるところを知らないかという。

小さいものなら高山市の千光寺で売っているが、愛好家に頼めば立派なものを売ってくれるだろう。西洋人が夢中になっているのだと知ればうれしいに決まっているのだから。

「ワーオ」

運ばれてきた天ぷら定食にロバートが思わず声をあげた。こいつはちょっと怪しい外人だ。

「ねえ、ボブ。ひとつ聞きたいんだけどいいかしら」

幸せそうに茶碗蒸しを食べるロバートに言納が聞いた。

「どうしてロブじゃなくてボブなの？　だってロバートってRobertでしょ。だったらRobじゃないと変よ。何でBobなの？」

なるほど、たしかにそうだな。

「ロブと呼ぶ場合もあります。けどボクは昔からボブって呼ばれてましたからRobじゃなくて、Bobでいいんです」

「んー」

納得してない。

ロバートはそれを察したのか、持っていた茶碗蒸しと木製のスプーンを置いた。

「他にも……Richard。リチャードという名前はディックと呼びます。Dickです。Rickと呼ぶ場合もありますが、ボクのフレンドはディックね。あー、それにWilliamね。ウィリアムもBillと呼びます。ビルね。ウィルの人もいますよ」

「どうしてWilliamからBillが出てくるわけ？　だって健太のことをケンちゃんって呼ばずにキンちゃんって呼ぶのと同じで変よ、ねー」

同意を求められた健太はゲラゲラと笑い出してしまった。先ほどからおかしくて仕方がなかったが、笑ってはロバートが気の毒と思いこらえていた。だがもう限界だった。

おい少女。困っているぞ、外国の青年は。

食事後、ロバートとは駅で別れた。

飛騨を回ってから戻ってくることを約束して。一緒に円空仏めぐりをするために。


ロバートと別れてから言納が妙なことを言い出した。

「去年白山に登ったときにね、山頂附近で何か音楽みたいなのが聴こえたんだけどね、憶えてる？」

「ああ、何かいってたね。たしか木曽御嶽でもそういってたんじゃない」

「そう。それに東谷山でもよ」

「どうかしたの、それが」

信号待ちの間に健太はサングラスの汚れをティッシュで拭いている。

「判ったのよ」

健太はサングラスをかけながら助手席の言納の顔を黙って見た。

「今までは楽器なのか声なのかも判らず、ただモヤーっとした中にメロディーだけが聞こえてたの。けどね、今日ははっきり聞こえたのよ」

「それで何だったの」

車を発進させながら健太が聞いた。
「マハリテメグル」
「何だって？」
「マハリテメグルハアメノミチ……はっきりとは判んないけど、〝回りて巡るは天の道〟だと思うわ」
その通り。〝マハリテメグル〟はカタカムナの表現で「循環」をあらわすのだ。だが、言納が知るべきことはまだこれだけでは判らない。
「それで、意味は？」
「まだ判らない。けどね、音楽はそれで止まってしまったけど次に……多分馬頭観音様かその眷属だと思うんだけど低い声で
『77をめざせ
人類を77まで引き上げる
それがお前のお役ぞ
向かえば望み叶えてやるぞ』
って」
健太はもう一度聞き返そうかとも思ったがやめた。
（これはひょっとすると、今までのとは比べものにならないほどのドエライことになるのかもしれないぞ…………）

＊

以前言納はいくつかの場所で〝77〟という数字を受けていた。一番最初に出たのが吉野の山奥、天河大弁財天社内にある役小角を祀った社でのことだった。
『……77の苦しみの後には
大きなよろこび、待ち受けておるぞ』
次は熱田神宮境内の巨大な楠からだ。
『このままではもうあと少しで地球は駄目になる
77は苦しいものだ……』
という内容の思いを言納に伝えてきた。
このときの77を解明してくれたのが犬山のお寺の嫁、裕子《ひろこ》だ。それでこの77は〝産道〟を表しており、

〝新たな国産みの苦しみ〟〝生まれ変わった後のよろこび〟についてだったことが判った。
また、丹後の国の真奈井神社では
『52・25』
と出て、52は〝大麻〟を、25は〝竹〟を指しており、共に次世代の見直すべき素材のことであった。この52と25を足すとやはり77になる。だが、このたびの
『77をめざせ
人類を77まで引き上げよ……』
の77は、あきらかに今までのものとは異なる。新たな課題だ。最後の
『向かえば望み叶えてやるぞ』
というのは……。

＊

十日ほど経った日の夜、健太にロバートから電話があった。明日の午後に飛騨を発つが、そちらに行ってもいいかという。

「もちろんさ。何日かうちに泊ればいいよ」

「家の人、大丈夫？」

「もう言ってある。ガイジンが泊りに来るかもってね。ゆっくりしていきなさいって。天ぷらと茶碗蒸しを食べきれないほど作ってくれるってさ」

「ヒュー」

受話器の向こうから口笛が聞こえてきた。うれしそうな顔が目に浮かぶ。

二人は翌日の夕方に駅で待ち合わせることにした。健太の学校が終わる時間に間に合わせたのだ。

土曜日の朝になった。犬山のお屋敷で言納を乗せ、三人は東海北陸自動車道を北上した。ちょうど桜の季節で、山に映える上品なうすピンクが美しい。だがその分交通量もいつもより多かった。

「さあ、もうすぐ美並インターだぞ」

「えっ、もう着いちゃったの？」

言納は二、三時間の覚悟をしていたため、いささ

か拍子抜けしてしまったようだ。言納屋敷を出てからまだ一時間も経ってない。

「ケンタ、あれは何ですか、あの建物」

　ロバートが指さしたのは〝日本まん真ん中センター〟だ。ここ岐阜県の美並町というところは、自称日本のまん真ん中ということでこのようなセンターがある。入口には愛好家らの作った円空仏のレプリカがずらりと並び、実に爽快な眺めだ。

　インターを出て長良川を渡り、山の中へ十分ほど車を走らせると本日ひとつめの目的地にたどり着く。

　見えてきた、星宮神社だ。

　ここは神社であるにもかかわらず、御祭神は虚空蔵菩薩だ。コクゾウボサツとは虚空のような広大無辺の福徳・智恵を包蔵した菩薩様である。智恵を授かるというと一般的には文殊菩薩を思い浮かべることが多いが、少し働きが異なるようだ。

「……文殊菩薩の知恵は、知識の量や経験の深さに裏づけられた思考力を表すようであるが、虚空蔵菩薩の知恵は、こうした知識の量に加え、技能や芸術に関する才能をも対象とし……」（『仏尊の事典』関根俊一編　学研）

　また、虚空蔵求聞持法《こくぞうぐもんじほう》といって五十日または百日の間に百万回、虚空蔵菩薩の御真言を唱えると集中力が養われ、見聞きしたことや教えを忘れない力を授かるといわれている。やってみてはいかがであろう。

　聡明真言は、

「ナモ　アキャシャ　ギャラバヤ　オン　アリキャマリモリ　ソワカ」

　これはちと唱えづらいな。一般的な簡単なのは、

「オン　バサラ　アラタンノウ　オン」

　こちらの方が簡単でいいや。同じ唱えるにしても楽だしね。

　簡単な方でもご利益は同じかって？　んー、それは判らない。それよりも、要はどんな思いで唱える

のか、何のためにそれをしているのかではないのでしょうかねえ。

虚空蔵菩薩は弘法大師空海と深い関わりがあり、龍泉寺にひき続きここでも空海の気が漂う。


多数の円空仏が展示される円空ふるさと館は境内に隣接して建っているが、まずは神社への参拝からだ。ロバートが面白がってガラガラガラーンと大きな音で鈴を鳴らした。健太はポケットから賽銭用の小銭を取り出していた。

「ねえ、ちょっと来て」

言納は社の前を通りすぎ、奥へと歩き出した。

「おい、言《こと》。どうしたんだよ」

健太が叫んだが、それには答えずどんどん奥へ入って行く。健太はロバートについて来るよう目で合図を送ると言納のあとを追った。

川ぞいに小さな鳥居がある。

「あそこだわ、きっと」

言納は一礼すると鳥居をくぐった。するとそこには美しい滝と深いエメラルドグリーンをたたえた淵があり、何とまあ十一面観音が言納に手まねきしているではないか。

言納の体に緊張が走った。

階段を降り、淵の前まで来ると両手を合わせ深々とおじぎをした。

『境遇に不足言うことなしに
堪え、務むる者
神　護ります

境遇のありがたみ判らずして
すぐに不足口にする者
神　見放します

辛抱なき者　救われません
人々に伝えなさい
77に至るに必要です』

（はい、そのようにさせていただきます）
言納はわりと冷静に答えると再び十一面観音より想いが伝わってきた。
『もし答えが見つからねば
　白山妙理大観現をたずねなさい
　導いてもらえることでしょう』
最後に十一面観音は言納に向かい小さくうなずくと、静かに姿を消した。
（あっ、菊理媛《ククリヒメ》様……）
しかし、もう遅かった。

「コトノさんは、あそこで何をしてるんですか」

ロバートが健太に聞いた。

健太は今までの経験からいって大体察しはついてはいるが、そのままロバートに伝えるわけにもいかない。

「あれね、あれは多分ね、気持ちがいいから水の妖精か何かに話しかけてたんじゃないかなあ」

「フェアリーがいるのが判るんですか」

「……さあ。ほら、彼女ちょっと変わってるからね」

お前ほどではないと思うぞ。ビールをストローで飲むな。

そんな程度のことでロバートを誤魔化せたかどうかは疑問だが、言納はそれからもしばらくの間、十一面観音が消え入った岩を見つめていた。

円空は白山信仰に深く関わっており、また星宮神社もこの界隈《かいわい》では白山信仰の拠点であったため、十一面観音が言納の前に姿を表わされたのであろう。白山信仰の主祭神菊理媛の本地仏は今さらいうまでもなく十一面観音である。

神社に戻るとちょうど宮司が本殿の入口を開けて中の掃除をしていたため、言納たちは中に入って参拝することができた。

ロバートがいるため健太は油断していた。挨拶だけのつもりで気楽に手を合わせたその時だった。

『お前の源　神と大地と親先祖じゃ

神おろそかにして
大地を穢し
親を下僕に　先祖は疑い
何がありがたいじゃ
何が感謝しておるじゃ

お前の肉体　みな大地
その大地に　汚水を流し
毒薬をまき　さらには金儲けに使う
人は神からいつ大地をもらった
好意で借りておるだけぞ

それで肉体　健康であるはずなかろうに
血となり肉なるその源
みな大地の恩ぞ　忘れるな
お前もそれを伝えてまいれ
でなければ　77には至れぬぞ』
厳しいものだった。いつかの丹後の国の籠《この》神社での教えを彷彿とさせる。

だが、確かに教えられた通り、人の血となり肉となるものの源、みな大地の恵み、海や山からの思いやりばかり。その大地や海に対し何という恩知らずなことをしてしまったのであろうか、人類は。放射能汚染をほったらかして地雷は埋め放題。もらってもいないものを勝手に売買して欲を満たす。それで健康でいたいと神仏に願ったところで、まあ無理ですわな。

言納にも少し厳しい教えがあった。神仏は人をだらけさせないよう、いつもわずかばかりの緊張を与える。それは気を引き締めることで魔から身を護らせるためだ。外からの魔、内から出る魔、どちらもだ。だらけると邪気がちょっかいを出しやすくなる。

そしてこんな声が聞こえてくるのだ。
『私は天之御中主《アメノミナカヌシ》
私を祀りなさい
あなたは私が選んだ救世主』

駄目だぞ、そうゆうの。神の名を騙ってくるので〝カタリ〟というんだけど、相手するとろくなことになりませんですぜ。

それで、言納や健太のように本気で道を求むる者には厳かな気を発するように仕向け、守護を強くさせるのだ。

『自分を信ずることと
自己を過大評価することは違います
客観的に自己を見つめることからの逃げが
過大な評価を生んでしまいます
ようするに恐いのです

体に歪み滞りがあるうちは
歪んだ自信に邪が芽生えます

体の姿勢が生きる姿勢
清玉なる霊を保ちなさい』

（えっ、瀬織津姫《せおりつひめ》様……なわけはないか。失礼しました。……じゃなかった。ありがとうございました）

目を開けると、隣に座るロバートが手を合わせた姿勢のまま〝まだ終わっちゃいけないのか〟と目で訴えていた。

＊

入場料を払って円空ふるさと館に入ると、外観からは思いもよらぬ立派な展示場が現れた。ここは円空が生きていたころには、星宮神社別当寺の粥川寺だったところだ。当主である西神頭《にしごとう》家第二十四代の安永《やすなが》は、円空を生涯庇護し続けたよき理解者である。

「ワンダフォー、すばらしいです」

ロバートが感嘆の声をあげた。

「本当に素敵ね。それに円空さんがたくさんあって目移りしてしまうわね」

この円空ふるさと館には九十二体の円空仏が年代順に並べてある。健太も高ぶった気持ちを抑えながら奥へと進んだが、すぐに足が止まってしまった。

「えーっ、これも円空様の作品なの？」

健太が驚いたのは円空の初期の作品だ。通常、円空仏というと、他の多くの仏像とは違って荒削りなものを思い浮かべる。それは仏像を彫る際の決まり事、約束事など一切を無視したものだ。もし狩野《かのう》派の絵師がそのような約束事を無視でもしようものなら即破門になるであろうシロモノである。

ところがいま健太の目の前に並んでいる初期の円空仏は、まさしく一般的な〝仏像〟なのである。ていねいに、ていねいに彫られていた。

「円空様にもこんな時代があったんだ」

少し先を歩く言納が振り返った。

「私もそう思ってたところなの。はじめから荒々しく削っていたわけじゃないのね」

円空もはじめはカタに従ったものを彫っていた。のちの円空らしさを確立した作品からは想像ができぬほどていねいに。

それは神仏への畏敬の念というよりも、失礼のないようにという配慮さえもが感じられるのである。

やはり基礎を知らずしていきなりカタ破りなものに挑戦しても、そこからは厳かさや重みといったものは感じられない薄っぺらなものしかできあがらないのかもしれない。温故知新。

先へ進むとすぐに薬師如来、青面金剛神など円空らしい作品が迎えてくれた。

ぐるりと一周して入口の十一面観音像を前に立ったときだった。

健太はふいに、

(円空様の背後に白山ありき、か……)

そう思った。

西暦七一八年、行をする泰澄大師の前に現れた菊理媛も十一面観音の姿であったからだ。

すると、

『16のうしろの正面は46ですから』

健太はあたりを見まわした。言納もロバートも熱心に展示物に見入っている。

おかしい。誰？　だがそれっきり、他にはもう何も聞こえてこなかった。

（16のうしろの正面って……。それって何となく61って感じがするけど、そうじゃないのか。そもそも数字に何で〝うしろの正面〟なんかがあるんだろう……）

＊

車は長良川に沿った国道１５６号線を南下し、美濃に向かっていた。

「なあ、ボブ。どうしてそんなに円空仏に興味を持ったんだい」

助手席で先ほどのふるさと館の案内を満足げな顔で見ているロバートに健太が尋ねた。

「はじめは日本の古い建築物に興味がありました。ホーリュージとかキンカクジにね。キヨミズテンプルも好きです。それがだんだんと仏像の美しさに魅せられるようになりました」

「へー、偉いわ」

後部座席の言納が感心している。

けど、なぜそれが偉いのだろう。

「ヤクシジのヤクシニョライさんと左右のニッコウ＆ガッコウボサツさん、すばらしいね」

「詳しいのね、ボブって。日本人より絶対偉いわよ」

だから、なぜ偉いと思うのだ。仏像に興味を持つことは偉いことなのだろうか。まあいいか、それは。

「へー、それで仏像を調べてるうちに円空仏と出会ったってわけか。なーるほどね」

健太がひとり言のように言った。

「そうですね。けど、最初は手抜きだと思って、全然興味がなかったですね。繊細さもなくガサツに見えましたから」

まったくだ。同感同感。

「けど、生涯に十二万体彫ったたって聞いてからは……ところで健太はどうして円空さんを？」

「んー、あのね、長くなるんだけどね……」

健太には十二代前の先祖に円空と名乗る人物がいた。

「えー、円空さんは君の先祖なのかい」

「いや、そうではないんだ。うちの先祖は木彫り円空様とは別人だよ。今まで円空と名乗った人で名前が残ってるのは十数人いるらしいんだけど、うちの先祖円空さんは木彫り円空様よりも三十年ほど古い人でね……」

木彫り円空は一六三二年、現在の岐阜県羽島市生まれ。ただし出生地については美並村との説もあるが、いずれも美濃の国。一六九五年七月十五日、岐阜県関市にて入定。

一方、健太の先祖円空は誕生年が判っておらず、したがって年齢も不詳だが、一六六三年四月十七日没ということになっている。

尾張犬山城主石川備前守光吉の孫として生まれ名は得和、字を正室《マサムロ》といい、円空は号だ。尾張藩の儒学者であった。

資料によると京都の堀杏庵《ほりきょうあん》の門下に入り、天文地理学に精通。寛永八年（一六三一）、自ら作成した「万国全図」と「準天儀」を尾張藩初代藩主徳川義直に献じたとある。一六三一年といえば木彫り円空誕生の前の年だ。このとき先祖円空は若くしても二十代後半から三十と考えられる。したがって年齢不詳であっても木彫り円空よりも先にその名を名乗る者がいたことは確かなようだ。それだけ素朴かつ深みのある名なのであろう。

「そんな訳でね、円空っていう名前に親密感を持ってたんだ、子供のころから」

健太はロバートに説明した。だが実のところ、それだけの理由で健太は円空を調べているのではない。本人が意識するか否かに関わらず目に見えない大きな力に引っぱられているのだ。

「それよりもさ、ボブ。お腹すいたでしょ」

ロバートも言納も〝うんうん〟とうなずいた。

「ずっと気にはしてたんだけど、店がなさそうだからコンビニでいいかなあ」

「ボク、オニギリ大好きです。特にセキハンおいしいね」

ロバートが答えた。

「ん、セキハンって赤飯のこと?」

「そうです、赤飯」

「ボブ、君は少し変ったガイジンだなあ」

健太にからかわれてることにかまわずロバートは続けた。

「ウメボシもグッドだね。特にキシュウウメが好きです。あれは体にいいですから」

「おい、判ってるじゃないか、ボブ。君はなかなか見どころあるガイジンだなあ」

その2　円空の悟り

大きな鳥居が見えてきた。ここまで登ってくると、下界との空気の違いがはっきりと判る。大鳥居の前の駐車場に車を停め、ゆるやかな坂を登ると円空記念館が真新しい姿でピカピカと輝いていた。

美濃市内に入ると長良川に並行して走る国道から逸《そ》れ、清流板取川に添ってのどかな景色の中を山奥へと分け入った。板取川は渓流釣りのメッカで、各地から岩魚《いわな》やあまごを求め人々がやって来る。そんな板取川からさらに脇道を登ったところがここ、洞戸高賀にある洞戸村円空記念館だ。

実は先ほどの星宮神社とここは高賀山をはさんで反対側に位置し、山を越えればすぐ隣りなのだ。車だとその十倍走らなければならない。

円空は生涯に少なくとも三度は洞戸を訪れており、全国を行脚しながら彫った十二万体目は、ここで達せられたと考えられているところなのだ。したがって、館内には円空最後の作とされる歓喜天も展示されている。

言納たち三人が記念館入口まで来たとき、ちょうど館内から出てきた老夫婦がいた。ロバートが〝コンニチワ〟と声をかけると、驚いて二人揃ってピョンとうしろに飛び跳ねた。思いもよらぬところで愛想のいい金髪の青年から声をかけられたのだから仕方あるまい。そんな老夫婦を不思議そうに見ながらロバートが中へ入ろうとすると、

「お参りが先よ」

と声をかけ、言納は高賀神社の階段をかけあがった。ここも神社と記念館は隣接して建っている。


参拝中、言納は不思議な映像を観た。

淡くやわらかい藤色の光を放つ玉が上空に現れたのだ。それは玉の姿をした何かの想念体であることは言納にも判った。不思議だったのは、その想念体の一部が分離し、スーッと地上に降りてきたことだ。だが地上にはもやがかかっていた。

（あらっ、どこへ行ったのかしら）

言納には消えてしまったようにも思えた。


が、目を凝らして見ていると、いや目は閉じているのだから意識を集中して感じてみると言った方が正しいのだが、もやがうっすらと晴れてきた。

（変ねー、色が変わったわ）

先ほどは確かに藤色だったものが今は濃い青色に変化していた。

言納はさらに集中した。

すると何かが動いている。青い光が揺れているのか。いや、違う。動いているものの中にその青い光は宿っているのだ。

動いているもの……それは人だ。青い光を宿した人が動いているのだ。何とその体は仏像を彫っている。

（円空さん……あの人、円空さんかしら）

言納が観ていたわずかな時間だけでもすでに四～五体は彫りあげた。

（何ていうスピード。………ということは………あの方は円空さんに間違いないわ。だったらはじめ

の藤色の光こそが円空さんの玉《たま》し霊《ひ》の素《もと》ということかしら。誰だろう……）

　このとき言納の耳には〝かごめかごめ〟が聴こえていた。そして、円空が仏像を彫り続けている間中ずっとそれは流れていた。

　健太は今度こそすばやく終えるつもりだったが、ここでもそうはいかなかった。

『○の中はカラじゃ』

（……何ですか、それ……）

『〝円〟の中は〝空〟じゃ
　○の中に〝丶〟が入るか否かは
　己れ次第ぞ』

円空の名は円《まどか》なる空という意味だけではない。これも深いですぞ。だが、健太への教えはその深いところではなく、もう少し手前の話である。つまり中がカラの〝○〟が〝⊙〟になるには己れの生きざまによるぞ、ということなのだ。あれは京都の鞍馬山で言納と出会った翌日、帰り道で寄った滋賀県の御上《みかみ》神社でのことだった。

『肉体という社《やしろ》に降りた神は己れ自身じゃ
　すでに生《しょう》は入っておる
　ところでその社
　穢れてはおらんであろうな』

と教えを受けた。今回の〝○〟が〝⊙〟になるのも己れ次第ぞ、というのもやはり同じことを健太に身につけてもらうためのものだ。

　内に神を宿すため、いや、内に宿る神を開眼させるための教えであった。すぐにブツブツと不平をもらして聖なる社を穢してしまうもんな、困った困った。

＊

　館内には実物・模造を合わせて数々の円空仏が展示されており、また全国に散らばる代表的な作品が大型パネルで紹介されているので判りやすい。館長も熱心で、いかに円空が細かなことなど意に介さなかったかということを話してくれた。

「これなんかがその代表的な作品です。こちらをご覧下さい。ほらここ、ここ。ね、よーく見ますと指が六本ありますでしょ。こんなこともありなんですね」

「それって、わざとそうしたわけではないんでしょ」

健太が聞くと、

「ええ、おそらくは夢中になりすぎて気付かなかったのでしょうね」

館内に三人の笑い声が響いた。

見事だったのは高さ二二一センチメートルある十一面観音と脇侍の善女龍王、善財童子の三体だ。向い合わせて三体をくっつけると、ピタリと合致し一本の木になってしまうのだ。円空はこの木をマキのように三つに割り、自身が理想とする作品を残した。

この善財童子は円空自身であり、善女龍王は亡き母を想い彫ったのだ。その二人が十一面観音に抱かれている状態を現している。飛騨高山の千光寺にある、立ち木そのものに仏を彫り出したものも迫力あるが、この作品もすばらしく、生涯の最高傑作とまでいわれている。

ひと通りの説明が終わった後も、館長はロバートの相手を引き受けてくれた。

パネルの写真を見上げている健太のところへ言納がやって来た。

「ねえ、健太。〝かごめかごめ〟と円空さんって、どんな関係があるの？」

「〝かごめかごめ〟って〝いついつでやる〟の、かごめのこと？」

「そうよ」

「どんなって……さあ、判らない。けど、それがどうかしたの？」

「だって、さっきのふるさと館でも流れてたでしょ。ここでもずっと聞こえてるじゃない。ほら、これ」

言納は首を少し傾け、人さし指で虚空をさした。

「何いってんの？……それさあ、言《こと》にだけ聞こえてるんだよ」

「えー、そうなの？　あっ、ごめんなさい」

突然大きな声を出してしまったので、口を手でふさいで小さな声で謝った。

「ところで、それってどんなふうに聞こえてくるわけ？」

健太はロバートが離れたところにいることを確認してから聞いた。

「あのね、子供の声でうたうの。

『かごめかごめ
かごの中の鳥は
いついつ出やる
夜明けの番人
鶴と亀が……』

「〝晩に〟だろ」

「えっ？」

「〝夜明けの晩に〟だってば」

「……違う。〝夜明けの番人〟ってうたってるわ」

言納は耳をすませ、じっと聴き入っている。健太もその間は黙って待っていた。同じように耳をすませてはみたが、何も聴こえなかったから黙って待つより他ないのだ。

「間違いないわ。〝夜明けの番人〟ってうたってる、本当よ」

ということは、歌詞が間違って伝わってしまったのだろうか。健太がそう聞いたが言納は首を横に振っただけだった。

「そうだよな。〝夜明けの晩〟なんていう表現おかしいもんな。大体いつのことだろ、夜明けの晩って。夜明け前のまだ暗いうちのことか、それとも……」

「ねえ、健太。厳龍さんなら知ってるかもしれないわ。帰ったら聞いてみましょ」

＊

（夜明けの番人……夜明けの番人……）

健太は先ほどの歌のことを考えながら目の前にある高さ一五〇センチの虚空蔵菩薩をただぼんやり眺めていた。

その時だった。

『お前に円空の悟りは判らぬ』

(えっ、何……誰……?)

声の主は言納やロバートではないし、もちろん館長でもない。

健太は頭の中で何度もくり返した

(お前に円空の悟りは判らぬ……円空の悟りは判らぬ……判らぬ………)と。

だが、そうしているうちに受けた衝撃もやわらぎ、入っていた肩の力が抜け、何だかおかしくなってしまった。

(そうだよな、そんな簡単に円空様の悟りなんか、判るわけないじゃん。判ってたまるかって)

健太はこの数カ月間、円空の悟りとは何ぞやと求め続け、それなりに答えを導き出そうとしていた。

少しでも多くの人々に仏を抱かせるために必要かつ最低限の境界線を探し続けたので、円空仏はあのような荒削りであり、けれどもやわらかなものが仕上がったのか。

一切に無駄を出さないがために、仏を彫るための木を求めるのではなく、そこにある木を仏にし続けたのは〝活かす〟ことこそ大自然への畏敬の念だったのだろうか。

十二万体を彫るために一刻一秒をも無駄にしまいとする限界への挑戦へ円空を導いたものは、大雨による洪水で流された母への鎮魂のためだったのか。

そんなことを思い続けていたのだった。

だが健太を導く何者かは虚空蔵菩薩を通じて〝今の健太では円空の悟りは判らぬ〟という。それもそうだ。

生涯をかけた気迫こもる生きざまから得る悟りを、のんべんだらりんと楽した生活を送る現代人が少々考えてみたところで、その何百分の一たりとて判らぬであろう。
（あーあ、よくもまあ恥ずかしげもなく〝円空の悟りとは何ぞや〟なんて求め続けたもんだよな）
そう思ったら、もうどうにも笑いが止まらなくなってしまった。
ではなぜ健太は円空の悟りへと導かれたのか。それは、笑いがおさまり緊張感が抜けてニュートラルな状態になっているところに答えが与えられた。
『神仏に接するにあたり
これだけははずしてはいけないというところだけ
しかりと心得ておれば
あとはカタにはまらずとてよい
思うようにやってみよ
枠から外れること　恐るに足らず
発心《ほっしん》清きものならば守護いたす』
すごい教えと許可を得たものだ。これには少々説明を要するが、教えはさらに続く。
『礼儀を逸せず丁寧に
かつ躊躇しつつ神仏に触れておれば
何を外してはならず
何が不必要な気遣いであるかが観えてくる
外してはならぬところは心して押さえ
礼儀と謙虚さ失わねば
あとはカタにはまらずとも好きにやるがよい
迷うでない
迷い生ずれば玉し霊に気迫失せ
勢い衰え　人の心も動かせはせぬ
慢心せずして行うならば
遠慮なくカタから外れてつくりあげなされ
己れの玉し霊　活かしたカタ血を』
つまり、健太はここでひとつ合格点をもらったのだ。それまでは神仏に対し、頭の下げ方から柏手《かしわで》の打ち方ひとつとってもこれで本当にいいのだろうか、もっと適切な方法があるのではなかろうかと模索しながらやってきた。報告のしかたはこれでいいのか、願い事はどのように伝えればいいのだろうかと迷いつつ、自身のあり方を振り返り神仏に対峙してきた。その結果、日々微調整を行い、外れた思いを修正することで決して大きくは道を外さないであろうと神仏に認められたのだ。

外してはいけないことというのは、神々や大自然に対する畏怖の念と礼儀、そして世に対しての謙虚さ。それさえしっかりとわきまえておれば、あとは自由にやってよし、なのだそうだ。

このことを健太に伝えてきた声の主はもちろん虚空蔵菩薩ではなく、また健太の守護者でもなかった。虚空蔵菩薩を彫ったその人からであった。

（円空様……………）

健太は声につまってしまった。そして歓喜の思いを伝えるために虚空蔵菩薩に向かい手を合わせた。

以来健太は、それまで疑問に思っていた中臣氏のつくりあげた天津神系祝詞《のりと》など一切不必要とし、感性の乏しい神具も他のものに変えた。品の無い派手しいものでは神棚にふさわしくないし、邪のモノがやって来そうなので怖いが、これならばと思うものであれば、別に規格品でなくともよかろうに。

考えてみれば、どの神がそれでなければならぬと言ったのか。

それで、健太はお神酒を品格ある美しいグラスで供え、榊が無ければ季節に合わせた緑のものを、これまた感性の高い花瓶で供えるようになった。それは、時には梅の花であったり松の葉であったりもしたし、案外春にはタンポポであったり、秋にはコスモスが神棚を飾るのもよいかもしれない。ただそのあたりは、その人に接する守護者の求めるものに違いがあるので、一概には言いきれることでもないのだが。ただ、ふざけたものでなければ、少なくとも健太は咎《とが》められなかった。

「ワシはお神酒の他に鰻《うなぎ》があるとうれしいぞ」

ん？………

「ワシは鰻が好きじゃ。聞こえておるのかおい」

「ゲッ、出た。あんたジイか。まだ消滅してなかったのか。イタイ、イタイって」

ジイは見えない世界から杖のようなものでつっついてきた。

「やめろって、わかったから。あのね、それは神棚ではなくあんたの仏壇への供えものの話でしょうに」

「いや、必ずしもそうではないぞ」

「信仰的な理由で鰻を口にしない人もいるのに、あんたは気楽だな、ジイさん」

「ではお前は食わんのか」

「いや…………好きだ」

「だったらワシが好むことに文句を言える立場ではなかろうか」

「まあな。それよりもジイさんにひとつ聞きたいことがあるけどいいか」

「なんじゃ」

「お供えものをすると、そっちの世界へは味自体よりも香りや物質の持つ霊体の部分が届くんだろ」

「まあ、それに近い」

「ならば香りさえ食欲をそそれば、味が少々劣っていてもかまわないってことなのか」

「いや、そうではなくてな、味よりもな、それを作った者や供えた者の思いがいかほどのものかということで旨さは変わってくるもんなんじゃ。たとえ高級なものであってもな、嫌々供えられたりケチな心があればあまり美味なものではないぞ。……けどまあ、やっぱり質がいいものの方が霊格も高くて美味いな」

＊

洞戸村の記念館から山を下り街に出ると、次は関へ向った。刃物の街、岐阜県関市だ。ここにも彼らの訪ねるべきところがある。

国道から脇へそれ、長良川に架かる橋を渡るとすぐに円空入定塚に出る。

死期を悟り、生きたままで穴に入る円空に弟子たちは土をかけて埋めた。いくら師が悟りを得、達観していようとも、果たしてそのようなことを弟子たちが本当にできるのであろうか。心中察するに、しばらくは己れの行為に苦しんだのではなかろうかと思うが、いかがなものか。

さて、三人の乗った車は弥勒寺の境内に入って行った。弥勒寺はかつて壮大な規模を誇る寺であり、数百体の円空仏があったらしいのだが大正九年の火災で消失してしまった。また、円空の人となりを知るのに貴重な資料でもある、本人の姿を描いた掛軸も焼けてしまっている。わずか模写したものだけが飛騨の寺に残っており、それは今でも見ることができる。

健太を先頭に三人は円空館への案内に従い広い境内を進んだ。金堂跡、講堂跡を抜けると昼なお薄暗い竹藪へと道は続いている。

「えー、こんなところへ入って行って大丈夫なの？」

うしろから言納が誰とはなしに問いかけたが、健太は答える間もなく案内板を見つけた。

「大丈夫。円空館はまっすぐ。右手に折れると円空様のお墓……入定塚とお墓は別々にあるんだ」

竹藪を抜けたら近代的和風建築の建物が見えてきた。関市円空館だ。ここもすぐ隣りに白山神社があり、そこには十六体の円空仏が残されていたが、現在は円空館にて保管展示されている。

「美術館って感じね」

「ホントウですね」

言納のひとり言にロバートがつき合った。

どの円空館もまわりは緑に囲まれ静かにたたずんでいる。訪れる人の数もまばらなので、ゆっくり円空仏に触れ合うには最高の環境が与えられる。彼ら三人も存分に楽しむことができた。

　健太は始めてリラックスした精神状態でそれに向い合えたし、ロバートも内容の充実ぶりに大満足していた。ここ関市円空館は近隣にある円空仏全体を管理しているようで、年に三回から四回展示品の入れ替えを行っている。したがって季節が変わるたびに訪れたくなるのだ。

　言納はといえば、相変わらず
〝……夜明けの番人、鶴と亀がすべった、うしろの正面だあれ……〟

が耳に響いていたが、まあそれは気に止めず円空自刻像なるものをニコニコほほえみながら眺めていた。

「まあ、可愛い。本物の円空さんもこんなに可愛かったのかしら」

　なわけないだろう。そもそもあの円空に対して、〝まあ、可愛い〟はないだろうと思うのだが言納のこと、何か会話していたのかもしれない。

＊

　岐阜市街に入った。

「ちょっと寄り道していくよ。ひょっとしたら開けてもらえるかもしれないから」

　健太は駅に曲がるカーブを曲がらずそのまま直進し細い道に入って行った。

「ねえ、どこ行くのよ」

「ここ」

　言納が訪ねたそのときすでに金華山のふもと、歴史博物館前の円空美術館に着いていた。

「ケンタ、ここにも円空さんがあるのですか」

　ロバートが目を輝かせた。

「あるよ、あるある。さっきの所よりもたくさんね」

　小さな館物の一階にはぎっしりと円空仏が詰まっており、その数約七十体を数える。個人所蔵としては他に比べるところがないのではないか。

「これ何ですか」

ロバートが大声を出した。

入口を入ってすぐ正面に大きな大黒天さんが飾ってあり、訪れる人の目をひく。普賢菩薩像などは特にすばらしい。

面白いのが、入って右側の大きなケース内に並べられた六十体あまりの円空仏の中に、一体だけレプリカ、つまり偽物が混じっており、それがどれかを探してみて下さいという。マニアになるとノミの使い方の違いですぐに見抜けるらしいのだが、素人にはさっぱり判らない。

三人はしばらくあれこれと見比べていたが、

「駄目、判りませーん」

「降参。まいりました」

「どれも同じよねー」

と口々に吐いた。それで受け付けの女性にどれが偽物なのか尋ねてみたところ、

「実はね、それを知ってるのは館長だけなの。だから私もどれなのか判らないのよ」

そういって笑った。

最後にロバートがレプリカを買い求め、館を後にした。

ここから岐阜駅まではどれほどもかからない。ロバートとはここでお別れだ。

彼はまだ他にも回りたいところが残っているということらしく、一人で円空めぐりの旅を続けるそうだ。大きなリュックを右肩で背負い、二人とがっちり握手をすると駅ビルの中へと歩いて行った。

「おい、ロバート」

健太が呼び止めた。

ロバートは左手に先ほど円空美術館で買った円空仏のレプリカをかかえていた。

「それ、駄目。ちゃんとリュックにしまえ」

「大丈夫ね、これ手で持って行きます」

うれしそうに円空仏を左手で高く上げた。

「そうじゃないんだ、ロバート。いいかい。日本で

は外で仏さんを持ち歩かないんだ。君が大丈夫でも世間が大丈夫じゃないぞ、そんなもの手にかかえていると」

しぶるロバートを説き伏せ何とかリュックに押し込ませた。やれやれ。

彼はもし再び名古屋を訪れたら必ず連絡をするといっていたが、その後彼から電話がかかってくることはなかった。それに二人も新学年になったり東京での琴可の結婚式に出席したりとあわただしかったため、いつしかロバートのことは忘れていた。

第二章　神々の想いの中で

その1　霊統ニギハヤヒ系

　健太は今年四年生。いよいよ学生生活最後の年になってしまった。だが彼は迷っていた。もうあと二年間大学院で学んでみようか、それとも社会に出るかと。それで迷いを晴らすため、最近ときどき一人で東谷山へ登りに来ていた。特に尾張戸神社で参拝するためというわけでなく、展望台から名古屋の街を眺めているとおおらかな気持ちになれるからだ。

　今日もそんな調子で汗をかきながら山頂まで来たが、社に挨拶ぐらいはしておきたい。ガラガラガラーンと鳴りの悪い大鈴を力いっぱいに揺らしてから手を合わせた。進路について問いかけるようなことはせず、ただ〝こんにちは〟とだけの挨拶を。

　すると、

『十五↘九三』

という数字だけが電光掲示板のように現れたのだった。

（ん、何だ？……十と五、それに九と三……そうか。〝とうごくさん〟か）

　そう思った瞬間、それらの数字が動いた。まず〝九三〟が水のしずくのようにしたたり落ちて消えた。次に〝↘〟が〝一〟に変化すると〝十五↘〟は〝五一十〟になった。

（十分の五って？　何だかＩＱサプリみたいになってきたぞ）

　最後に
『52のうしろの正面が導く』

と聞こえ、終わった。

（わからないよー）

健太にはすぐに理解できるはずもなく、伝える側も承知のうえでのことだ。

それにしても『十五〆九三』が〝東谷山《とうごくさん》〟だけを意味するわけがないであろうに。神は暇かって、なあ青年。

＊

「ええ、そうなんです。それで『これだけは外してはいけないというところだけは心得ておけ。あとはカタにはまらずともよいから好きなようにやってみよ』って、展示してある虚空蔵菩薩さんを通して円空様がおっしゃるんですよ」

「ほー。それは実に喜ばしいことじゃな」

健太は言納と共に巌龍を訪ねていた。六月に入り外はムシムシするというのに、巌龍の店は床が土間のためひんやりしていて気持ちがいい。やはり昔のくらしは理に適《かな》っている。

「ねえ、巌龍さん。どうして喜ばしいの？」

健太の隣に座る言納が尋ねた。

「それはな、この子が神さんからひとつ合格点をもらったちゅうこっちゃ。お参りでも神さん祀るのも、自分がやりたいと思うことも、大切なところだけは外さぬ心得ができたゆうことを認めてもらったんじゃ」

「すっごーい、健太。おめでとうだね。じゃあ私も神様に対して畏怖の念っていうのを持ち続けなきゃいけないのね。そうしたら合格点もらえるかしら」

「あんたはやらんでもええ」

巌龍が少々ぶっきらぼうに言い放った。

「ええか、言《こと》ちゃんや。この子はそれを学ばねばあかんから神さんがそう教え育てた。あんたはもともとそんなことを求められてはおらんので、真似せんでええんじゃよ」

「えー、どうゆうこと。よく判らないわ」

言納は巌龍と健太の顔を交互に見ながら〝早く教えてよ〟という顔つきをしている。

「よう聞いておけよ。あんな、人それぞれについておる守護者がな、生きておるころどういった勉強をしたかによるんじゃ。自分が学び身につけたことを守護する者にも学ばせ、さらにはより以上にまで成長してもらいたいと願うんじゃな。親が子供にさせたがるじゃろ、自分がやってきたことと同じことを。それで自分自身が成し遂げられなかったところまで、子供には到達させたがるのと違いはないわい」

「へー、そうなんだ」

「それにな、守護される本人のミタマの性質や親神さんの求めるものもそれぞれ異なるんでな、みな一様に同じ学び方をする必要なんぞはないんじゃよ」

「親神さんって？」

言納の問いには隣の健太が答えた。

「言《こと》は言依姫《ことよりひめ》様のミタマが分かれてここにこうして存在しているんだから、親神様は言依姫」

「じゃあ健太は、高倉下尊《たかくらじ》の眷属さんのどなたかが親神様ってことなのね」

高倉下尊とは別名天香久山神《あめのかぐやまのかみ》とも呼ばれ、饒速日尊《ニギハヤヒ》の多分次男だ。ニギハヤヒの名を消すために神話ではニニギノミコトという神が登場し天降ったことになっているが、誰だ、ニニギって。日之本の初代大王はニギハヤヒなるぞ。高倉下はその血をひく。

話を戻す。全く違う方向に逸れた。

人それぞれ守護者の求めるものや性質に違いがあり、本人の玉し霊の課題も異なるため、画一的な学び方などせずともよいのだ。

今まではまだそういった面で人類全体が幼かったため、学び方を指導する集団・団体も必要だったのだが、いよいよそこから脱皮する時期が地球人類にも到来したのだ。

「言ちゃんや、あんたはな、神さんと触れ合うのにもっと遊びを持ちこんでええぞ」

「あそび？」

「そうじゃ、遊びじゃ。どこぞで言われておったろうが、以前に。んー、たしか神遊び　神の味覚はなんじゃらちゅうやつ憶えておらんか」

さすが厳龍、教えられた本人たちが忘れていることまでちゃんと憶えている。それはちゃんと消化しているからだ。つまり教えの本質的なところを見抜いていているから、適切なところで思い出すことができるのだ。若い二人は知ってるだけで、まだ未消化なのだ。

「思い出した。それ鞍馬の奥の院だよ」

健太がいうと言納もやっと判ったようだ。そもそも二人が出逢った日のことだ。琴可が福岡へ帰ったため言納一人で訪れた鞍馬の奥の院・魔王殿で、

『神遊び
神の味覚は感性ぞ
神の宴が芸術ぞ
神の喜ぶ技と芸
身につけてみるが神遊び』

と受けたことがあった。厳龍はそれを言っているのだ。亀の甲《こう》より年の功《こう》とはよく言ったものだ。

厳龍は健太に向かい、

「あんたもな、大事なことさえ外さんけりゃ、神さんの前へ芸術持ち込んでもええぞ。ただな」

厳龍はニヤリとすると、

「ただな、神さんは感性高いぞ」

そう言い、声をあげて笑った。

婆さんがお茶を運んできてくれた。笑いが納まった厳龍はひと口お茶をすすると、今度は言納に、

「あんたは始めっから神遊びせにゃあかん。何も神さんの前でかしこまってお上品にしておらんでもええぞ。そもそも神さんはな、あんたを前にしてそんなこと求めておられやせんからな」

と、諭すように言った。

席を立った厳龍が店の奥の棚から持って来たものは関西地方の地図だった。厳龍の店は商品の漢方よりも本や資料の方がたくさん並んでおり、あまり真

面目に商売をやってないことがよく判る。

「あったぞ、ここじゃ」

厳龍が指さしたのは紀伊半島の和歌山県新宮市だった。

「さっき、あんたの親神さん、高倉下尊《タカクラジ》の眷属さんゆうたな」

「はい。東谷山の尾張戸神社で教えてもらいました」

以前健太は言納と、なぜ尾張戸神社に菊理媛が祀られているのか、そして天道日女《アメノミチヒメ》とは誰のことかを調べているときにたまたま自分の霊統を教わった。

「そうか、そうか。あそこは天火明饒速日尊《アメノホアカリニギハヤヒノミコト》以前は息子の高倉下尊が祭神《さいじん》じゃったからな。まあそれはいいんじゃがな、いっぺんここへ行ってくるとええ。あんたが成長した姿を見せに行くと喜ばれるぞ、神さん」

めずらしい。最近は口ぐせのように〝無闇に外の神さん追うな〟〝勝手参りは慎め〟と言っていた厳龍が自分から行ってこいと言い出した。

「ここにはなあ、神倉《かみくら》さんゆうお社がある。大きなゴトビキ岩があってな、見事なもんじゃ。この神倉神社の祭神が高倉下尊じゃ。徐福伝説も残っておってな……」

健太が厳龍の話に聞き入っていたら、突然言納が叫んだ。

「わー、すごいー……キャー、すごすぎー」

健太と厳龍は何事かと言納を見た。しかし言納はそんな二人の視線など一切おかまいなしに、ますますおたけびをあげた。

「どうしようー、キャー、おどろきー」

まわりはお前に驚きだ。

「判ったわ、健太。すごいわよ、これ」

実は健太が厳龍と話している間、言納は紙に書かれた〝十五〆九三〟の文字をぼんやりとながめていた。すると言納の脳細胞の中でガシャ、ガシャと何かが組み換えられたかと思うと、次々と〝十五〆九

〝三〟が意味するものが浮かび上がってきた。

「いい、ちゃんと聞いてよ。まずは東谷山《とうごくさん》（十五九三）の神（〆）が伝えるぞよってゆう意味ね。それで、九三が水のように流れて残りが五―十になったのよね」

「そう」

ひと言そう答えると、言納の言葉を待った。

「〝五〟っていうのはね、〝玉〟を表わすんだって」

「たまって、玉？」

健太が聞き返したら厳龍もうなずいた。

「そうじゃ。四は王で五は玉じゃ」

現在は一、二、三に続き四、五と書いているが、実は一、二、三と一本ずつ横棒が増えていき、三の次はそれに縦棒が入る。〝王〟だ。天・人・地を貫く王、それが四番目の数なのだ。そして王に〆が入った〝玉〟。まあいわば〝王〟に〝〆（神）〟宿り、神人合一とした姿とでもいえばいいのか。ただし、この漢字を学術的な見方で厳密にいうと、〝王〟と〝王（第一・三画の間より、第三・四画の間のほうが長い）〟は別字になるのだそうだ。小学館の漢和辞典にそう書いてある。


閑話休題。

言納の興奮、いまだ冷めやらず。

「それでねえ、五―十なんだけどね、〝キ〟の言霊数が十でしょ。五は玉。だからこれはタマキ、つまり玉置神社を表しているのよ」

以前からニギハヤヒおっかけ隊の隊長を務める言納は、熊野の玉置神社に行ってみたくて仕方がなかったのだ。

「十っていうのは十津川村の十でもあるのね。それにまだあるわよ、いい？　あのね、玉を授けるから五時に来いって」

玉置神社は奈良県吉野郡十津川村の山中にある。

「五時って、朝の？」

「そう」

「いつの話なの、それ」

「五月十日」

「えっ、五月十日ってもう過ぎちゃってるじゃん。来年のこと？」

「違うわ、旧暦の五月十日よ。日本の神様って太陽暦のこと、あんまり好きじゃないみたい」

　そうなのだ。このグレゴリオ暦というのはローマ法王グレゴリオ十三世が定めたとされるものなのだが、実に不自然なのだ。

「数霊」でもさんざん悪口を書いたが、とにかく新年を迎える日の太陽・月・地球の位置関係が全く不自然でだらしがない。ちゃんとシャツをズボンの中へしまえ。おい、靴のかかとを踏むな。帽子はちゃんとまっすぐ被れ。と言いたくなるのと同じぐらいにだらしがない位置関係だ。冬至を元日にしなさい。それと、どうして毎月の日数がバラバラなんだ。そんなことする必要など全くないのですぞ。

　そもそも一月、二月、三月、四月との呼び方は番号だ。ちゃんと旧暦、日本の場合はこれを太陰太陽暦というのだが、それには睦月《むつき》、如月《きさらぎ》、弥生《やよい》、卯月《うづき》……と名前が付いている。それを番号で呼ぶというのは、我が子に名前があるのにそれで呼ばず〝おい長男〟〝こら次男〟〝学校に遅れるぞ長女〟〝まだ化粧は早いぞ二女〟と呼ぶのと同じで変だ。旧暦を大切にしましょう。


　また脱線した。

　健太は壁に掛けてあるカレンダーで旧暦五月十日を探した。もうすぐだ。

「他にも十は十種《じゅっしゅ》の神宝《しんぽう》……？」

　言納が続けた。

「トクサのカンダカラじゃ」

　厳龍が正した。

「ト、十種《トクサ》の神宝《カンダカラ》があるのも玉置神社だから、その十でもあるの。それで、五と十を掛けると五十でしょ。この五十は五十鈴のこと。つまり言霊ね」

「えっ、言霊をどうしろって？」

　健太が少し遠慮がちに聞いた。

「ひふみ祝詞《のりと》を奏でよって」

「ひふみよいむなやこともちろらね……のひふみ祝詞？」

「そうよ。今までのものでは呪縛が解けないから駄目みたい。それと、五／十って約分すると1／2。つまり半分ってことでしょ。これはね、玉置だけではまだ半分。父系だけなので、残りの1／2の母系へとつながりなさいっていうことみたいなの」

「それはどこ？」

「今は判らないけど、行けば判るはずよ。それとね、言霊数五はイ、十はキだから五／十を下から読めば〝キイ〟でしょ。紀伊の国のことよ。新宮の神倉神社って紀伊の国にあるんでしょ……」

　厳龍は言納の背後にある力にただならぬものを感じていた。

（この娘、もの凄い速度で進化しておるぞ……）

　今まで育ててきた弟子の中にも優秀なものが何人かはいたが、言納と比較するとどれもその比ではない。

　言納がノートに書いて説明しはじめた。

「93が流れてしまったんでしょ」

「そう。水が流れ落ちるみたいにね」

「それ、水を持って来なさいってことよ。ミ＝35、ズ＝58で93、ね」

「水を……どこの水？」

「フフフ……どこだと思う」

　言納はうれしそうな顔をして健太を見つめている。もったいぶるなって、娘。

「あのね、三輪山よ」

「えっ、三輪山の」

「そう。ミワヤマではなしに、ミワサンだとね、ミ＝35、ワ＝46、サ＝11、ン＝1でこれ93よ。大神《オホミワ》神社の奥の狭井《さい》神社で御神水が出てるでしょ。あれよ、フフフ」

千八百年前に大好きだったオホトシの眠る三輪山を、再度訪れることができると思っただけで言納の心は躍った。


それにしても凄い。

〝十五〻九三〟と〝五十〟。

たったこれだけから、
・東谷山（十五九三）の神（〻）が伝えるぞ
・玉（五）キ（十）、つまり十津川村の玉置神社に来い
・玉を授ける
・旧暦五月十日、朝五時にまいれ
・十種《とくさ》の神宝《かんだから》眠るこの地でひふみ祝詞を奏でよ
・五十を約分して1/2。ここだけでは1/2。父神系だけではなく母神系も参れ
・水（93）を持ってまいれ。三輪山（93）の水を
・ゴ（五）ト（十）ビキ岩のある紀伊（キ＝10、イ＝5）の国の神倉神社
これだけの情報が出てきた。他にも〝十五〟は〝統合す〟の意味がある。〝九三〟は〝組み合う〟だ。まだあるのかもしれない。

ただし『52のうしろの正面導く』だけは言納の中でも現れてこなかった。今は判るべきタイミングではないのであろう。


「とにかく驚きね」

「言《こと》って本当に凄いなあ」

「凄いのは数霊よ。あっ、いま判ったんだけどね、玉置神社に玉石っていうのがあるらしいんだけど、玉置石で数にすると77よ。何か77を解くヒントがありそうね。凄すぎるわ、数霊って」

そうだ。実に偉大な力を持っているのだ、数霊は、イタタタ、イタイ。

「おい、お前」

出た。ジイだ。

「お前は『数霊』の著者だろう。自分の著書をこんなところでほめるな、バカたれ」

「別にほめてるわけではな……」

「お前が一番成長しておらんようだな。よし、ひとつ試練を与………」

うるさいので終わりにしよう。

それで結局〝夜明けの番人〟については厳龍にも判らずじまいであった。

＊

旧暦五月九日。大神神社へと続く参道にある祓戸神社で瀬織津姫にお祓いを受けた後、言納と健太は三輪明神大物主ニギハヤヒ尊の墓陵の拝殿の前に立っていた。大神神社の三ツ鳥居を通して拝む三輪山はニギハヤヒ尊が眠る山なのだ。ただし、この拝殿は三輪山山頂の方角を向いてない。また、中腹の磐《いわ》座《くら》にはナガスネヒコ尊が封じ込められているともいう。やらかしたのは神武とか。

まあこの山を調べれば考古学者やアマチュアの歴史ファンが喜ぶ物なんぞがわんさかどさりんこと出てくることであろうけども、そんなものが見つかると都合の悪い人たちもいるわけで、今後ずーっと新たな発掘は阻止され続けるんだろうな。

『守護者の真の喜びは
守護する者の成長が
天まで伝わるときのみぞ』
言葉は険しいが声色はやわらかい。
『守護者の喜び他ならず
守護する者の育ちし姿
間近で目にする節目の日
それが晴れの日　晴れ姿
日月　神仏　親先祖
報恩披露の晴れ舞台
用意しておるぞ

晴れの舞台を』

言納はこのような言葉をかけてもらえるなどとは考えてもいなかったので、少々戸惑ってしまった。素直に喜んでいいのだろうか。それとも浮かれぬためにも心動かさず、気をひき締めたままでいればいいのかと。

健太も覚悟していた分、やわらかな口調で安心した。叱られることがお決まりになっているので、お参りは楽しいが教えは恐い。

『神に向って祈るのではないぞ
　神に背を向け歩むのだ
　背を向けるとは背くことに非ず
　神と人との間に立ち
　神と同じ方向を向くのだ
　神の前に立ち
　神と歩調を合わせて歩むのだ
　それがお前の神仕事
　神の意に乗る意乗った姿
　もうこちらを向いて拝む必要はない
　こちらを向くのは報告だけでよい』

（そんなこと急に言われても……報告以外にもお礼やお詫びだって必要だろうし……）

健太も戸惑っていたが、これもすごい教えだ。

二人は大神神社から狭井神社へと続く参道を歩きながら、教えられたことについて話していた。

「なあ、どう思う」

「そうね、神様に向かって何か神示ごとをやるのはその使命を持った人にまかせておいて、健太は人に対して神様の代理をしなさいってことだと思うわ」

その通りだ。神に向かって何かをするのではない。神の向く方向、つまりそれは人類に対して神のお役を行っていけということなのだ。

何をすればいいのか。それは健太自身がやりたいと思うこと。これは三六〇度どちらを向こうが自由だ。人に与えられた権利なのだから。

それと、自身でこれをやっていくべきだと感じているること。これは玉し霊の課題であり使命でもあるのだ。この部分はある程度限定される。最後にもうひとつ。自分だからこそできること。つまり自分らしさだ。これら三つが重なったものが見つかれば、まさにそいつは天職だ。
くり返す。自分がやりたいと思うこと。自分でやるべきだと思うこと。自分だからこそできること。この三つの集合体の重なった部分が天命・天職ということ。

狭井神社に着いたが、水を詰めるのはあと。まずはご挨拶。
こちらの御神水を玉置神社に持って行きますと報告する言納に、金色の光が降りそそいだ。言納の全身にはかすかな震えが生じていたが、本人にとっては心地よい。

『人が自ら自身の罪を量り
自身を審き
自らつぐなうことをするのなら
神は人を審かぬ

神はただ地を照らし
風吹かせ
雨を与えるばかりで人の姿見護る
それが神の子の姿であるぞ』
またすごいことを聞いた。
人は己れの罪を隠し、世を欺き、できれば神の目をも誤魔化そうとする。その上、私は善人ですという顔で自身に言い訳をし、罪から目をそらそうとする。仕方ないことかもしれない。しかし、そこで勇気を持って自らを量り、審き、つぐなえば神はただ人を見護るだけだという。
素直と誠。玉し霊が神からの分けミタマのまま清らかな状態でいられる唯一の方法なのかもしれない。
健太にはいっそう厳しいものが降りた。
『人から水をもらえば礼を言うだろ
庭先で水を借りたら礼を言うだろ
なんで雨に礼が言えぬ
雨雲にもだ
ただで恵んでもらっておいて

稲育て　木々をうるおし　万物生かす
恵みの雨に礼を言え
水が降ってくることはな
金が降ってくることよりもありがたきことぞ
干魃《かんばつ》・日照りにせねば判らんのか
そんなことにも気付かずして
玉置に水を持って行ったところで
何が判るものか

想い込め　水供えよ』

健太は深々と頭を下げた。

三輪山の水を持って行けば、きっと玉置神社の神々に喜んでもらえるであろう、自分は役に立っているのだ、と浮かれていたのだ。

健太は心整え事に当たること自体が行なのだ。参拝は行ではない。とはいっても言納はひょうひょうとしていればそれでいいのだが。

持参した三本のペットボトルを御神水で満たし、二人は三輪山をあとにした。

＊

日中でも険しく感ずる山道、夜間はなかなか勇気を必要とする。そんな吉野の山道を健太は黙って車を走らせた。いや、話題がないのではない。言納が寝入ってしまったのだ。

三輪山を出た後、途中寄り道をした。

ひとつめは田原本《たわらもと》にある鏡作り神社。正式には鏡作座《カガミツクリニイマス》天照御魂《アマテルミタマ》神社で御祭神は天照国照彦火《アマテルクニテルヒコホ》明命《アカリノミコト》、つまりニギハヤヒ尊だ。

以前二人はここで鏡を授かった。それをその年の五月十五日、ニギハヤヒ尊の祭りである葵祭りと同じ日に、同じくニギハヤヒ尊を祀る伊勢神宮内宮の荒祭宮に持って行き、生入れをしてもらっている。

その際、言納は表に〝彩〟、裏には〝観〟の文字を神よりいただいた。健太は〝風〟と〝㋛〟を。

『一人でいるときこそ
己れの思い
鏡に写してみるがよい
いまいま思おておったこと
誰がそれを思おておった

人を想おていたならば
神が宿って想おておった
人を咎《とが》めておったなら
鬼が宿って思おておった

神宿らせるも鬼呼び込むも
己れの社の主《あるじ》次第ぞ
いまそこにおるのは誰ぞ
誰がそれを思おておるのだ
誰が起こしたその考えを
鏡に写して確認なされ』

言納は自分一人でいるときの鏡の使い方を教わった。

健太は前回恐ろしい教えを受けていた。

『鏡に写った己れの顔
汚れていると鏡を拭くのか

鏡に写した己れの心
醜いからと鏡を変えるか

勘違いいたすなよ

取り違えをいたすなよ
すべての元はお前の想念
縁のせいにするでないぞ』

というものだった。目の前の出来事は己れの心の現れ。現世は自分自身の心の写し鏡。頭では判っている。だが、ついつい出来事の中で問題点を見つけ出して判ったつもりになってしまう。自分を責める人が目の前に出現したならば、それは己れの心の中で誰か人を責めていたということ。車がぶつかって来たのなら、普段誰かの意見にぶつかっている自分がいたということ。目の前に起こることはすべて己れの心の写し鏡だぞという教えだった。

（あれ以上の恐しいものはないだろうから大丈夫だ、きっと……）

手を合わせる健太に不思議な映像が現れた。それは前方上空に鏡があって、手を合わせる自分の姿が写っているのだ。まるで社に鎮座する神の目から見た自分の姿のようだ。

するとそこに声がかかった。

『立派なお姿ですね
ひざまずいて祈るそのお姿
して　心の中まで写されましたか
その鏡に

物　金　損得　色　食　ねたみ
そんなものばかりが写し出されやせんかね
写る想いが冷たいのお

人を想うは暖かし
されど　人を想うその思い
己れが苦労せぬがために人を想うとるだけと違わぬか
親の恩　知った思い　写らんかのお
どうして皆々捨ててしまう
あれほどにまで暖かきものを

ちゃんと写っておるのかね
祈る姿のその奥に
何を想うて神の前に来た
神の鏡に己れの心
写せぬようでは参拝したとて
神には何も届きはせぬぞ』

健太はうしろにひっくり返って動けなくなってしまった。

「どうしたのよ、健太。ねえ、大丈夫」

「う――――」

「何があったのよ」

「駄目だ。……とりあえず、夕メシ食いに行こうぜ。話はそれからだ」

健太は白目をむきながらそう答えた。

*

食事を済ませ、駐車場で少し眠ったら少し楽になった。

「もう大丈夫。さあ行こう」

健太は倒していたシートを起こし、キーをひねってエンジンをかけた。

二人はもう一箇所寄らなければならないところがあった。奈良県御所《ごせ》市にある葛城《かつらぎ》一言主《ひとことぬし》神社だ。厳龍は昔このあたりで行をしたらしく、その際に色々と世話になったのがこの神社の一言主大神《ヒトコトヌシオホカミ》なのだそうだ。だが、ここ十数年訪ねておらず、そのため若い二人に手紙を託したのだ。

手紙を届ける相手はもちろん宮司さんではなく葛城一言主大神である。悪事も一言、善事も一言で言い放つ神様だ。以前、健太と言納は厳龍と共に三重県桑名市の多度大社へ夜参りに行ったことがあったが、その時参拝した一拳社《ひとこぶししゃ》の御祭神と同神である。厳龍がそのことを口にすることはないが、どうも厳龍自身、一言主大神の霊統のミタマ持ちらしく、特に大切にしていた。

健太が御神酒をお供えし、言納が手紙を差し出した。合わせて参拝すると、暗闇にたたずむ社の奥からたいそう喜ばれている気が伝わってきた。

『よう来て下さったな』

言納は声の主が他の神社で響いてくるものと少し違うことに気が付いた。まるで厳龍と話しているようだ。

『昔はな　事あるごとに皆が神々のもとへ集ったもんじゃ
日照りが続けば雨を求めて皆で祈り
心配ごとがあれば御百度ふんでな
子どもたちが戯れる姿は毎日のこと
祭りには神が皆と交わって直会《なおらい》を楽しんだものじゃ

それが今はこのありさま
さびしゅうなってしもうたわい

お二人よう来てくれたな
気をつけて行きなされ
イチョウの葉　持ってまいれ
祓戸で清めてもろうてな
二人護るぞ』

驚きだった。何と声の主は言納にグチをこぼしてきたのだ。しかも関西弁が混ざっていた。一言主大神その方ではなかろうが、眷属さんかここの番人か。ともかく初めての出来事だった。

イチョウの葉とは境内の推定樹齢千二百年の銀杏の老大木の付ける葉のことだ。季節でもないのに黄金色に色付いた葉が二枚、大木の囲いの脇に落ちていた。

この大木は「乳銀杏」とか「宿り木」と呼ばれており、祈願すると子供を授かりお乳の出がよくなると伝えられている。正確に言えば子は授かるのではなく預かるのだが。まあよいか、今は。

それで、落ちている葉を持って境内入口にある祓戸《ハライド》神社にて清めてもらえとのことだった。おそらくは瀬織津姫に祓ってもらえるのだろう。それをお守りとして玉置へ向かえ、と声の主からの配慮だ。ありがたい話である。

健太は何か一言〝このタワケ者が〟とか〝喝じゃ〟などとお叱りを受けるであろうと覚悟していたが、そうはならなかった。

セピア色の映像が現れた。場所はおそらくここと思われる。だが今のように山は切り開かれてはおらず、もちろん広い道路や電線はない。ずいぶんと昔のようだ。そこに行者が現れた。修験道の開祖、役《エンノ》小角《オツヌ》である。

(あれ、どうして役行者《エンノギョウジャ》様が……)

小角は大きな石の上に立ち、健太に伝えた。

『夜明けの番人を知る手だてとなる
　この石の名　憶えておくがよい』

健太は一礼すると急いで走り出した。一気に階段を駆け降りると駐車場入口へ向かった。

「あった。やっぱりこれだ」

先ほどの役小角が立っていた石だ。すると、夜にもかかわらず年老いた参拝客がやって来て石からしたたり落ちる水で手を清めた。

「あの、すみません。この石は何かいわれがあるんですか」

健太は老人に尋ねた。声をかけられた参拝者はかがめていた腰をゆっくり伸ばしてから健太の方を振り返った。

「これかね。これは大昔、役行者様が災いをもたらす黒蛇を封じ込めておりましてな、亀石言いますねん」

「亀石……」

「さあ、あんたもこの水で清めなされ」

そう言うと参拝者は本殿へと登って行った。

（亀石か。夜明けの番人とこれがどう関係あるんだろう……）

そこへ言納が階段を降りてきた。健太は先ほど本殿での映像についてと年配の参拝客から教えてもらった石の名前のことを話した。

「えっ、老人に？」

言納が聞き返した。

「そう。今すれ違ったでしょ、階段で」

「……えっ、誰とも会ってないわよ」

「そんなわけないじゃん。だって今……」

同時に振り返った。

先ほどの参拝客は、老人の姿をしたこの社の番人なのかもしれない。言納にグチをこぼしたのもひょっとすると……。

その後、二人はイチョウの葉を手に祓戸神社で礼を述べた。

その２　神界へ

健太は途中一度だけ眠気ざましのために缶コーヒーを買っただけで、あとはひたすら車を走らせた。時間にするとどれほど走っただろう、かつては陸の孤島と呼ばれた十津川村に入ったころにはもうくたくただった。あんまり夜中には行かないほうがいいあるよ、ここは。

それでもガスで見通しの悪い山道を最後の力をふりしぼり、早朝三時過ぎに玉置神社入口に到着した。

ここでしばらく眠る。

＊

腕時計のアラームが鳴った。

「おい、言《こと》、起きろよ。四時半だぞ」

本日旧暦の五月十日、朝五時に本殿に行かなければならない。健太はあわてて髭を剃り、言納はほんの薄く化粧をほどこし髪を整えると急ぎ足で朝もやの中、本殿へと向かった。

「何か様子が変ね」

妙に空気がピンと張り詰めている。

「木や草が緊張してるわ」

「鳥や動物たちも声をひそめてるみたいだぞ。おい、言。離れるな」

言納は黙ってうなずくと、健太のショルダーバッグの肩ひもにつかまった。

一切の音がない。

空気の動きさえも感じられない。

坂道を下り、次第に本殿へと近づくほどに緊張感は高まっていった。

声を出すと命を取られそうな雰囲気なので二人は黙ったまま一礼をし、鳥居をくぐった。

いつもは塩で清める手と口を、今日は手水舎でていねいにすすいだ。

急な石段を登る。いよいよ本殿だ。


夜が明けきってないためまだ薄暗いのだが、どういう訳だか神殿のまわりだけが淡い光に包まれている。その光全体がザワザワと動いているのも判った。

言納は感じるものがあったのだろう。すでに感極まって涙を流している。健太は半紙をふたつに折り、持参した御神酒と三輪山の御神水を並べ、蓋を外した。


社の奥から美しい音色の笙が聞こえてくる。

(えっ、誰もいないんでしょ。どうして……)

言納がそんなことを思っていると、隣りの健太がひざをつついたのであわてて頭を下げた。もの凄い気を感じる。二礼二拍手《はくしゅ》する間もなかったのでそのまま目を閉じ手を合わせると、社の奥から金龍に乗った凛凛しい顔立ちの神が出現するではないか。

(ニギハヤヒ様でいらっしゃいますね)

言納は耐えられず嗚咽《おえつ》をもらしている。そりゃそうであろう。千八百年前、言依《ことより》として生きていたときにはニギハヤヒ、当時はオホトシの名だったが、彼に惚れ込み国造りに命を懸けた。そして志なかばにして逝った。

夢だったオホトシの妻になることは叶わなかったが、今でも言納の玉し霊はニギハヤヒを追い求めていたのだ。そのニギハヤヒ尊がいま言納の目の前に現れたのだから。

健太も体が震え、涙が頬をつたった。

『真なる喜びに触れるるば
　人は笑いはいたさぬ
　神とて同じ
　玉《たま》し霊《ひ》震えるほどにうれしきを
　感ず喜び
　涙にて表るる
　笑いは心の表現なれど
　涙は玉し霊が恩知ること
　117の数霊力　ここにあり』

〝涙〟の言霊数は117だ。ナ＝21、ミ＝35、ダ＝61で合計117。


ニギハヤヒ尊が二人のすぐ目の前に迫った。

二人の鼓動は激しく打ち、できれば逃げ出したいほどの緊迫感だ。いや、もし体の自由が利けば逃げたかもしれないのだが、動くことができなかった。

言納の目とニギハヤヒ尊の目が合った。目は閉じているが目が合った。

『この玉をお持ちなさい』

なんとニギハヤヒ尊直々《じきじき》にだ。

言納は両手を差し出し受け取った。本当にもらってもいいのか心では迷ったのだが体が勝手に動いていた。ズシリと重い。そして暖かく、石のはずなのに表面が少し柔らかかった。

彼女は以前、出雲の三屋《みとや》神社にて勾玉を授かったことがあった。それは首にかけるのにほどよい大きさのものであった。だが、いま受け取ったものは両手で持たねば落としてしまうほどの玉石だ。龍神がガッと握っているあれである。あれを宝珠という。

ニギハヤヒ尊が語りかけた。

『隠された歴史を正し　調和の時来たる
閉ざされた血脈明かし　回帰の時迫る

争うのでなし
和するのみ
日之本開闢に向けての調和と回帰
銀河の秩序　ここにて保て

平成一《イ》八《ワ》年一〇《ト》月八《ビラキ》日で封印解かれ
平成二〇《トワ（なる）》　年二月二十六日　二二六《ヒノモトカイビヤク》

神と人との晴れ舞台
まもなく御幕　開かれ十《たり》』

二二六が日之本開闢というのは、
ヒ＝30、ノ＝22、モ＝32、ト＝17、計101
カ＝6、イ＝5、ビ＝70、ヤ＝36、ク＝8、
計125、両方足して226。

また、二月の〝二〟はニホンの〝ニ〟。日本はいつも二本立ての〝二〟。二六日の〝二六〟は開始だ。カ＝6、イ＝5、シ＝15、計26。

それで、何が開始なのかというのは以前書いたので省く。多分『数霊』のあとがきだったように思うが、『日之本開闢』でも触れたかもしれない。二日前の夕食のおかずが思い出せないので、そんなことはもう忘れた。

だが二二六が日之本開闢を表すのは他にも大きな意味がある。

一九二三年亥年　関東大震災　死者・不明者一四万人以上、被災家屋五〇万戸以上

←36年後

一九五九年亥年　伊勢湾台風　死者・不明者五〇九八人、全半壊浸水家屋一二〇万戸

←36年後

一九九五年亥年　阪神・淡路大震災　死者六三〇八人、倒壊・炎上家屋三万戸以上

十二支最後の亥年に三十六年周期で大きな天災が起こっている。が、三十六年周期はこれだけではない。十二支のはじまり、子年には政治的、思想的な大事件が起きているのだ。

一九三六年子年　二・二六事件

←36年後

一九七二年子年　連合赤軍浅間山荘事件（二月）沖縄返還・沖縄県発足（五月）日中国交回復（九月）

←36年後

二〇〇八年子年　日之本開闢

というわけだ。二・二六事件とは、対立していた陸軍内部の皇道派と統制派のうち、皇道派系の急進的な将校らが一四〇〇名もの兵を率いて起こしたクーデターのことだが、まさに思想的事件の代表格である。それにしても一四〇〇の兵とはすごいな。

三十六年後の連合赤軍もまさにそれだ。他にこの年は九月五日、パレスチナゲリラがミュンヘンオリンピック選手村内のイスラエルチームを襲撃し、最終的には選手・コーチの十一人全員が死亡するという事件も起きている。やらかしたのはヤセル・アラファト率いるテロリスト集団ブラック・セプテンバーのメンバーだった。

そのような訳で政治的・思想的変化が起こるであろう日之本開闢を表現するための平成二〇年二月二

六日なのであろう。必ずしもその日に何かが起こるといったものとは異なる。

＊

言納も健太も、いま自分に何が起こっているのかよく理解できていなかった。気が付くと金龍に乗ったニギハヤヒ尊は消えていた。だがそこに再び雲のような靄《もや》がわき起こると、中から今度は青龍が姿を現した。そして二人に〝乗れ〟という意志を伝えてきた。

（乗れって、何に乗るのよ。まさか龍神様の背中に乗れってんじゃないでしょうねえ）

言納は健太に助けを求めようとしているが体が動かない。健太も言納のことが気になるが同じく動けなかった。だが気が付くと二人の意識がスーッと青龍の中に入っていった。肉体はそのまま座っている。

だが、どうも一般的にいう幽体離脱とも違うようだ。それだと意識が完全に肉体から離れてしまうであろうが、二人には自分が座っているという感覚も肉体の中に残っていた。そのうえで分離した意識が龍神の中に入って行った。

おそらく一霊四魂《イチレイシコン》のうち、荒魂《アラミタマ》・和魂《ニギミタマ》を肉体に残し、幸魂《サキミタマ》・奇魂《クシミタマ》と呼ばれる部分が直霊《ナオヒ》と共に出て行ったのかもしれない。いや、ひょっとすると逆かもしれないぞ。あれ、どっちだろう。んー、よく判らん。

で、その青龍からだ。

『龍と龍神　同じに考えておると間違うぞ
禊《みそぎ》せずして　玉《たま》し霊穢《ひけが》し
覚悟なきまま求めたとても
龍神の何たるか
知ることはできまい

好きだから　興味があるから
ひかれるからと
外に龍神求めておっても

本質ひとつも判りはせぬ
それでも相手する龍　おるであろう
たわむれ遊ぶもよろしいが
龍と龍神　取り違えはいたすなよ』
（ほ、本当に今、龍神さんの声なんだろうか、それとも他にどなたかおみえなのか……それに龍と龍神ってどう違うんだろう。何か見分け方でもあるのだろうか……）
健太がそう思った瞬間だった。
『お前と円空、どう違う
お前と空海、何が違っておる』
（……えっー？……）
『同じだろ　外見は
ならばお前と円空は同じか
お前と空海、何も変わらぬのか』

それで健太はハッと気が付いた。

外見は同じ人間。目はふたつ、耳もふたつで口ひとつ。二足歩行で移動し、動けば当然腹も空く。しかし、器は同じ肉体であってもそこに宿っている玉し霊の成長度が全く違う。

玉し霊の質の違いもあるが、問題なのは成長度合だ。というのは、元来一霊四魂《イチレイシコン》の中心にある直霊は誰であっても光っているのだ。質の差こそあれど、みんな輝いている。ところが肉体に宿った状態での成長度合いとなると、これが天と地ほどの差になってくる。いや、地も天と同じく大切なのでいまの表現は適切ではないか。神と悪魔ほどの差にしておこう。

円空や空海と健太の違いも同じようなものだ。神と悪魔とまではいわぬまでも、片や信仰の対象とまでなった人。片やぬるま湯社会に甘えて暮らす青年。現在道を求め少しずつ成長し始めている段階だ。

（ああ、そうゆうことか。なるほど……）

『龍と龍神の違い　判ったな
　龍心
　　お前の課題だ』
（…………課題？…………）
『龍心を知れ』
青龍はそう言い終わるや否や、二人の意識を胸に閉じ込めたまま、もの凄い勢いで空へ舞い上がっていった。

＊

このとき青龍は空を飛んで移動した。二人に空の旅を楽しませるため、行き先まで瞬間移動するのではなく。言納が恐る恐る地上を見下ろした。
（わっ、本当に飛んでるわ）
不思議と恐くない。背中に乗っているというよりはカンガルーの袋に入って顔だけ出して地上を見ている、そんな感覚に近い。
どれほどの時間飛んでいただろう。三分程なのか三十分程なのか、それさえ判断がつかないでいたが、急に速度が落ちた。どこかに着いたようだ。
（あら。ねえ、健太。ここ見憶えあるわ。……そうよ、ここ鞍馬寺よ）
当ったりー。青龍が飛来したのは京都・鞍馬山上空だ。言納にも見憶えがあった建物は本殿金堂や光明心殿である。そもそも言納と健太はこの山で出会っている。
『要はすべてがタイミング
　禍《わざわい》転じて福とすも
　示し合わせた段取りぞ
　決して禍恨むでない
　それも繙《ひもと》く過程のうえで
　人結びつけるタイミング』
光明心殿でそう教えられ、その後雪の中で遭難しかけた。雪で滑って転んでしまい、動けなくなったのだ。禍《わざわい》恨んだな。神々に悪態ついて怒っていた。そこへ現れたのが健太だった。示し合わせた段取ぞ。人結びつけるタイミングとはこのことだったのだ。

　さて、青龍は奥の院魔王殿上空をぐるりと回ると再び本殿金堂上空まで戻ってきた。

（ゲッ、何だこれ）

（ほーんと、凄い。どうなってるのー）

　何と本殿金堂上空から天に向って長い長い階段が伸びており、その先には黄金色の光を放つ大きな社が空中に浮かんでいる。青龍は天まで続く階段に添ってゆっくりと飛んだ。

　閉じていた門は近づくと霧のようにスーッと消えてしまい、気が付いたときには門の中にいた。そして青龍もどこかへ行ってしまった。

　二人がどうしていいのか判らずその場にたたずんでいると正面に三十名ほどの天狗が横一列にズラリと並び、邪のモノは一切通さぬぞ、といった雰囲気を漂わせている。二人の体に緊張が走った。いや、体は玉置に置いてきていたんだった。二人は緊張した。と、そこへ天狗たちの背後に厳かなる何かが出現した。するとすぐに天狗たちは左右に分かれ、今度は縦に並んだかと思うと、二人を通した。

　奥は霞んで何も見えない。

　だが威圧感を伴《ともな》う強烈なエネルギーの存在だけは伝わってくる。

（ねえ、健太。あの奥のあれ、一体何なの）

（……判らない）

　二人の緊張は極度に達し、持って来てないはずの心臓は破裂しそうなほどに高鳴った。

＊

　シャンと真一文字に稲光のような白金の光が走り、深く濃い紫色の玉が現れた。言納たちからかなり離れたところにいるのは、これ以上近づくとエネルギーが強烈すぎ肉体人間のミタマには耐えられないからだ。
ほんの一瞬だった。何かの意志が発せられた。そのごく微かな念波を言納が感じ取った。いつものような教えを受けたり何かを授かったりといったことは一切ない。

『二二、一二、九　降臨』

それだけだ。だがこのとき言納の脳裏には他で教えられていた日付けと連続していることが理解できた。

平成一八《イワ》年一〇《ト》月八日《ビラキ》　イワトが開き
平成二〇《トワ》年二月二六日　トワなる日之本開闢
平成二二年一二月九日　降臨

ただし、最後の日付けについては人類の精神的成長及び玉し霊の霊性向上が一定のところまで達せねば、悪しき事も起こりかねないということも言納は読み取っていた。

平成二二《富士》年一二《火噴》月九日《く日》

これは決して富士山噴火についてのみを表しているのではなく、天変地異全般のことだ。それが太平洋戦争開戦十二月八日の翌日というのも何だか恐しげだ。

健太も受け取るものがあった。

『二二までに七七に達せよ
　二二は52のうしろの正面ぞ』

（はい。判りました）
本当は何も判っちゃいないのだが一応そう返事しておいた。ともかく健太はその内容うんぬんよりも叱られなかったことにホッと胸をなでおろしたのだった。
その後、威圧感漂う大いなる意志は空中神殿の奥深くへ消えて行った。
（ねえ、健太。今の方はひょっとすると……）
（うん、いま同じこと考えてた。まさかとは思うけど、ひょっとすると……魔王尊様かも……）

魔王尊とは六五〇万年前金星よりここ鞍馬山に飛来したサナートクマラのことだ。シャンバラの大王でもあり、ヒンドゥー教ではヴァイシュラヴァナだ。ヴァイシュラヴァナは日本名で毘沙門天。『数霊』「その10〝富士と88〟」で役小角《エンノオヅヌ》の前に出現し、小角を導いた紫の光の玉の正体がこのサナートクマラであった。小角はこの紫の光の玉に紫思宝と名をつけ崇拝していた。

そのような大いなる意志が直々に何かを伝えてくることがあるのだろうか、言納も健太も確信が持てずにいたが、それはさほど問題ではない。この場合は相手が誰かということよりも、受けたことを果たせるか否かなのだ。

大いなる意志が消えた後、再び天狗たちが現れた。その中央に立つ者が二人に語りかけた。

『わけあっての三柱じゃ
　一日たりとも日之本守護せぬ日はない
毘沙門天　千手観音　魔王尊
　一日たりともな』

ここ鞍馬寺では毘沙門天と千手観音を魔王尊と共に祀る。毘沙門天は太陽の精霊として。千手観音は月輪の精霊、魔王尊は大地霊王としてだ。そしてそれぞれに〝光〟〝愛〟〝力〟の働きがある。

天狗の口から三柱の名が出たとき、言納の脳細胞がガシャガシャと音をたてて変化し、計算を始めた。

ビシャモンテン……70＋15＋36＋……174
センジュカンノン……143
マオウソン……49
174＋143＋49＝366

一日たりとも守護せぬ日はない、とは閏日《うるうび》二月二十九日も含めた一年三六六日守り続けているぞと数霊でも示されたのだった。

（すごいわ。人間の世界にはない完璧さがこちらの世界にはあるのね……）

それらを理解すると同時に言納にとっては千手観音の持つ143という数が、今後大きな鍵になるであろうことも感じていた。

頭上にあった太陽が二人に覆いかぶさるように降りてきた。

(何だってば。まぶしいぞ)

(どうなっちゃってるのかしら……)

確かにまだ夜が明けたばかりなのに真上に太陽があるのはおかしいと思ってはいた。だが目の前で起こっていることに気を取られて忘れていたのだ。その太陽が今こちらに向かっている。三次元世界のものとは全く異なるもののようだ。

(わー、まぶしくて何も見えない——)

気がつくと二人の意識は玉置神社本殿の前に座る肉体に戻っていた。

(うっ、何て重いんだ。体が動かない)

肉体に戻った健太がまっ先に感じたのがそれだった。言納に声をかけようにも、口を開くこと自体が重い。そうだ。肉体世界は重いのだ。言納はといえばまだ意識が朦朧《もうろう》としており、しばらくは固まったままだった。

足音がした。他の参拝客か。いや宮司だ。宮司が朝拝のために社務所から出てきたのだ。

「おやおや、お早いお参りで」

宮司が二人に声をかけた。健太があわてて立ち上がろうとすると宮司がそれを制し、

「あなたたちも参加しなさい。お若いのに感心ですな」

と、二人に丸く小さな座布団を出してくれた。

準備が整うと宮司はすごい勢いでドンドンドンドンと太鼓を打ちながら祝詞をあげた。いつもこんな調子で太鼓を打つのだろうか。

ちょっと他では見られない朝のおつとめだが、二人には先ほどの出来事が強烈すぎて、張り切って朝の勤めにいそしむ宮司の勇姿は目に映っていなかった。ただ激しい太鼓の振動だけが体の芯にまで響い

ていた。

＊

社務所内の神殿及び奥の間の弁財天も参拝させてもらえた二人は、今回最も重要な玉石社に向かった。玉石社は本殿からもうしばらく山を登ったところにたたずんでおり、大きな玉石が祀られている。

「〝二二までに七七に達せよ〟ってどうゆうことだと思う？」

「多分だけどね、それは平成二十二年の二二だと思うわ。七七は玉置石かな」

タ＝16、マ＝31、キ＝10、イ＝5、シ＝15、合計77。

「それでは意味通じないじゃん」

「そうね」

「あと〝二二は52のうしろの正面〟も判らないぞ、ちっとも」

「本当ね。別の意味ね、その二二は。けどね、健太。52は名古屋のこととかEａｒｔｈ、つまり地球のこととかの意味も含まれていると思うわ。帰ったらまた裕子さんに解いてもらいましょ」

以前、星宮神社横の美並ふるさと円空館でのことだった。十一面観音が健太に『16のうしろの正面は46ですから』と語ったことがあった。いや、実は誰が語ったのか本当のところは判らないのだが。それを犬山のお寺の嫁で言納のことを妹のように可愛がってくれる裕子が意味を解いた。

16は円空のことだった。

エ＝4、ン＝1、ク＝8、ウ＝3、で16。

46は白山だ。

ハ＝26、ク＝8、サ＝11、ン＝1、計46。

つまりこれは、円空の背後には白山信仰ありきということなのだ。円空の信仰、決意、悟りに至る過程には白山菊理媛並びに十一面観世音菩薩の導きがあったのであろう。

ただし、神々が伝えたかったのはそれだけではなく、まだ他にも気付いて欲しいことがあるのだが……。

「あった。あれが玉石よ」

　棚の中をのぞきこんで言納が指をさした。地面から顔をのぞかせているのは玉石のほんのごく一部であり、地面の中にはどれほどの大きさの体が埋まっているのかは判らない。

「お供えしようよ」

　健太は持参した三輪山狭井神社の御神水を半紙の上に並べた。言納が何も言わぬまま健太の肩をたたいたので振り返ると、ゆうべの雨で湿った地面から湯気が立ち上がり幻想的風景が山全体に広がっている。

「素敵ね。神々が住まう社の中にいるって感じね」

「うん」

　健太はうなずきながらペットボトルのキャップをすべて外した。

「さあ、誰もいないうちに参拝しよう」

　健太は東谷山で出た〝十五↘九三〟によって三輪山の御神水をここまで持ってくることになりました、ということを報告した。すると予想に反してやわらかい声が伝わってきた。

『ありがたくお受けいたします

これでひとつ鍵開き

御柱《みはしら》　地から天に伸び

父神系が立ちました

あなたもいよいよ新たな旅立ち

行く先見据えて歩んで下さい

人を愛した分　仕事は増え

人をけなした分　仕事は減ります

人を包み込んだ分　収入は増え

人をつき離した分　収入は減ります

人の頼みを受けた分　信頼は増し
人まかせで済ませた分　信頼を失います

自分の都合に目をつぶった分　望むものが与え
られ
自分の都合を通した分　望み叶わぬものです

人の努力をたたえた分　人が集い
自分をたたえさせた分　人は散ります

水は器を選びません
どのような形であっても自ら納まります

円空は木材を選びませんでした
いかなる形であっても仏にしました

あなたは人を選ばず世に向かってみなさい
いかなる人であっても　その想いを汲んでみな
さい
水から学ぶのです
自ら学ぶのです
〃見ず〃からは学べません

学んだ分が力となります
人を動かすのは力です
腕力でそれするのか
権力でするか
経済力で人動かすのか
魅力で人動かすか

どうか活かして歩んで下さい』

これで1―2が終わったことになった。それにしても今の教えは大学を卒業する健太に対する神からの思いやり以外何ものでもない。仕事に就くにしても大学院へ進むにしても大切なこと。このあたりのタイミングは絶妙だ。
最後に御神水を撒く場所を指示された。棚があるため玉石に直接かけることができない。それで三本の木が指定され、その根に一本ずつ水を染み込ませた。
言納は手を合わせるとすぐに強い悲しみを感じた。
（何？　この悲しい気持ち。どうしよう、泣けてきそうだわ……あれ、微《かす》かに何か聞こえてくるような……）
『マハリテメグレズ　アメノミチ
汚水に霊気が封じられ
マハリテメグレズ　アメノミチ
光の都の青き麻
玉、届く日　待ちわびる』
か細い声がそれで完全に消えた。そして音のない世界に可憐《かれん》な藤の花が現れた。
（……藤の花……美しいけど淋しそう……えっ、花の中に143って……）
藤の花の房の中にうすい橙色で数字が出た。143と。そしてそれらも消えていった。
（今のは何だったんだろう）
言納は映像が消えてからもさらに何かを感じ取ろうと感覚を研ぎ澄ましていた。すると別の声が現れた。健太が聞いていたのと同じ声だ。
『授かった玉を持ち
封じられた母神を出して下さい
二本の御柱揃わずしては
日之本開闢成りません』
玉置神社の玉石社にて父神系の柱が立った。ニギハヤヒ尊の御柱だ。もうひと柱、次は母神系のものを立てなければ日之本が開かれないというのだ。

日本はいつも二本立て。すべては陰と陽で成り立っているように、日本では神道と仏教が補い合い、太陽暦と太陰暦、日本の旧暦は太陰太陽暦というものなのだがふたつの暦を使い分け、西暦と元号が共存しているように国開きの御柱も二本必要なのだ。

遺伝子だって二本の螺旋から成っているように、対《つい》で国生み・国開きは自然の摂理であり、そうでないとニホンにならないのだ。国土からして登り龍と下り龍の二体から成っているのだから。

*

参拝を終えてからも言納は感じたあの悲しみを忘れることができずにいた。

（藤の花……大きな房が四つ……その中に出た143。143って何かで見たわ……そうよ千手観音様よ。鞍馬山上空の空中神殿で……けど待って。どうして千手観音様なんだろう……違う。そうじゃないわ）

健太は言納に話したいことがたくさんあった。だが黙って先を歩く言納のうしろ姿から今は話しかける雰囲気でないことを感じていたので、少し離れたままで車まで戻った。

行きにはあれほどピリピリしていた空気はやわらぎ、気持ちいい朝だ。

「さあ、行こうか」

車に乗り込み、ドアを閉めた健太が前をみたままそう言った。だが言納はそれには反応せず、

「ねえ、22は52のうしろの正面っていってたわよねえ」

と、唐突に切り出した。

「そう。鞍馬の空中神殿」

「22ってさあ、フジじゃないかしら」

「フジって、富士山の富士？」

「違う。藤よ。藤の花の藤。さっきね、藤の花の房が四つ出てきて、その中に143って。それで悲しみの中に埋もれた微《かす》かな思いを感じ取ってたの。そしたらね……」

「そしたら？」

「うん。以前富士神界と白山神界が入れ替わったって言ってたでしょ。表の働きと裏の働きが逆転したよって」

「一九八六年か八七年ごろからだと思う。それまで表にいた富士神界は裏へ回り、陰の働きをしてた白山の働きが前面に出るようになってきた」

　その通りは表通りのバス通り。だが富士神界が裏へ回ったといっても役割がなくなったとか力が弱くなったという意味ではない。陰の働きがなければ陽が成り立たないように裏あっての表。双方重要性においては全く同じ。当然のことながら白山神界も表に出るまで何もしてなかったわけでもない。陰の働きをしてきた。

　言納はじゃがりこを食べながら続けた。

「22は富士だと思ったわよ、はじめは。けどね、富士神界＝木花咲耶姫＝桜でしょ」

「うん、富士は火の山で桜の神だよ」

「藤なの。桜じゃないの。白山神界はイコール菊理媛でしょ。けどね、白山神界にも富士に立つ神様がおみえなの。その神様がつぶされてしまってるから出してって伝わってきたの」

「どうして富士に立つ神って判ったの？」

「だって藤の房が四つだもん」

「えっ？」

　理解できず健太が聞き返した。

「藤は22。それが四つで22×4＝88。フ＝28、ジ＝60、で88でしょ。岡本天明さんの日月神示も〝富士は晴れたり日本晴れ〟は〝二二八八〟から始まるでしょ。22と88はセットみたいなものね。で22と88が合わさって110になると〝協調〟であり〝響き〟であり〝タイミング〟になるの。〝雅楽《ががく》〟も110よ。ああ、私冴えてるわ。富士神界浅間《せんげん》神社とダイレクトにつながる浅間山《あさまやま》、同じ浅間の字でしょ。やっぱり110なの。でね、ニギハヤヒ尊の大神《オホミワ》神社もオホミワで110なのよ、エヘ」

そう言ったあと肩をすぼめて笑った。

「すっげー。なあ言《こと》、すごいけど恐いぞお前。それオレ以外の人の前ではやるなよ。なっ」

「うん、判ってる。でも一度だけお寺の裕子さんの前でやっちゃった。だって自然に出ちゃったんだもん」

「で、裕子さんどうしてた」

「だんだん後ろにさがって行った。ジーッと私を見ながら」

健太はそれを聞いて爆笑した。裕子でなくとも逃げるわな。

「なあ、言。ところでそのつぶされた神様って誰なのかは判ったの?」

「ううん、判らないわ。143だけは止まってるの。一番大切なことがどうして出てこないのよー、あーバカバカ、バカバカ」

言納は自分の頭をポコポコと叩いた。とうとう壊れてしまったようだ。


その様子を見ていた健太は、少し充電すれば直るかもしれないと思い、あわててドライブインに入った。

その三　神心《かみごころ》、親心《おやごころ》

新宮市が近づくにつれ雲行きが怪しくなってきた。

『人払いをする』

運転を続ける健太に先ほどから伝わってきている。

(あの雨雲からだろうか……)

だがそれが何を意味するのかは判らずにいた。ただ、急がなきゃとの思いはあったため熊野本宮大社の真ん前を通ったにもかかわらず、そのまま通過し神倉《かみくら》神社へ向った。

狭い道で少し迷ったが入口に着いた。何とか車を停められるところを見つけると、御神酒とお供えの品を後部座席から取り出した。

この参拝は健太にとって玉し霊の里帰りのようなものだ。心が肉体と共に生まれ故郷へ里帰りするのと同じく、玉し霊が親神のところへ戻ってきたのだから。用意したものは健太の地元東谷山のふもとの畑で採れた旬の野菜である。それに海の幸を少々。

「さて、登るぞ」

神倉神社は山の頂《いただき》にある。すると再び、

『人払いをする』

と声がした。

「なあ、言。実はさあ……」

健太は事の次第を言納に話した。すると、

「それ雨のことよ。大雨が降ってくるんだわ。大変大変」

言納はトランクを開けると、かばんの中から何かを取り出した。

「それだからなのね。きのう出かけるときお婆ちゃんがね、カッパ持って行きなさいよって。だから山登り用のゴアテックス入れといたの。よかったわ」

さすが言納の祖母。

雨が強くなってきた。傘をさしていても上半身にしか効果がない。

「この石段、どこまで続くのかしら」

「頂上まで」

言納が健太を睨んだ。

「ごめんごめん、怒った？　あれ、怒ってる？　もしもーし、言納ちゃーん。愛知県犬山市の安岡言納さーん」

「やめてよ、もう」

怒っているけど笑った。

「この石段はね、五三八段あるんだって。お祭りのときはね、火を持ったままここをすごい勢いで走り抜けるって聞いたよ」

「へー、命懸けね」

「ホントホント、危ないな。ところで五三八って聞いて何か他に思い浮かばない？」

「んー、何だろう」

言納は傘をさして石段を登るだけで精一杯なので面倒くささうに答えた。

「あのね、仏教伝来が一応五三八年っていうことになってるんだ」

「そうなの。じゃあこの階段と仏教伝来はどんな関係があるのかしら」

少し興味がわいたのか、今までは前を向いたまま答えていた言納が、隣りを歩く健太を見た。

健太はニヤリと笑ってこう言った。

「ない。多分ないと思う」

言納は以後しばらく何を聞かれても一切口を開こうとはしなかった。あーれれ。

雨がさらに激しくなってきた。参拝に来ていた人たちがあわてて山を降りて行く。

（人払いってこのことだったのか）

結局この山からは二人以外誰もいなくなってしまった。恐るべし。

＊

「言、ほらあれ」

ゴトビキ岩が見えてきた。

「わっ、あれのこと。すごいわね」

山の頂きにそびえるこの岩は実に迫力がある。二人は大雨が降り続く中、お供え物を用意した。社が小さく、雨よけになるところがないので仕方ない、ビニールを上からかぶせてのお供えだ。

二礼二拍手《はくしゅ》、そして一礼し二人は手を合わせた。

『お前たち、何で社を見おろして拝んどるんじゃ』

（んっ、何？）

言納が目を開けあたりを見まわすと、岩の上に天狗が立っていた。

『お前たち、なぜ神を見おろして参拝をする』

気付かなかった。社が小さいため、立ったままで参拝すると視線よりも下に社がくる。そこであわてて片ひざをついて参拝しなおした。
これは、自ら高きところを求める言納や健太だからこそのことであって、すべての人にこのようなことが求められているわけではない。
雨は激しく降り続く。このような状況下におかれてでも雨に礼を言わねばならないのかと健太は疑問に思ったが、また叱られるといけないのであわてて打ち消した。傘をさしているとはいえ足元はすでにびしょ濡れだ。

『剣の手入れはしておるか』

健太にだ。昨年登った白山の山頂白山比咩《しろやまひめ》神社奥宮にて授かった剣のことである。その際には、
『厳しき教えに背くことなく
　しかりと向かうその姿勢
神々《こうごう》しいばかりでございます
輝いてくればくるほどに
頼って来るもの増えに増え
邪気も寄って来るでしょうから
悪しきモノに惑わされぬよう
己れに芽生えた愚かしさ
　これにて祓い清めて下され』
とお言葉をいただいていた。
相手がいかほど悪質・粗末なものであろうとも、結局はそのような邪のモノにまどわされたり引っ張られるのは己れ次第。邪のモノが寄ってくることを許可してしまうことも拒絶することも自身のあり方ひとつであるということなのだ。
したがって、剣の手入れをしておるかというのは己れをしっかり正しておるか、歪んではおらんかという確認なのだが、それが一番むつかしいの。肉体人間はそれが簡単にはできないんだってば。
『剣《つるぎ》は表と裏を貫くもの
剣は神と人とを繋《つな》ぐもの

〝ツルギ〟の言葉に答えありと
言依姫《ことよりひめ》の御分霊にお伝えなさい』
（何だったのだろう、今のは……）
よく判らなかったがともかく言納に伝えろとのことだった。凛とした空気が少しやわらいだと思ったら、伝わってくる声もやわらかくなった。
『ようこそおいでなさいました
尾張戸東谷《おわりべとうごく》　高座《たかくら》の峰
幼き日より見守りて
日に日に大きくたくましく
輝く姿に心より
感謝し拝んでおりました』
（拝んでおりましたあ？……）
健太はひっくり返りそうになった。マジっすか。これは神界霊界合同の大がかりな〝ドッキリ〟じゃなかろうか。岩の陰から〝ドッキリ〟のプラカードを持った霊界のお笑いタレントが現れるかもしれないぞ。
うぬぼれるな。何しろ叱られることが慣例になっているため、たまに持ち上げられるとついつい疑ってしまうのだ。
健太の玉し霊の霊統は高倉下尊《たかくらじ》から発生した流れ。その神から成長した姿を感謝され、拝んでいただいていた……。誰がそのようなことを考えようか。
健太の生まれ育った地にそびえる東谷山の山頂尾張戸神社の主祭神は現在天火明《アメノホアカリ》ニギハヤヒ尊だが、創建当初はニギハヤヒ尊の次男高倉下だったようだし、庄内川をはさんで反対側の山が高座山《たかくらやま》と呼ばれるのも、元々高倉下に対する信仰があったからではなかろうか。
そこから幼き日より見守られていた。何とありがたい話であろうか。神仏の慈悲、慈愛というのは人知を遙かに越えている。
続きがあった。
『一二一は52のうしろの正面
一二一示すはひとつふたつにとどまらず

よっつ　いつつ　むっつほどまで
示しを知りて下されよ
〝藤〟はひとつの正解なるぞ』

次に大きく〝⊕〟と出た。

（丸に十……法輪……何だろう）

健太がそれにじっと意識を合わせていると〝⊕〟の三時の位置に11月22日と現れ、その後消えていった。11月22日は健太にも心当りがあった。ニギハヤヒ尊の命日だ。天理市の石上《いそのかみ》神宮では毎年鎮魂祭なるものが行われているし、そればかりか皇居でもこの日に同じく鎮魂祭を行うという。誰の魂鎮《タマシズ》めなのか。もちろんニギハヤヒ尊である。

ともかく〝⊕〟と11月22日については帰ってからゆっくり調べねば判らない。

次にはこのようなことを申された。

『打たれた雨の雫《しずく》の数だけ
二人に功徳を積む機会を与える』

いいですか。二人に功徳を与えるんと違いますよ。功徳を積むチャンスを与えるんだそうです。つまり、功徳をもらったのではなく、これから自分たちで積めということだ。甘くはないね。

それで最後に目の前に大きな神棚が現れた。すると音をたてず静かーに戸が開き始めた。

（何だろう……あっ、中に何か入っているぞ……何だ、お札《ふだ》か。何て書いてある……あれ、お札じゃない。ゲ――ッ）

何とその神棚の中に祀ってあったのは神の名の書かれたお札ではなく、健太の写真だったのだ。

（何でやねん………）

突如関西人になってしまった健太は、もう何が何だかよく判らず、一旦すべての思考を停止した。帰って厳龍に聞かねば何ともならない。

＊

（マハリテメグレズ　アメノミチ……）

言納はそれが頭から離れず、焦点が定まらないいままの参拝になってしまった。降り続ける激しい雨も言納の心を曇らせていた。すると、その想いを汲んだかのように御言葉が降りてきた。

『華々し　熱き血潮　たぎる舞い
桜の舞いなり　富士祭り

しとやかな　音無しき霊《ひ》のゆらう舞い
静かに語る　藤祭り

〃動〃の流れのはげしき祭り
〃静〃なるゆらぎの聖なる祭り

共に好む神あれど
藤姫望むは　静の舞い
今日《こんにち》足りぬ　藤祭り

日之本に　いにしえより伝わるも
失われしか　雅《みやび》な御心《みこころ》

マハリテメグル　水の舞
語りてめぐりてくだされよ

神界霊之元《ひのもと》　火の働きぞ
人界日之本　水の気ぞ
ふたつ合わさり火水《かみ》となり
マハリテメグル二《に》本立て』

言納は、自分がどうあるべきかがこれで少し見えた。火の働きをする熱き舞い、はげしき祭りは充分に神界にまで届いているが、〃静なる〃動きの水の働きを助けるものが伝わって来ないため、言納にそれをやれということなのだ。いにしえより伝わる雅な御心が失われつつあるからなのか、藤の花の神が封じられたまま出て来られない。その神を出すために。

だがこのあと言納には身に憶えのないものが伝わってきた。

『人には霊統・血統　共にあり
他にもひとつ　法統ありき
霊統・血統つながらずとも
法統の友　導くものです

自信教人信
自ら信ずる教えなら
法統の友も信じております　信じなされ

なぜに怒りを持つのです
なぜに誇りを持たぬのですか
捨てなさい　すぐに怒りを
取り戻しなさい　すぐに誇りを』

法統というのは、血脈や玉し霊の霊脈が別であっても、同じ教えを学び、それを信じ、供に歩む者同士の流れをいう。また法統の中から霊統同じくする者が出逢う。

（えー、私べつに怒ってないのにー。何でこんなことを……ひょっとしてさっき五三八のことで健太に怒ったから……まさか、そんな程度のことじゃないでしょう……）

　このとき突然、ある教えが思い出された。あれはいつのことだったか、健太と二人で奈良県桜井市にある安倍文殊院《あべのもんじゅいん》を訪れたときだ。

　当然御本尊様は文殊菩薩で、仏の智恵を授かることができる。釈尊が前世の子ども時代に教えを受けた仏が文殊菩薩であるとさえいわれている。

　それで、言納は

『冷静さを失うことが智恵を失います
　おだやかさが智恵を生むのです』

との教えを受けた。それを思い出したのだ。

　いや、思い出したのではない。思い出させたのだ。法統同じくする見えない守護者たちが。やがて陥るであろう状況から抜け出すために必要な教えなのだから。

＊

雨の中の参拝がやっと終わった。終わったとたんに雨が小降りになった。

（やれやれ……）

だが二人ともそのことについては一切触れなかった。だって恐いもん。

「さあ、帰ろうか」

「そうね。靴の中ベチャベチャいってる」

歩くたびに靴の中から水が飛び出した。

「ちょうど三十分か」

健太が時計を見てつぶやいた。山頂に着きお供え物の準備を始めたのが二十二分だったからはっきり憶えているのだ。

「で、今が五十二分だからぴったり三十………そっかー！」

健太は思わず大声を出してしまった。

「どうしたの？」

「わかったぞ、言。うしろの正面ってこのことだ。22分は52分のうしろの正面じゃん、時計では。正反対の位置だろ」

そう言って腕時計を言納に見せた。デジタル時計をしてたら気付かなかったかもしれない。

「円空様の16のうしろの正面は、ほら白山46じゃん。ね、16分の正反対は46分」

やっと気付いたか。つまりうしろの正面が表すものは、日之本並びに地球を背後から守護する神は誰であるかというものから、太陽を中心に地球の位置関係についてまでも含む。

健太は先ほどの〝⊕〟のうちの三時の位置に11月22日と出たことも理解できた。地球がぐるりと太陽のまわりを一年かけて周るうえで、基準にする日と正反対の日、それを年対象日と呼ぶのだが、陰と陽の関係となるうしろの正面がそれだ。

11月22日の場合、うしろの正面は5月22日である。ただしこの捉え方は数霊的解釈を優先したものであり、厳密に時間的な対称だと毎月の日数が異なるために少しズレが生じる。すると数霊的に複雑になりすぎてしまうので時間のズレは無視すればいいのだ。

それで、今気付いたのだが『数霊』（たま出版）で年対称日のことに触れたので調べてみたところ、何とまあ二一〇ページに全く同じ日付の図が出ているではないか。四年前に書いた原稿なのにどうしてだ。しかも二一〇ページだぞ。

11月22日はニギハヤヒ尊の命日。このニギハヤヒ尊、天照国照彦《アマテルクニテルヒコ》天火明櫛玉饒速日尊《アメノホアカリクシタマニギハヤヒノミコト》こそが天照《アマテラス》大御神《オオミカミ》の正体だということを、さんざんあちこちで言ってきた。

ア＝1　マ＝31　テ＝19　ラ＝41　ス＝13　オ＝2　ホ＝27　ミ＝35　カ＝6　ミ＝35

合わせて見事に210。

すごいね。

「混乱してきたからひとつひとつ話してくれないかしら」

と、疲れがそろそろ抑えられなくなりつつある言納が言った。

「そうだな。じゃあ、まず何からにする？」

「んー、22と52かな」

「わかった」

健太も疲れているのだろう、少し頭の中を整理してから話し始めた。

「22と52がうしろの正面同士の関係ってことは判った。それで22が意味するものを五つ、六つ見つけなさいってことなんだけどさあ、52はどの52なんだろう。名古屋なのかＥａｒｔｈなのか、それとも……」

せっかく話が戻ったばかりなのにまたここで説明せねばいけなくなってしまった。以前にも他で書いたが、話の都合上必要なので再び記す。くどいが許せ。

52というのは〝母〟〝川〟〝船〟〝台風〟など水に

関するものを多く表している。水の戸と書く〝水戸〟も、ミ＝35　ト＝17で、52だ。

Ｅａｒｔｈも52になった。地球は水の惑星、青い星なのでやはり52は水に関わるものであることは間違いない。だが、その他に52は名古屋だった。名古屋はそのまま七五八《ナゴヤ》だし、ナ＝21　ゴ＝52　ヤ＝36で109なのだが、そんな数字以上に52なのだ。

まず名古屋の市外局番は〇五二だ。名古屋のシンボルのひとつ、名古屋駅のツインタワービルは52階建てである。名古屋の中心、栄地区に水の宇宙船が空に浮かんでいるのだがオアシス21という。21は数なのでそのままで、オ＝2　ア＝1　シ＝15　ス＝13　それに21を足すと見事52。

二〇〇五年二月二十五日、2と5ばかりの日、オアシス21と同じ栄地区に観覧車ができた。はじめて見たときは我が目を疑ってしまった。胸の谷間に、じゃなかった。ビルの谷間にそんなんあるなんて思われへんもんね。で、このサンシャイン栄の観覧車の高さが52メートルなのさ。

名古屋のシンボルのひとつ、テレビ塔が一九五四年六月の開業以来、はじめて大きく変わった。リニューアルしたのだ。生まれてちょうど52歳の誕生日、二〇〇六年の六月に。

一九八八年、ソウルでオリンピックが開催された。最後まで候補地としてソウルと競ったのが名古屋だったのだが、一九八一年九月三十日の決戦投票で破れた。五二対二七で。

二〇〇五年、愛知万博、愛・地球博が開催されたが、一九九七年六月十三日、最後まで候補地を譲らなかった愛知とカルガリーとの決戦投票が行われた。で、どうなったか。もちろん愛知に決定した訳だが、それが何とまあ五二対二七だったのだ。棄権票・無効票各一の八一票で出た結果だ。

その愛知万博は二〇〇五年三月二十五日から九月二十五日までの開催。入場者数は二二〇五万人。2と5ばっかし。

会場内唯一の神社、大当り神社に七月七日の夜、こっそりとニギハヤヒ尊のお札が祀られた。もちろん開催者側は知らない。ロンドンでテロが起きたあの日だ。共に77の日。あのテロでの犠牲者は五二人。これは一体どう考えればいいのだろう。

祀られたのは七月七日の夜、会場が閉まった直後のことだったので、実際ニギハヤヒ尊は翌日七月八日からの会場入りとなった。七月八日は開幕一〇五日目だった。

ア＝1　マ＝31　テ＝19　ラ＝41　ス＝13　合わせて105。

閉幕まで残り八一日間のことであった。お見事。それで当初入場者目標が一五〇〇万人だったことを考えると二二〇五万人というのは大当りなのだ。ニギハヤヒ尊の復活祭大当りー。

77が出てきたが、ニギハヤヒ尊のお祭りの直前に中部国際空港が開港した。少々問題ありの開港なのだが、セントレアと呼ぶ。

セ＝14　ン＝1　ト＝17　レ＝44　ア＝1　これが77になる。

〝52〟はその他、一年は52週であったり、マヤ暦の一年が52×5の260日で、一世紀が52年であるといったところにも出てくる。

あとはまあ〝好きにしていいよ〟とか〝勝手にしなさい〟といった意味もあるんですね。

えっ、判りませんか。

〝ごじゆうに（御自由に）〟

長々と52と名古屋の関係を述べてきたが、実際52は名古屋を中心とした尾張を表している。もう少し広く捉えると美濃・尾張・三河である。ここから始まる立て替え・立て直しが日之本の開闢につながる。日之本は瑞穂《みずほ》の国、みずみずしい稲の穂の国なのであり、やはり52は〝水〟と〝尾張始まり日之本開闢〟を指す。

ところで先ほど日之本開闢は226になりそれを日付として二・二六で表していることを述べた。二・

二六を2×26にすれば52で、26は何かというと
ア＝1　イ＝5　チ＝20　で26なのだ。ここから
日之本開闢開始されるぞよ。
　カ＝6　イ＝5　シ＝15　26だったでしょ。

*

車に戻るころには雨も上がっていた。着替えを済ませ水分を補給したら少し疲れもやわらいだ。
「ねえねえ、健太。
『隠された歴史を正し　調和の時来たる
　閉ざされた血脈明し　回帰の時迫る』
とかさ、
『一八《イワ》、一〇《ト》、八《ビラキ》　で封印解かれ
二〇、二、二六　日之本開闢
二二、一二、九　降臨
うまくいかねば二二《富士》、一二《火噴》　九《く》』

って、一体何が始まっちゃうのかしら」

「世の立て替え・立て直し」

「それがどう現れるのよ」

「判るわけないじゃん、そんなことまで」

「そうね」

言納は妙に納得した。

「ところでさ、言《こと》。閉ざされた血脈明かし回帰の時迫るって何に回帰するのか教えてもらえたの?」

「ああ、それはね、多分よ……」

ペットボトルのお茶を飲み干した言納は、フーッと大きく息を吐いてから説明を始めた。


何に回帰するのか。

それは風土に根付いた生活への回帰。大自然と共存していたころの生き方や精神文化への回帰である。食についていえば「身土不二《しんどふじ》」がまず第一。次は「医食同源《いしょくどうげん》」であろうか。

その地で生まれ育った人にはその土地の土が育てた農作物が一番。身と土地は別々のものに非ず。ひとつですよ、というのが「身土不二」。そして、こ

れは目にいい、これは肝臓に効く、と食するすべてのものに効能を意識し、実際に食生活が最高の医療とするのが「医食同源」である。

精神文化では〝万物に神宿る〟〝ご先祖様に申し訳ない〟といったところから〝もったいない〟の精神に至るまでだ。


神道のある大家《たいか》が、神道の精神を伝えるため五度にわたりイタリアやフランスへ出向かれた。そこにはヨーロッパ中から若者が集い、それぞれ二週間ずつ寝食を共にし、神道を学んだそうだ。生徒たちはそれぞれの言語が異なるため、

「私が何かを申しますとね、まずはフランス語の通訳が入る。次はイタリア語、次は英語、ドイツ語、スペイン語というように五ケ国の通訳が入りますので時間がかかりました」

とおっしゃっていた。

「食事は楽しかったですよ。今日はフランス人が全員の食事を作る。だからフランスの家庭料理が楽しめ、明日はスペイン人の当番、あさってはイタリア人、といった具合にです。そうしますとね、はじめは反目し合っていた人同士がだんだん打ち解け合ってくるんですね」

と、思い出を語っていただいたが、次のことは驚きだった。

「ところがですね、どうしても意味が通じない言葉があったんですね。どこの国の言葉でもそれを伝えることができなかったんですよ。それが〝もったいない〟という言葉だった。まだ食べられるものでも平気で捨ててしまうんですよ。それで、もったいないというと、もうお腹いっぱいだから残りは必要ないでしょ。何で捨てちゃいけないの、と言う。〝もったいない〟という精神文化がないところで育ったんですね、彼らヨーロッパ人は」

なのだそうだ。

だが世も捨てたもんじゃない。その〝もったいな

い〃を世界共通語にしようという外国人が現れた。ノーベル賞受賞者、ワンガリ・マータイ女史である。ケニアの人が言い出す前に、日本人がやるべきことだった。本当にどうもありがとうございます。広めてまいりましょう、日之本古来の精神文化を。

争いが起きてしまったときにも古きに学ぶものがある。

相手に非が多かれど、自身にもわずかに非があれば、まずはそこを反省する。九割九分相手に非があっても、残りのその部分で自分がしっかりと見極めておれば事故は避けられた。一分の非を持つ己れの眼力のなさ、それが事故をカタチに導いたのだ。そうしたうえで相手に対峙していくのが日之本惟神《ヒノモトカンナガラ》の精神なるぞ。

それを我が行いふり返ることとせずしてすぐに裁判に持ち込み、何が何でも相手から補償をふんだくろうとするような他国のあり様は真似るでない。シッシッ、あっちへ行け。本当の悪の枢軸国家め。調和を乱す根元どもが。

そのようなことを健太に話しているときだった。言納は自分が発した〃調和〃という言葉に何かが反応した。

『饒速日《ニギハヤヒ》　国之御柱《クニノミハシラ》　大調和
阿弥陀によりて　甦《ヨミガエ》り』

そして言納には〃国之御柱〃も〃大調和〃もニギハヤヒ尊のお役のことであると共に、どれもが172の数霊力から成っていることも理解できた。饒速日も国之御柱も大調和も。そして阿弥陀も甦りもだ。阿弥陀の阿は76で。

「さっき言ってた龍と龍神様の違いの話もすごいわね。でもさ、考えてみれば私とマザーテレサだって外見は同じ人間だものね」

「そうなんだな」

「じゃあ、二人は同じかっていうと……全然違うわね。片や神のような人、私はただの人だもんね」

「龍と龍神も見ただけでは見分けがつかないってこと。要は自分のあり方次第でどっちに近づいてもらえるのかが決まるってことだろうな。あっ、あれ食べもの屋さんっぽくない？　ほら、あの店」

腹ペコな二人は、ともかく目についた店に入ることにした。

「まだランチやってるかしら」

駐車場に車を停め、外に出ようとして気が付いた。

「あっ」

「どした？　あっ」

二人とも素足だったのだ。靴の替えは持ってきてない。さあて、どうしたものか。

第三章　日之本に迫り来る危機

その1　ロバートとの再会

言納と健太は厳龍を訪ね、葛城一言主神社へ手紙を持って行ったことを報告していた。厳龍はというと二人が夢中になって話す神々の教えをフムフムとうなずきながら聞いている。それでも大神神社での
『神に向かって祈るのではないぞ
神に背を向け歩むのだ……』
であるとか、鏡作神社での
『立派なお姿ですね
ひざまずいて祈るその姿……』
にはうならされていた。また玉置神社の玉石社での〝人を動かす力〟についてはすぐさま解説をし始めた。
「腕力や権力で人を動かしてもな、それは、恐怖心によってのことで、人の心を動かしておるのとは違うな。判るじゃろ。経済力で人を動かすのはな、相手は損得で動いておるだけなんじゃな。ところがな、神さんええこと言うな、魅力で人を動かすのは相手が自発的に動くんじゃな。つまり、ほれるっちゅうこっちゃ」と。
また、言納が聞いた一言主神社の番人のグチには声を上げて笑っていた。だが龍と龍神の違いの話に及んだとき、厳龍はもたれていたソファーから身を起こし、背すじを伸ばして姿勢を正した。健太の背後にとてつもない神の気配を感じ取ったのだ。
しかしさすがは厳龍、健太にとってはさっぱり理解できなかったことも判りやすく説明してくれた。
「それでですね、どうして神棚にボクの写真が祀ってあるんですか」

神倉神社で出てきたあれだ。

「それは健太を神のようにお祀りしなさいってことなんじゃないのかしら、ねえ厳龍さん」

言納は本気でそう思っているようだ。

「いや、それは正しいとはいえんぞ。ただ全くの間違いでもないいな」

「ほらー、ねー」

言納が隣に座る健太の脇をつついた。

厳龍はおみやげにもらった那智黒をふたついっぺんに口の中に放り込んだ。昔からそうするのがうれしいらしい。

「あんた、自分の写真を神棚に祀ることができるか。えー、どうじゃ。はずかしいじゃろ。ましてそれを人に拝ませることは……」

「めっそうもない。できませんよ、そんなこと。冗談じゃないです」

「そうじゃな。では神さんはあんたに何を教えたかったかというとな、自分を祀ってある神棚に人が手を合わせていくような自分づくりをしてみい、ゆうてはるんや。そうなりゃあんたも神さんやな」

「そーんなー」

勘弁して下さいよ、という顔をする健太を言納がからかった。

「うちの神棚のお札、どれかを健太に替えてみようかしら」

厳龍は大笑いしたが健太は笑えなかった。まあ、そうだろうな。

「しかしな、本当にそれができりゃ、それはそれは玉し霊活かした生きざま残せることであろうな。まあ、しっかりやってみいよ。そういうことをな、自《じ》己礼拝《こらいはい》いうんじゃや。憶えときいよ」

厳龍はそんなことを言いながらも、この子らは本当にそれができるほどの価値を発揮するかもしれんぞ、と感じていた。


ガラガラガラと店の戸が開く音がした。客が入ってきたので健太たちはあわててソファーから立ち上がろうとしたが、厳龍がそれを制した。

「いや、座っておればええぞ」

そう言いながら入口の方を振り返った。

「おい生田《いくた》、ちょっと来い」

厳龍はその男を呼ぶと二人に紹介した。

「この男はな、生田《いくた》ゆうて昔からワシんとこへ来よる。久しぶりに訪ねて来よったんでな、しばらくうちに下宿させとるんや。いろいろ聞いてみるとええ」

今度は生田に向かい、

「この子らが言納ちゃんと健太君や」

二人は立ち上がり生田に挨拶した。はじめまして、と。

「あー、あなたたちが。先生から毎晩お話はうかがってます。ねえ、先生」

厳龍は毎日のように夕食どき、生田に若き二人のことをうれしそうに話していた。

生田は厳龍の弟子の一人であり最後の弟子でもある。どれほど成長しても偉ぶったところをもたなかったため、厳龍は生田に懸ける思いが強く、そのため最も手をかけて育てた。

言納と健太も本人たちは厳龍の弟子のつもりでいるが、まあ厳龍にとっては可愛くて仕方がない孫のようなものだ。

「お前もここへ座れ」

生田は厳龍に軽く頭を下げ、隣に座った。

「これ見てみい。この子らが受けた神さんからの教えじゃ」

生田はノートを手に取り、女の子らしいきれいな文字でまとめられたものを興味深く読みはじめた。

「大神《オホミワ》神社のところ見てみい。もう少し前じゃ。もっと前」

厳龍は生田に
『守護者の真の喜びは
守護する者の成長が
天まで伝わるときのみぞ』

という教えを伝えたかった。

「ええか、そこにも書いてあるがな……」

「いやー、これはすごい」

厳龍の声が耳に届いてないのか、生田は何をいわれても感嘆の声をあげながらノートに見入っていた。

「この円空さんの教えというのは？」

生田が健太に尋ねた。

「どれですか。……あっ、それはですね、信仰においても人生においても大切なことだけはしっかりと心得ていればあとは好きなことをやってもいいぞ、っていうものですね。けど、まだ今は何が本当に大切にすべきことかが判ってないし、どこまで自由にやっていいのかも判断がつかないでいます」

生田は黙ったまま何度もうなずいていた。

やはり厳龍の弟子、師と同じく〝龍と龍神の違い〟には目からウロコ、耳から背ビレ、口からエラの驚き桃の木びっくり話のようだった。


他の三人が会話をはじめても生田はノートから目を離さなかった。

「これは？」

生田は正面に座る言納の前にノートを差し出して指をさした。玉置神社の玉石社でのものだ。

『マハリテメグレズアメノミチ
光の都の青き麻
玉、届く日　待ちわびる』

「ああ、それ判らないんです。何のことかさっぱり。ねぇ」

言納がそう言うと隣の健太に同意を求めた。

「光の都の青き麻……いやね、以前住んでいたところの近くにアオソ神社というのがあったんだけどね、青い麻って書くんだよ」

生田の話に言納と健太が同時に身を乗り出した。

「それどこですか」

「仙台。けど仙台は杜の都だから違うね、光の都とは」

「そこです。そこのことです」

言納だ。来たぞ。

生田はキョトンとした顔で言納を見た。

「いいですか。センダイですよ。セ＝14　ン＝1　ダ＝5　イ＝5　で81よ。81は光でしょ。〝光の都〟って〝杜の都仙台〟のことだったのよ。そのアオアサ？……」

「アオソ」

「青麻《あおそ》神社へ届けるのよ、玉置の玉を」

生田は驚いた様子で隣の厳龍を見ると、ニヤリとして
「なっ、大したもんじゃろ」

と、小声でつぶやいた。

（それで母神の御柱が立つのかしら……でも私で大丈夫なんだろうか、そんな大切なこと……）

謎だったメッセージが解読できたことで言納の奥に秘められた何かが動き出した。だが同時にそれを阻止しようとする勢力もまた動き出したことも確かである。

＊

健太は自宅の二階にある部屋で寝ころびながら壁にかけられた役小角《エンノオヅヌ》の像の写真をながめていた。

（亀石の上に立つ役行者……亀石……加盟し……蚊名刺……あれ、何かズレてきたぞ……）

「ケーンタ、電話よ」

階下から母が読んだ。

健太の場合いまだにケータイを持っていないため、用があれば家電《いえでん》に電話がかかってくる。が、この方が親としてみれば息子が誰とつき合っているかがよく判って大変よろしい。その子が挨拶ぐらいはちゃんとできる子かどうかも判るし、母親に向かい『あれ、お母さんですか。あんまり声がお若いのでお姉さんかと思いました』などと言ってくれればなおよろしい。家に遊びに行ったとき、ケーキぐらい

は出てくるであろう。

　まあそれはいいとして、家電《いえでん》だと恋人同士の場合、ああもう十時過ぎちゃった。今からじゃちょっと遅いな。それに今かけるとお父さんが出るかもしれないからやっぱやめとこ、と電話をあきらめ手紙を書いたり、あれこれ思い浮かべて心こがすでしょ。そんな恋は非常に健全でありますので大変お薦めしております。世のご婦人方は今の若い人たちにそのような恋愛をしてもらいたがっているのですね。お隣の国のドラマがあれほどまでに支持されることからも判るものです。けど実は本人がもう一度そんな恋に燃えてみたいだけなのかもしれませんけど。

　ところが子供一人一人が個人で電話を持ってしまうと、夜中でもダイレクトにやり取りができてしまう。相手の恐ろしいお父さんのことも気にせずいつでも話せてしまう。家電《いえでん》の場合、自分と彼女の間に確実に存在している相手の家族もケータイでのやり取りだと認識されなくなってしまい、だから別れ話がすぐに殺人に結びついてしまうのだ。相手の家族の存在を認識していることは、犯罪行為をとどまらせる要因にもなりうるのだ。いじめにしても、いじめる側が相手の家族を知っているか否かでその度合いは変わってくる。当然相手の家族をよく知っている方がいじめにくいに決まっている。

　ともかく個人電話は自分と相手の間に何もない。それで相手は自分のものと錯覚してしまい、冷たくされたり気に入らないことがあっただけで人を殺す。

　未成年者登録のケータイは夜九時以降は家族以外につながらないシステムをつくれ。犯罪がどれだけかは減るぞ、きっと。

　で、誰からの電話にするつもりだったんだっけ。あっ、そうだ思い出した。

「やあ、ケンタ。ロバートです。元気かい」

「ボブ。ボブか、久しぶりだね」

「今、日本に来ている。明日会えないかい」

「大丈夫だよ。けど何だか元気ないな、ボブ」

おかしい。様子が変だ。岐阜駅で脳天気に円空仏をかかえて電車に乗ろうとした男とは思えない。

「なあ、ケンタ。大切な話があるんだ。けど一人では危険かもしれないから誰か男の友だちと来てほしいんだ。できるだけパワーのあるフレンドとね。あっ、けどコトノさんは連れて来ない方がいい」

「どうしたんだ。全然わかんないよ、言ってることが」

「明日ちゃんと話す。待ち合わせは……そうだな……」

「学校帰りにホテルへ寄ろうか」

「ノー。それは駄目だ。街の中じゃない方がいい。そうだ。以前送ってもらったケンタの家の近くの駅。あの駅の前に小さな喫茶店があったね」

「うん、ある」

「夜七時にそこへ行く。大丈夫かい」

「う、うん、大丈夫だけど、一体何があっ……オイ、もしもし。切れた」

健太は受話器を持ったまましばらくはその場にたたずんでいた。

＊

「もしもし。ああ、おばあちゃんですか。健太です。こんばんは」

「はいはい、こんばんは。お爺さんだね」

「いえ、今日は厳龍さんじゃなくて生田さんにお話がありまして……」

健太は明日の夜つきあってもらえないかと尋ねた。

「かまわないよ。じゃあ近くまで行ったら健太君家に電話するよ。六時半すぎでいいんだね」

「ええ、助かります。それでですね、あのー、言《コト》には内緒なんですよ……ええ……そうです。ですからもし店に寄っても言わないで下さい。……ええ……すみません」

生田は詳しくを聞き返さなかった。そのあたりはさすが行者、細かなことをいちいち詮索するようなちっぽけな男ではない。

その夜健太は何か大きな問題に引き込まれそうな予感がし、いつまでも眠ることができなかった。

＊

六時少し前に生田から電話があった。家まで迎えに来てくれるという。

（あれー）

電話を切ってから気が付いた。

（どうして生田さん、家の場所知ってるんだろう。何でも判っちゃうんだろうか……そっか、ナビに住所入れたんだ、そっかそっか）

けど生田の車にカーナビゲーションシステムは付いてない。

家の前で車が停まった。

「すいませんです、生田さん。わざわざ家まで来てもらっちゃ、ゲッ」

助手席に言納が座っていた。生田は言納に気付かれぬようゴメンと謝っている。

生田は出かける際に、

「先生、今日は健太君と待ち合わせをしていますのでちょっと出かけて来ます」

と厳龍に伝えた。

「えー、生田さん健太と約束してるのー」

すぐうしろに学校帰りの言納が立っていた。

「じゃあ私も行きます」

生田に有無を言わせず言納は助手席に乗り込んだのだ。

厳龍は生田の様子からすべてを察したようで、

「お前もあの子にはかなわんな」

と笑った。くわばらくわばら。

少し時間が早かったが喫茶店へ行ってみると、すでにロバートは一番奥の席に座っていた。

「やあ、ケンタ。会えてうれ……」

ロバートは握手の手をさし出したまま健太の斜めうしろを見つめて固まった。

「ごめん、ばれた」

健太が小声でささやいた。

生田にロバートを紹介すると、ロバートは握った生田の手から相当な鍛え方をしていることを感じ取った。

「ジュードーですか、カラテですか」

「ああ、この手はね、重い荷物かついで山を駆け回ったのでね、背負子《しょいこ》の肩ひもを握っていたらこうなったんですよ。ショイコって判りますか。ロバート君は何か格闘技でも」

「はい、カラテを二年ほど。けど長くは続きませんでした。どうも日本の文化でもボクが興味を持つものは芸術的なものばかりで」

それからしばらくは日本の伝統・文化についての話が続いていたが、いよいよ健太が切り出した。

「ボブ、一体何があったんだ。気になってゆうべは眠れなかったんだぞ」

ロバートは健太に小さく二度うなずいてから静かに話しはじめた。

「O・K、判った。話す、話すよ。今から言うことは……どうか驚かないでほしい。このことは他の誰にも話してないことだ。君たちが最初で、おそらく最後になる。……ボクは明日、日本を発つ。ひょっとしたらもう二度と君たちとは会えないかもしれない。いや、会わない方がいいと思う……」

「ボブ、何が言いたいんだ。さっきから聞いていると……」

「ケンタ。本当に大切なことなんだ。国の存亡がかかった……。だから、ちゃんと聞いてくれるね」

「ごめん」

ロバートはオレンジジュースを飲み干すと再び話し始めた。

「アメリカ政府及び彼らに力を及ぼすいくつかの組

織がいよいよ本気で日本を破産させようと動き始めました。日本だけでなく中国もですが、中国は世界中に華僑がいるためまずはターゲットを日本にしぼっています」

「破産って？」

「以前からそのつもりだったんですが、このたびファイナルオプションを開始しました。あらゆる作戦を同時進行させ、実際そのうちのいくつかはかなりの成果をあげています。このままでは近い将来本当に日本は破産し、何ともならない借金生活に入ることになるでしょう」

話がひと区切りついたが誰も何も話さない。ロバートが続けた。

「9・11テロがアルカイダの仕業じゃないことは知っていますね」

健太と生田がうなずいた。

「ええっ、違うの？」

「そう、違う」

それについて生田が説明をした。

「あのね、言納ちゃん。ブッシュ家とビンラディン家はずっと以前から太いパイプで結ばれていたんだよ。ビジネスパートナーとしてね」

「じゃあ誰があんなことしたんですか？」

「あのテロはアメリカのCIA、イギリスのMI6、それにイスラエルのモサドが仕組んだと言われてる。」

実際にテロ直後、一切の飛行機の運航が禁止されているにもかかわらず、ビンラディン一族二十四人は自家用ジェット機でパリへと逃れているのだが、それを手伝ったのが誰あろう合衆国政府である。もし本当にビンラディン率いるアルカイダの仕業ならば、犯人とされる人物の身内をどうして国外に待避させたりするのか。家族には関係ないからということで安全な場所へ移させたのか。

「ロバート君のお国はそんな思いやりのある国とは違うでしょ」

生田はロバートに尋ねるように言った。

「はい。そうですね」

「ねえ、生田さん。ボブも。私ちっとも判らないわ。どうして自分の国の国民を政府がだますわけ。すごくたくさんの人が死んでるじゃない」

ロバートが生田を見て続けて下さいと伝えた。

「あのテロを実際にやらかしたのはアルカイダのメンバーではなく、自作自演だった。当初はアルカイダの作戦をアメリカ政府はつかんでいたけど、知らぬフリをしてやらせたのだと思っていた」

「どうして止めないの？」

「新たな戦争を始めるのにはうってつけの口実ができるからね。ところがどうもそんな程度の話ではないという情報が世界中から聞こえてくるようになったんだ。そもそも実行犯が十九人もいるようなテロなら後方で支援する部隊は何百人もいるはずだよね。そんな大がかりなテロ計画を西側の諜報機関がつかめないことは一〇〇％あり得ない。アメリカだけでもCIA、DIA、NSAといったところが十いくつはあるし、同盟国のMI6やモサドは極めて優秀だからね。他にもカナダのCSISやCSE、オーストラリアのASIS、それにニュージーランドのSISという秘密情報局だって二十四時間体制であらゆることを監視しているからね」

「ねえ、CIAとかFBIっていうのはよく聞くけど、DIなんとかとかモサ、えっ、モサ何？」

「モサドはイスラエルの諜報機関で、世界で最も優れているといわれてるんだ。DIAはアメリカ国防総省の持つ機関で、いわゆる軍のスパイ組織だね。あのNASAはここの管轄らしいよ」

「えー、どうして？」

「それはNASAの本来の目的は宇宙開発ではなく、軍事目的だったからじゃないの？」

「ハーッ」

言納はがっくりとうなだれた。

「NSAっていうのはナショナル・セキュリティ

ー・エージェンシー。国家安全保障局っていって莫大な予算を持つことで有名だよ。映画の００７に出てくるジェームズ・ボンドはイギリスのＭＩ６に所属している設定だね。実際のスパイはあんなカッコよくないけど」

「そうなの」

「うん。あれでは目立ちすぎる。まあそれはいっか。それよりもね、あのテロはアルカイダがやらかすのを知っていたけど、知らないことにしてやらせたのではなく、はじめから自分たちで計画し、そして実行した……らしい。新たな戦争、石油の利権、世界制覇、どれもこれもすべてはお金儲けのためだ」

「けど、すごい数の人を殺してまでそんなことをするなんて悪魔より……」

「言、まあ聞けよ」

健太が言納の肩に手を置いた。

「あのときたしかアメリカ政府は日本と韓国にテロを警戒するよう呼びかけた。そういうことを通告するのはほぼ確実に何かが起こるであろうときだけだと思う。彼らにもメンツがある。通告したけど何も起こらなかったということになるとカッコ悪いからね。それで、そんなことを他国に伝えるぐらいなんだから、当然自国では最高レベルの警戒体制に入ってしかるべきだろ。だったら大統領はキャンプデイビッドかどこかの核シェルターにでも避難するはずなのに……」

「なのに、何？」

「フロリダの小学校にいた。そこで小学生相手にお話し会をなさっていたんだな。しかもだ、あれは小学生たちが〝大統領、どうかうちの学校に来て下さい〟と何カ月も前から手紙を出して懇願していたわけではないんだ。大統領側から一方的に、しかもたった二週間前に〝そちらに行く〟と知らせがあったっていうじゃないか。あのお忙しいアメリカ合衆国の大統領がだぞ」

「生田さん。それは大統領がニューヨークやワシントンから離れるためにそうしたんですか」

「おそらくはそうだろうね」

生田はコーヒーのお代わりを注文した。

「あっ、ボクも」

ロバートも空になったグラスを持ち上げ、二杯目のオレンジジュースをたのんだ。

「仮にだよ、アメリカ政府及び同盟国の諜報機関が本当にテロ計画をつかめてなかったとしようか。あんな大がかりなテロをつかめない連中がどうして事故後すぐにあのでかい空港駐車場のレンタカーの中からアラビア語で書かれた操縦マニュアルなんかを見つけることができるんだ。仕組んだとしか考えられないだろ。それに……これは本当に腹立たしいことなんだけどね、飛行機の残骸や犠牲者の遺体さえも探し出すことが困難なガレキの山と化した現場近くから、事故後すぐに犯人とされる男のパスポートが見つかってるんだ」

「えー？」

「ありうるかな、そんなこと。どうせCIAのエージェントがあらかじめ犯人に仕立てあげようとしたアラブ人のパスポートをポケットにしのばせておいて、現場の目立つところにヒョイと捨てたんだろうね。それで誰か、例えば消防士がそれを拾った瞬間、『CIAだ。それをあずかっておく。このパスポートは今、君がここで見つけたことを証言できるな。O・K。お手柄だ』っていう寸法に違いないでしょ」

ロバートは生田の話を真剣に聞き入る言納を見つめていた。何とかこの美しい文化を持つ日本を魔の手から救ってほしいと願いつつ。

「他の現場にしたってそうだよ。ペンタゴンに突っ込んだとされている三機目、あっ、ペンタゴンって国防総省のことね。あそこには実際飛行機は墜ちてない」

「本当なの、ボブ」

言納は生田ではなくロバートに尋ねると、彼は〝そうだよ〟と目で答えた。

「あれはミサイルを一発打ち込んだだけみたいだね。自分たちで一発ドカーンと。だから建物の被害が極端に少なく、飛行機の残骸もなかった。そして四機目。ピッツバーグ郊外で墜ちたとされるやつ。あれは許しがたいことにドキュメンタリーになったでしょ。携帯電話でテロのことを知った乗客たちは、この飛行機もニューヨークのどこかのビルに突っ込むのではないかと判断した。しかしそうなれば乗客以外にも多くの犠牲者が出る。それで乗客たちは意を決して操縦室へ侵入し、犯人と争った後に自ら森の中へと飛行機を墜落させた……ことになってる」

「それ嘘なの？」

「当時アメリカでは飛行中に地上へ携帯電話をかけることは不可能だった。なぜなら、そんなシステムは存在してなかったんだから。飛行中でも電話が使えるサービスを実施しようと開発が始まったのは二〇〇四年。9・11テロから三年後のことなんだよ」

「私、頭がクラクラしてきちゃった。じゃあ森の中に墜ちたのは故障でもしてたから？」

「実際は墜ちてない。墜ちたように細工されてるだけで。だから現場の残骸《ざんがい》からは乗客の遺体も見つかってないし、飛行機の胴体や二百以上あるはずの座席も発見されてないんだ。何かが墜落した二十分後に現場へ駆けつけた救助隊員がそう証言してたからね」

「えーっ、墜ちてないならどこへ行っちゃったわけ？」

「世界貿易センタービルに突っ込んだことになってる二機の飛行機が待機している飛行場へ…………」

「ちょっと待ってください、生田さん。ビルに飛行機が突っ込んだ映像はちゃんとあるじゃないですか。ふたつのビルにそれぞれ旅客機がぶつかっていくすごい映像が」

「そうだね。確かにあれは旅客機に見えるけど窓がない」

「えっ？」

「軍用機なんだ。それをリモートコントロールでビルに突っ込ませた。他のビルからその様子を撮影していた二人のイスラエル人が捕らえられたけど、すぐに釈放されている。彼らはモサドだろうね」

生田はロバートに視線を向けたが何の反応も示さなかった。

「ねぇねぇ、それで、お客さんを乗せた飛行機はどうなっちゃったんですか?」

「一機にまとめられて別の空港へ飛んだ。たしか……ホプキンス……」

「そうです。クリーブランドのホプキンス空港です」

生田が迷っているとロバートが今度はちゃんと答えた。

「で、それからは?」

気になって仕方がない言納が生田に尋ねた。

「空港に隣接するNASAのリサーチセンターに全員連れて行かれたらしい。おそらくその中で毒ガスに……。いや、そのあたりは彼の方が詳しいと……」

全員がロバートに注目した。

「ええ、その通りです。他の三機と別行動をとったアメリカン航空77便の乗客はそのまま飛行機の中で毒ガスによって………。しかしこのテロの目的はその一〇〇倍恐ろしいことが裏に隠されているので、皆さんはもうこれ以上知らない方がいいと思います。それよりも今日お会いしたのは他にお願いがあったからです。あなたたちなら本当にできるかもしれません」

その2　数霊力

「いま日本はアメリカ合衆国の国債を毎年何兆円も買っていますよね」

ロバートが先ほどより少し落ちついた様子で話し始めた。

「ええ、毎年一六兆円とか。累計はすでに三〇〇兆円を超えているらしいね」

「そうです。生田さんのおっしゃる通り。あとから利子をつけて返すからこの証券を買って下さいと売り続け、すでに三〇〇兆円。その三〇〇兆円を返さなくてもいい方法があることを知っていますか」

「何だって。そんなことできるのか」

生田にはめずらしく冷静さを失った。

「一九九一年、ソヴィエト連邦でクーデターがありましたね。やらかしたのはヤナーエフ副大統領、パブロフ首相、ヤゾフ国防相ら八人です。彼らはクリミア半島の別荘で休暇をとるゴルバチョフ大統領を脅し、辞任を迫った。結果的にクーデターは失敗に終わったのですが、それがきっかけとなりソヴィエト連邦は解体してしまいました。そうですね」

「ええ、憶えてますよ。ベルリンの壁の崩壊と共にあの時代を象徴する出来事だったからね。健太君たちはいくつだった、一九九一年って」

「えー、僕は小学生ですね」

ロバートが続けた。

「クーデターの首謀者たち八人はどうなりましたか。もちろんその時は逮捕されましたよ。問題はその後です。彼らの罪状が国家反逆罪だったかどうかは忘れてしまいましたが、ソヴィエトが解体してしまっては誰も彼らを訴える立場の人がいません」

「……………」

「判りますか。国家反逆罪を訴える国家はすでになくなってしまったのですよ」

「なあ、ボブ。ソ連のクーデターとアメリカの借金とどう関係があるんだって」

健太があきれた顔でロバートに問うと
「すでにヴァージニア州をはじめ、いくつかの州政府が合衆国政府に独立を宣言しはじめています。どうせ日本では報道されてないでしょうけど」

健太にはロバートが何を言いたがってるのか、まだ判らなかった。

「やがてそれぞれの州政府が合衆国を抜け独立国へ

と……」

「まさか」

　生田が叫んだ。

「ロバート君、まさかアメリカ合衆国もソヴィエトと同じように……」

　生田は思いもよらぬ話の展開に目がうつろだ。

「そうです。合衆国政府は日本と中国に国債を買わせるだけ買わせ、近い将来合衆国政府自体を破産させてしまうでしょう。国家の所有するものはあらかじめ各州政府に振り分けておけば失うものは何もありませんしね」

「もしそうなれば日本も中国も貸したお金を返すよう請求する相手を失うってことか」

「その通りです、生田さん。日本の政府は国債になってしまった三〇〇兆円をニューヨーク州に請求しても相手にされないですよ。州政府は関係ないんですから」

「けど、法律で何らかの保証はないのかしら」

「国家が無いので法律は通用しないでしょう。仮にあったとしてもその法律自体を無効にしてしまうでしょうね。何でもありの国ですから。それで必要とあれば数年後に別の共同体をつくる。貧しい州はいくつかがくっつくかもしれませんね。けど、そのときはもうアメリカ合衆国ではありません。ソヴィエトが解体後に独立国家共同体を創設したようにです」

「ＣＩＳのことだね」

　ロバートは無言でうなずいた。

「皆さん。すでに世界貿易センタービル内に保管されていた国債はビルと共に消えてしまいました。その分については合衆国政府が換金すると言ってももうありません。アメリカのまる儲けです」

　健太は怒りを抑えるのに必死で、それに気付いた生田が健太のひざをポンポンと二回たたいた。

「日本を潰すためにアメリカが用意したファイナルオプションは、日本ではなくアメリカ自身をなくしてしまう作戦なのです。きっとカリフォルニアなんかは単独で独立国となるでしょうね」

健太が声を振るわせて聞いた。ロバートの胸のあたりを見つめたままで、決して目を合わせようとはせずに。

「ボブ。何でそんなことを知ってるんだ。そもそも君は一体何者だ。どうしてオレたちにそれを伝えに来た」

「あなたたちならアメリカの陰謀を止められるかもしれないんだ」

「何言ってるんだ、なあ。オレたちに何ができる」

健太がキレた。それを生田と言納が何とかなだめたが、二人も健太がキレてなければ自分がそうなったであろうことを自覚していた。

「健太君。言納さん。まずお二人に謝らなければなりません。実はボク、学生ではありません。ある政府機関の対アジア戦略を練る部署に所属し、日本を担当していました」

「した?」

「ええ、数日前までは。けど今はもう辞めました」

「CIAですか」

生田が聞いた。

「違います。あんなあからさまな手段で世界を破壊するような品のない組織ではありません。もっと計画的で気付かれないように世界を破壊していくところです」

「ねー、それって自慢?」

言納が尋ねたが無視された。

「ボクの名前は……ロバート・W・ストーンフェラー」

「ス、ストーンフェラーって、あのストーンフェラーか」

「その一族の一人です。ですがこのようなことを他言したことが知れればたとえ一族であっても身の保証は望めません。何しろ国家のトップシークレットなのですから。ですからボクは明日他の国へ発ちます。その先は聞かないで下さい。それに実際知らない方がいい」

「だから言《こと》は連れてくるなと言ったのか」

「えっ?」

言納は判ってない。

「もしあなたたちに万が一のことがあるといけないので。けど大丈夫でした。気付かれてないようです、ボクがいま日本に来ていることは。パスポートも別の名前のもので入国していますし」

そう言ったロバートは口元をゆるませウインクをした。

「それよりも、これでやっと本題に入れます。ここからが大切な……というよりも、これを伝えに来たんですよ、あなたたちに」

このころには健太も落ちついてきたのか、ちゃんとロバートの目を見据えて話を聞いていた。それにしてもロバートは国家戦略を練る組織の中枢にいただけあって、先ほど健太がとった挑発的な態度にも一切動じなかった。一介のスタッフでさえこれなので、もしこれが外相同士の対話であったならば日本の政治家では太刀打ちできないのも無理ない話だ。こうして日本はどんどん相手の戦術にはまり込み、ニッチもサッチもヨッチもどうにもアッチッチになってしまった。

「あなたたちは封じられた日本の神様が再び強い力を取り戻すように何かをしていますね」

「どうして……」

「円空さんめぐりのときにピンときました。見えない何かに向かって話をしていましたからね」

「なんだ、知ってたのか」

「アメリカやヨーロッパの陰の権力者たちはそれを最も恐れています。だからそうなる前に日本を潰してしまう必要があるのです。彼らは日本民族の背後にいる強大な力の存在を知っています。彼らにとっての一番の脅威、それは日本の神々の復活と日本民族の覚醒なのです」

つまりはそれが日之本開闢である。お前、西洋人のくせによく判ってるじゃないか。

「それで、彼らから日本を護るためにある数を日本の味方にしてほしいのです」

「数？　味方？」

「そう、数を味方にです。彼らは古くから13という数をベースに戦略を立て、世界を牛耳ってきました」

「数で世界が牛耳れるの？」

言納がすっとぼけた声で聞き返した。

「まずは13です。そして2倍の26、3倍の39、4倍の52という具合に13の倍数で世界を支配しています。65、78、91。次は8倍の104。9倍の117と。10倍は130で、これは13と同じに考えますので次は13×11の143」

143は藤の花四房と共に現れた数だ。最近ではこのようなかたちで数が現れると言納の脳細胞はガシャガシャと何かが組み換えられ、すぐさまその数が何を意味するのかが判るのだが、この143に関しては判ろうとしても何かブロックするものがあり、答えが見えてこなかった。

（また143か……んー、判らない）

「どうかしましたか、言納さん」

「いえっ、何でもないの。ごめん、続けて」

「143は13×11でしょ。次は13×22になります。286ですね。そして13×33の429。これで12個の数が出ました。そしてもうひとつ、13×13の169です。以上13個のうち、最低でも半分以上は日本側の数にして下さい。そうすることでこの国は彼らの奴隷にならずにすむはずです」

ロバートの言う数を味方につけるとはどういったことなのだろう。さんざん数霊と言霊に触れてきた言納たちでさえ、まだ理解できないでいる。

この場合はその数の持つ本質的なところを味方につけるということではなく、その性質のうちのどれかと自分たち、または日本が放つ気を一致させることに意義があるようだ。そもそも数の持つ本質的な意味合いなんていうものが肉体人間に理解できるのだろうか。

〝1〟の場合、その意味合いとしてはすぐに〝1番〟〝1等〟といった人の最上位、または最下位の立場を思い浮かべてしまいがちだが、実はこの捉え方は自分と人との間に、あるいは人と人との間に差をつけている。比較している。分けているのだ。それは〝1〟の持つであろう本来の姿とは全く逆の捉え方になってしまう……と思う。

〝1〟の理解の仕方は〝分けることができない〟の方がいい。それが根底にあるのではなかろうか。いや、実際はどうなのか、正直言って判らない。ただ、そのように考えないことには調和が生まれないではないか。人との間に差をつけ、誰かが最上位に立つことを証明するための方便が〝1〟では愛も生まれてこない。なので〝分けることができず、集まって調和が保たれた状態〟それを〝1〟の本質としよう。

このように、〝1〟でさえそんな有様なので91とか104などという数の本来の性質なんていうものは人智を越えているので判りっこない。したがって考えられる多面的な性質のうち、まあ代表的っぽく思えるようなところのひとつと自分たちが一致すればそれでよいのだ。意味付けは人間側が勝手にやる。それを言納たち流のやり方、数霊単体で考えるのではなく、言葉と数を変換し合ったカタチでやるのだ。数霊単体で考え出すと、意味付けの限界が極端に狭まってしまう。

「ねえ、ボブ。まだよく判らないんだけど」

「いいかい。彼らは13の持つエネルギーについてよく理解しているんだ。だから13を最も大切にしているし、何かにつけて」

「ちょっと待って」

言納は勢いよく右手をロバートの前に突き出して

彼を黙らせた。

「西洋って13は縁起が悪い数でしょ。だからみんな嫌ってるんじゃないの。13日の金曜日とかさ」

「確かに。一般の人々にはそれが浸透していますね。モータースポーツなんかでもゼッケン13番は飛ばして、12番の次が14番になったりね。けどそれは、13の持つ強大なエネルギーを独占しようとした一部の人間たちが大がかりな仕掛けをしたためなんだよ。一般の人たちが嫌うようなストーリーを創作してね」

「……もういや、私。……ちょっとトイレに行ってきます」

言納はそう言うなり席を立ち、途中で店員にエビグラタンを注文してからトイレに入って行った。すごいな。このような状況下においてエビグラタンとは。

それを聞いていたロバートも、

「すみません、ボクは焼きうどんください」

お前もか。やはり大物は違うな。

＊

「13、26、39、52、65、78、91、104、117、143、286、429、そして169だな」

健太がレポート用紙に書き出した。

「あとはその数を日本の味方につけて下さい」

「できるのかしら、そんなこと」

言納もいまいち不安気だが、エビグラタンを食べながらなので真剣味がなさそうに見える。

「この中で13は無視してもらった方がいいでしょうね。完全に欧米のものになってしまっています。この歴史は数年、数十年では覆すことはできないでしょう。それと26もおそらくは無理でしょう」

「えー、そうなの？」

「はい。そもそもアルファベットは26文字です。大文字小文字合わせると52。トランプのキングは13。赤いカードが26枚、黒いカードも26枚で合わせてやっぱり52枚。すると52も難しいかもしれませんね」

口の中でグラタンをホクホクしながら言納がきっぱりと言いきった。

「52は大丈夫。もうすでに日本の味方よ」

この意見には健太も納得した。52のうしろの正面が導く、ということは52自体こちら側にある。

26はたしかに西洋くささがあるが、ニギハヤヒ尊の復活祭だった愛知万博では会場内をぐるりとめぐる空中回廊〝グローバル・ループ〟は一周が二・六キロメートルに設定された。それも意味あってのことだ。エジプトのギザのピラミッド。その中で最も大きなクフ王のピラミッドでは内部の大回廊の傾斜角が二六度なのだが、これは何を感じてそうしたのだろう。

このように、26だって当然西洋だけのものではないが、それでもまだあちらに軍配が上がる。何しろ26文字のアルファベットに順に1、2、3と当てはめれば神＝GODは26になってしまうので。


フォトンベルトをぐるーっと太陽系が一周する周期が二万六千年なのだそうだが、今後これも欧米は世界戦略に利用してくるであろうな。

「O・K。52は大丈夫みたいだね。よかった。では問題があるのはあとひとつだけ」

「まだあるの？」

「169。何しろ13×13なんだからね。西洋流に言えばキング×キングなのでグレート・キングってところでしょうかね」

「いえ、それも判らないわよ。たしかに13×13だから難しそうだけどね、日本もたくさん持ってるわよ、169と共鳴するものを」

また言納の脳細胞が何かをはじき出したようだ。でなければそんなこと知ってるわけがないのだから。

「判りました。それではおまかせしましょう。これで数の説明は終わりです。とにかく彼らの目的は経済から食料や水に至るまでを完全に自分たちの支配下におくことです。そのための手段は〝混乱〟と〝対立〟に他なりません。それを数の力を味方にして君たちが、いや日本人が〝安定〟と〝協調〟にしてほしいんだ」

「よくそんな日本語知ってるなあ」

健太に指摘されたロバートは照れくさそうに言った。

「まあね。調べた」

「〝安定〟と〝協調〟か。それは大調和への必須条件だからな」

腕を組んで三人の会話を聞いていた生田が感心したようにつぶやいた。

「本当にできるのかしら」

「それは君たち次第さ。生田さんもそう思いませんか」

「んー、そうだなあ。絶対ということは言えないけど、日本古来の神々が復活することで風土に根付いた精神文化や大自然と調和した生き方を人々が思い出せば、この国は正当な神々に守護されることになると思う。それで人々の思いのエネルギーが高まったとき、大調和の波動が日本から世界中に広まればあちこちで連鎖的に気付く人が現れるんじゃないかな」

「世界の人達に連鎖反応を起こすの？　どんな？」

言納が目をパチクリさせて聞いた。

「大自然や神々の持つ思いと本来は一体であるという自覚。ひと言でいえば〝喜び〟。それはね、〝嬉しい〟とか〝楽しい〟といった〝喜び〟。そのエネルギーを世界中に発信する。きっと全世界で百匹目の猿現象が起こるぞ」

「あっ」

言納だ。

「その波動を〝⊕エネルギー〟っていうんだって」

「何で判ったの？」

健太が聞くと言納は首を横に振り
「判らない。けど、そうなんだって」

「フーン。で、何て読むの、それ」

「それも判んなーい」

やれやれ。


店を出た後も彼らは車の中で話し続け、夜明けと共にロバートは空港へと向かう電車に乗って旅立って行った。韓国と中国でも同じように知人にアメリカ政府のたくらみを暴露した後、彼は北アフリカへ向かった。しばらくはモロッコかチュニジアあたりでのんびり過ごすつもりなのだろう。合衆国政府は彼の知る情報が外部に漏れてないか、あらゆる方面から探るであろうが、きっと彼ならうまく生き延びるに違いない。

＊

翌日夕方、言納と健太は厳龍の店へ生田を訪ねた。

「生田さん。本当にそんな巨大な敵に立ち向かうことができるんですか」

「自分たちにできることがあるんだから、それを精一杯やる。それしか他に方法はないだろ。まさか武器を手にして戦いを挑むわけにはいかないしね」

「そうですね。そんなことをすれば相手と同じ次元に生きることになってしまいますからね」

「そう。健太君の言う通りだ。武器を持たずして奴らのたくらみを潰すためにはもっと高次元で対処する。でなきゃ意味はないもんな。ゆうべ話してたように、日本人の何割かが生き生きと喜びに満ちた生き方をすれば、その念はきっと世界中に広まるだろうね。それは大きな波紋となり、その波紋の中に入った人の中から百匹目の猿が限りなく増えてくれれば、武器の全廃さえも不可能ではないだろうね。そう願うよ」

「他に手段はないですもんね」

「僕たちにとってもファイナル・オプションだな」

いよいよ火蓋が切られた。戦いのではない。調和のためのだ。彼らが強大な相手に高次元の手段で対処しようとしているように、領土問題についてもひとつ高次元で対処してみてはいかがだろうか、日本国政府。

だいたいだね、領土問題が円滑に解決した例が一体どこにあるというんだね。パレスチナについては言うに及ばず、トルコとギリシャのキプロス問題しかり、インドとパキスタンのカシミール問題しかりだ。

もし領土問題が領土自体にあるのではなく二百海里の漁場の問題であるならば、一度我が国の政府は相手国にどうぞどうぞと譲ってしまったらどうだろうか。

取るぞ奪うぞの国の念が及ぶ海域よりも、どうぞどうぞと譲る国の念の海域の方が魚だって心地いいに決まっている。海水自体の気が違うので当り前だ。だから海域が狭くなったって他の海域の魚が寄って来れば何も問題ないではないか。海流にだって変化を起こすことができるかもしれないぞ。国をあげてそれをやってみようよ、ねえ。

もともと海も陸地も人間のものではないんだから、たくさん使わせていただきました、ありがとうございます、で大自然にお返しする。握っていたものを離してしまう。すると魚は敏感に察知するだろうよ。気がいいのはどっちかを。大自然と一体化した念を発するのはどこの国の海域かを。判りますよ、おさかなさんだって。彼らこそ大自然そのものなんだから。

「判りました。とにかくやってみます、まずは自分から」

「私も」

「そうだね。君たち二人なら今からすぐにでもできるはずだよ。喜んで生きることが。いいかい。喜ぶことは神々や大自然の期待にこたえることなんだ。親は子供に喜んでもらいたいがために与えるだろ。その与えられたものに子供が不足を思ったら、それは期待を裏切ることになってしまう。素直に喜べば与えた方もうれしい。期待にこたえもらえたわけだからね」

「なるほど」

「与えられたものを喜ばないとね。人は運気が落ちるもんなんだ」

「そうなんですか」

「そう。送ったものを喜んで受け取ってもらえればまた送る。大切にしてもらえればなおうれしい。ところが送ったものに不平・不足をこぼされればもう送りたくないだろ。神だって同じ思いさ、人に対してね。だからね、親の思いにこたえることも神や守護者の思いにこたえることも全く同じ。それは〝与えられたものを喜ぶ〟こと。喜んでそれをやる。喜んでそれを使い、喜びをもって大切にする。それが言納ちゃんの言う㊉エネルギーを高める方法だろうな」

「それじゃあさ、私は…………」

二階から漏れてくる三人の会話を聞いていた厳龍は、そろそろ自分の役割が終わりつつあることを悟った。

第四章　白山妙理大権現菊理媛

その1　天狗の想い

言納は久しぶりに裕子のお寺に遊びに行った。いつものように、ほんのちょっとだけ高級なランチを食べた後、アーモンドシューと抹茶シューを買って寺に戻ったところだ。

「そっかー。16が円空さんでうしろの正面46が白山っていうのは時計で見ればよかったのね。見事真反対、うしろの正面になってるわ。言ちゃんが発見したの？」

「ううん、健太」

「そう。それで52のうしろの正面22と11月22日の反対5月22日を調べてって言ってたのね」

「そうなんです。あとその中間の2月22日と8月22日も」

「なるほど、⊕の位置関係だものね」

言納は熊野から帰った翌日、神倉神社で出た数と日付を調べてくれるようにと電話で裕子に頼んでおいたのだった。

「さーてと。では始めましょうか。それとも先にシュークリーム食べる？」

「あとにします。始めて下さい」

裕子がスペシャルファイルの付箋《ふせん》を貼ってあるページを開いた。

「11月22日はね、一二六三年北条時頼没の日。一九一三年のこの日は江戸幕府十五代将軍の徳川慶喜が七十七歳で亡くなってるわ。けどね、言納ちゃんたちが探してる人ではなさそうよ。だからね、11月22日はやっぱりニギハヤヒ尊だと思う。命日だもの。……何ニヤけてるのよ」

「だってー」

「健太君、やきもち焼かないの？」

「んー？」

「本気で恋してるみたいよ、神様に。マザー・テレサみたいね」

「えっ、どうして？」

「あら知らないの。マザー・テレサもキリストに恋してたのよ」

マザー・テレサと言納を同じに比べてもいいのだろうか。

「それで、2月22日は聖徳太子の命日だから、この日が示すのは太子じゃないかしら」

「聖徳太子ですか」

「多分よ。でも太子も謎の人なのよ。だってね、碧眼だったっていう説さえあるのよ」

「碧眼？」

「そう。だから西アジアの人だとか、中国にも碧眼の民族がいるとか。もちろん確かなことではないので判らないけどね」

「へ、そうなんだ」

と、いきなり言われても言納にはピンとこないが、まあ無理もない。

「他は……えっと、あった。一二三九年の2月22日は後鳥羽天皇没。第八十九代の天皇ね。あと百十一代の後西天皇もこの日に没してるわ。それと佐賀県にある吉野ヶ里遺跡が発見されたのが2月22日。でもこれって52のうしろの正面ではなさそうでしょ」

「うーん、違うかな」

「じゃあジョージ・ワシントンの誕生日っていうのはどう？」

「違うでしょ」

「都はるみの誕生日は？」

「それかも」

二人は大声をあげて笑った。

「では、2月22日は聖徳太子でいいわね。はい次。5月22日はあとまわしにして8月22日を先にやるわ。一九六一年ベルリンの壁が構築されたのは何か関係がありそう」

「……世界情勢の流れからいえば大きな意味がありそうですけど、うしろの正面ではないような……」

「そうね。あとは八〇六年に空海が唐より帰国してるんだけど……」

「それです。裕子さん。空海です」

言納が反射的に答えた。

「一応他のも聞いておいて。島崎藤村の命日。出口王仁三郎の誕生日。ただこれは本来旧暦の七月十二日で見るべきかな。太陽暦が採用されたのが明治五年のことなんだけど、王仁三郎は明治四年に生まれてるから。他には……あら、一九四四年のこの日は沖縄からの疎開船「津島丸」が鹿児島に向かう途中にアメリカの潜水艦が放った魚雷を受けて沈没した日なんだって。千百人死亡した中で学童が七百人。悲しい日ね。一九八一年は台湾で航空機が墜落して百十人全員死亡。作家の向田邦子さんもこの飛行機に乗っていたの。言ちゃんはまだ生まれてないわね」

「うん、もう少し先」

「あと一九八六年にはカメルーンの火口湖から毒ガスが噴出して一五三四人も亡くなってるけど、違うわね」

「うん」

言納は悲しげに小さくうなずいた。

「では8月22日はやっぱり弘法大師に決定ね」

「うん」

「大丈夫？　コーヒー入れてこようか」

「いいの。続けて下さい」

裕子には、精一杯元気そうに装う言納の意地らしさが可愛くて仕方なかった。

「では最後の5月22日ね。これ大変だったの。だってね、色々調べてみたんだけど一三三三年の鎌倉幕府滅亡以外ないのよ。北条高時の自刃ね。これも壮絶よ。この日、高時の一族はすべて東勝寺というところで自決してるんだけど、八四七人よ」

「えーっ」

「鎌倉幕府全体では六千人以上の人が自決したんですって」

「……頭がクラクラしてきちゃった」

「ごめんごめん。やっぱりコーヒー入れてくるからちょっと待ってて」

裕子はシュークリームも持ってくるわねと言い残して、奥へ入って行った。

言納は歴史を調べることがどうしてこんなに悲しいことなのだろうと本気で落ち込んでいた。

戦国武将らの成した仕事は歴史に取り上げられる際に必ずといっていいほど讃えられるが、それは一体どれほどの弱者が犠牲になってのことであろう。政敵や目障りな者たちを次から次へと切り殺すことが許されるのであるならば、どのようなことであっても成し遂げられるのではなかろうか。

社会への貢献、新たな政策・制度など、かたちに残ったことのみが取り上げられ語り継がれるが、その背後にあった横暴な振る舞いはいつしか忘れ去られてしまう。事を成した勇気や智恵を讃える以前に切り捨てられた弱者を弔《とむら》うのが先だ。それをおろそかにしたままなので世が乱れる。ある者は欺《あざむ》かれ、ある者はいわれのない罪を負わされ無念さを残し死んでいったであろう。そのような者たちの鎮魂にこそまず目を向けなければ世はよくならないぞ。

現代の政治家が機関銃を持ち、反逆する者を片っ端から撃ち殺したうえで国のための何か大仕事を成したとしても、それは立派な行為か。讃えられるべきことなのか。言納はそれを思うたびにいつも胸が苦しくなるのだ。

一八七四年5月22日、西郷従道《つぐみち》率いる征討軍が台湾を平定し、一九一〇年8月22日、日本が韓国を併合し植民地化した。

今後はこの逆をやっていかなければならない使命が日本にはある。

＊

「言ちゃん、お待たせ。コーヒー切らしちゃったからジャスミンティーにしたけど大丈夫だったかしら」

「大好きです」

「よかった。じゃあ、続きやっていい？　シュークリーム食べながら」

「私、アーモンドがいいな。あっ、さっきはごめんなさい。何だか悲しくなっちゃって」

「いいのよ、判ってるから。で、5月22日だったわね。鎌倉幕府とか北条高時で何かピンとくるものある？」

「そうですねー、今のところはまだ」

「でしょ。けどね、判ったわ。このことに関して大きく関わる人物が」

「誰だったんですか」

「52歳で生涯を閉じた人。後醍醐《ごだいご》天皇よ」

「それ間違いありません。あーびっくりした」

「今、震えたわね」

「だって、突然来たんだもん。何かがビビーって」

これで⊕に四人の名が入った。

12時の位置8月22日は弘法大師空海が。

3時の位置11月22日はニギハヤヒ尊。

6時の位置2月22日は聖徳太子。

そして9時の5月22日は後醍醐天皇が。


これでひとまずは今日の宿題が終わった。終わったというか、すべてを裕子に教わっただけであるが、ひと段落。だが言納はちゃっかり新たな宿題を裕子に託した。ロバートがおいていった13、26、39、52、65、78、91、104、117、143、286、429、そして169の13個の数を調べてくれるようにと。

言納はこのとき、ロバートが言っていた数を味方につけるという話を裕子に説明したが、ただひとつ伝えなかったことがあった。それは13、26、169は西洋の力が強いので無理だということを。裕子なら何とかしてくれるかもしれないと思ったからだ。

＊

「あっ、ここ円空さんの」

「そうだよ。星宮神社はこのインターで降りるんだけど、今日はもう少し先まで行くからね」

言納と健太はロバートからプレゼントされた数について、どう味方につけるかを考え続けていた。それればかりではない。いまだに〝77をめざせ〟が何を意味してるのかが判らないし、かごめ歌にしてもそうだ。〝夜明けの番人〟って何だろうかと。〝マハリテメグレズ　アメノミチ〟の〝光の都の青き麻〟については生田が説明してくれたが、仙台まではなかなか行くことができず、少々焦っていた。

それで思い出したのが、以前ロバートと三人で円空めぐりで行った星宮神社の奥の滝での出来事だった。

『もし答えが見つからねば
白山妙理大権現をたずねなさい
導いてもらえることでしょう』
と十一面観音からのそれだ。
それで二人はとにかく訪ねてみようということになったのだが、問題はどこへ訪ねるかだ。白山妙理大権現を。
地図を広げ可能性のあるところはすべて〇印で囲んだ。白山山頂の白山比咩《シロヤマヒメ》神社奥宮なのか、加賀の一の宮、白山比咩神社なのか、それとも他のどこかか。
「また白山山頂まで行かないといけないのかなあ」
「えー、本当に？」
昨年のちょうど今ごろ、二人は琴可たちと高山で過ごした翌日、雨が降るなか白山の山頂をめざした。それで再び来いというのか。
地図を眺めていてもらちがあかないので二人は近所の白山神社へ参拝に行った。するとそこで二人の行く先の指定があった。

言納は福井県勝山市の平泉寺《ヘイセンジ》白山神社。義経伝説が残る苔むす美しき神社だ。一方健太はというと、岐阜県の郡上八幡からさらに山奥へわけ入った石徹《イト》白《シロ》にある白山中居《ハクサンチユウキヨ》神社を。

それで、ある夏の日、双方へ共に出かけることにしたのだ。

実はこの日は生田も一緒に行くことになっていたが、急遽信州へ出かけることになってしまい、結局いつものように二人での参拝となった。なんでも、生田は戸隠か鬼無里《きなさ》村で探していた古民家の空き家が見つかったとのことで、早速たしかめに行ったのだ。

東海北陸自動車道の白鳥インターを出て国道156号を北上すると、道路沿いに長滝白山神社が見えてくる。ここがまたなかなか立派なところで、道路を挟んだ反対側には白山文化博物館なるものもあり、白山信仰の歴史を知るにはうってつけの場所である。

だが今回は素通りし、まずは石徹白の白山中居神社へ向かう。国道を逸れると険しい山道が続き近年まで陸の孤島と呼ばれていただけのことはある。冬はさぞ厳しかったであろう。先人たちの苦労が偲ばれる。郡上一揆では雪深い中、女子供を多数含む村人たちが道なきこの地を下っていったという。それを思うとクーラーの効いた自動車で、ほとんど何の苦労もなく行き帰りできてしまうことは、ありがたいというよりも申し訳ないという思いにもなってしまう。

いくつかのスキー場の前を通りすぎると、いよいよ石徹白の村落にたどりつく。本線から右に折れ、ゆるやかな坂道を登りきり、再び下りになると正面に大きな鳥居が見えてきた。

「うー、緊張してきた。菊理媛《ククリヒメ》様お出ましなんだろうか」

平日のためか、他に参拝客の姿がなかったため鳥居のすぐ脇に車を停めた。

「なあ、凄いエネルギー。なーにこれ」

鳥居をくぐった健太が身ぶるいしながら言った。

本殿へ行くには坂を下り川を渡るのだが、坂の手前、参道両脇に立ち並ぶ大木がまるでエアカーテンのような気を発していた。

「言《こと》。オレ倒れそう。膝がガクガクしてきた」

「キャー、本当。すっごーい。しびれるー」

喜んでいるのか、この娘。

これはお祓いだ。木の発する気がお祓いをしてくれているのだ。強い気を発するからこそ木は〝キ〟と名付けられた。

ここを通過するだけで身は清まる。この働きは瀬織津姫の働きのひとつだ。普段悪質な気や病的な気を発していたり触れていたりする人ほどここを通過するときの衝撃は強い。また、電磁波の中で暮らしているような人も体の大そうじを強く感じ、フラフラするかも。


祓い道が終わると美しい川が流れている。健太は飛び込みたい衝動に駆られたが必死でこらえた。健太は美しい水を見ると無意識のうちに飛び込もうとしてしまうのだが、その訳も後に本殿で知らされた。

橋を渡り左側の石段を数段上ると今度は右へと道は折れている。その曲がり角に見えない番人が立っていることに健太が気付いた。

(あっ、天狗さんだ)

「おい、言。ここに門番してる方が」

健太は頭を下げながら、こんにちはと挨拶した。言納もそれに倣《なら》い軽く頭を下げ、おじゃましまーす、と元気に言った。

＊

本殿正面の急な階段を上ると二人はまず自分自身の気を落ちつかせるよう努めた。社は古めかしく味わいがある。相変わらず本殿背後の森から伝わるエネルギーは凄い。社のすぐ裏の巨木が発しているのだ。病室がここにあるとたいていの病いはすぐ治る。
〝芸術は爆発だ〟――岡本太郎
〝神社は病院だ〟――深田剛史
勢いついでにもうひとつ。
〝大木は医者より秀でた名医である〟
医者は検査をするのに高価な機器を用い、薬を出してさよならか、切り裂き、切除し、〝あとは本人の治りたいという気持ちが大切です〟だ。へー、そうなんだ。
木は不自然なことなーんもせずに気で治す。今後は大木に出会ったら先生と呼ぼう。

手を合わせる二人の背中には容赦なしに夏の日差しが照りつける。ただ立っているだけでも汗は吹き出し、首すじから流れる。するとそこへビューーッと突風が吹いた。
（あっ、きっと天狗さんだぞ）
と思った瞬間だった。

「うわっ」
健太は思わず声をあげた。閉じている目の画面いっぱいに巨大な天狗の顔が現れた。
『待っておったぞ
山の仲間たちが揃って迎えておる』
（……………）
健太はどう反応していいのか判らなかった。かつての山の仲間たちとは過去生におけるつながりのことなのか。山で修行した時代があったということかもしれない。
『お前〝龍心〟知ることが課題だろう』
（え、ええ。何でもご存じなんですね）
『龍心知る前にな
天狗の思い知れよ』
（天狗の思い……ですか）
『天狗の思い知ったうえで
龍心求めてみよ
観えてまいるぞ』

（あっ、はい。やってみます）
『それでもずいぶん輝き増したな
仲間も喜んでおる
自身が光になった者はな
外へ光を探しには行かぬ
行く先を自らが照らすんでな
外に光を探す必要がないんじゃ
判るだろ
求めるはそのとき必要としていることに
精通しておる人との縁ぞ
縁結ばれし後は力を借りる
同時にその人を活かすんじゃ
己れの役割　人の役割　使いこなせよ

光を外に探すのは
己れが光になっておらん者
それは救いを求めてのことじゃ
そうだろ

ということは　いまだ救われておることに
気付いておらんからじゃ

人々に伝えてまいれ
して77に至れ
お前のお役ぞ』

天狗は扇で……いや、大うちわのようなもので地に向かってひと扇《あお》ぎすると、あっという間に天へと登って行った。健太は意識を上空に向けたが、もうすでに姿は見えなかった。
が、意識を戻すと、ぼやけた何かの意識体が眉間のすぐ前にいるような気がした。
（誰かいるんですか？……）
『山つながりの仲間だ
オレのこと忘れたのか』
（えー、いきなり言われたって……判らないです……）

『薄情だな　まあいい』

ともすると神仏・守護者たちはこのようなことをのたまう。そっちから見ればさも当たり前のことかもしれんが、知らんっちゅうに。肉体人間にはそれが判らんことを知らんのだろうか。かつては肉体持ってたくせに。それで薄情だとか冷たいだとか言われたって困るではないか。ねぇ。

『お前、まだ外側に答え求めているな』

（……………）

『外を追う者こそが聖者に会いに行くこと
お前知っているはずだぞ
有名人見たさと、後々人に自慢するためとでな
行っても答えはないぞ

もし本気でチベット密教求めるならば
チベットに行かずしてどこへ行く
チベット密教の真髄チベットにあり
風土の中こそ答えある

お前の求めるすべては　日之本にあり
お前の行きつくところ　因にあり
天狗の思いも龍心も
すべてそこにあるからな』

健太は考えさせられてしまった。いつもそうなのだが今日は特にそうならざるを得なかった。今のは守護者の一人なのだろうか。本人たちは〝わしらはミタマじゃ〟と申されるのだが、指導霊とは彼らのような存在のことをいうのか。それともある程度対等に付き合うことが許される仲間の玉し霊か。まあ〝山つながり〟なんていう言葉を使うぐらいなので位の高い神仏とは別次元の存在ではあろう。しかし、伝えてくることは的を射ており、今の健太の微妙な心理状態にドンピシャリの教えだった。そのようなわけで健太には中居神社が指定されたのだ。すごいね。

ただし、ここで断っておかなければならないことがある。先ほどの教えの中に出てきた〝聖者〟とはダライ・ラマのことであるが、これは健太個人への指導であって、ダライ・ラマがうんぬんということではない。世の中にはダライ・ラマに会いに行くことで大きな悟りを得る人もいるだろうし、自分の意志とは関係なく見えない力に引っ張られる人もいるであろう。その人たちにとってはそれが必然であったり自然の流れなのであろうが、今の健太には必要ないというだけの話だ。

もちろん健太にしても会いに行けば必ずや得るものはあるはずだ。しかし、最も大きな気付きは、行った先で〝ここに答えはなかった。自分が本来いるべきところ、それは健太にとっては日之本であり、その中の尾張の地のことなのだ〟それで彼らは不必要な遠回りをさせないために伝えてきた。

というわけなので今の教えとダライ・ラマの偉大さは一切関係がない。どうか誤解のないよう。

ここまでくどくどと説明したので、今後〝あなたはダライ・ラマのすばらしさをちっとも判ってない〟とか言われても一切知らん顔をする。そういう挑発がわずらわしいので今だにインターネットとかケータイメールのない世界で暮らしているのだ。楽ちんだぞ。うらやましかったら真似するがいいさ。

最後に山つながりの仲間が伝えてきたところによると、かつて共に修行していたある仲間と過去生の健太は、聖域を流れる川に住む魚を捕まえ、河原で焼いて食っちまったのだとさ。師からはこっぴどく叱られたのだが、その味が忘れられなかったのだろう。健太が清流を見ると無意識に飛び込みたくなるのはそのためだ。いろんなことをしつつ玉し霊は生きているのだな。

ところでその魚、岩魚《イワナ》かアマゴか、はたまた鮎か。

さて、蜂がブンブン飛び回っていたが気にしないようにして言納も手を合わせていた。

するど夏の暑き陽ざしが背を刺すというのに急に残雪なお深い早春の気配が漂ってきた。

（何かしら、風が冷たいわ……）

と思っていると、ぼんやりとしていた何かの映像が少しずつはっきりしてきた。雪の残る山道を誰かがこちらにやって来る。時代は相当大昔のことのようで今のような道路も電柱もなく、もちろんスキー場などあるはずもないのだが、山の姿や谷を流れる川のうねりには大きな違いなどなく、たしかにここ石徹白あたりのようだ。

人の姿がはっきりと見えてきた。四人だ。皆まだ若かりし顔立ちで、うち一人は女性である。彼女は身に付けているものと凛とした姿から、どこかのお姫様という感じを受ける。すると男三人は彼女の下僕《しもべ》か。先頭の男から離れぬようにと必死でついて行っている様子だ。残り二人はうしろから姫をかばうように続いている。


映像には他に誰も映っておらず、四人が山道を南に向かい山を降りて行くというだけのものだった。言納はそれが何を意味するのかさっぱり判らなかったが、次第に顔かたちが見えてくるにつれ心臓が高鳴ってきた。

（うそ、うそでしょ）

まだ確信は持てないがすでに涙が頬をつたっている。

（まさか…………ああ、オホトシ………）


千八百年前、オホトシと共に九州宇佐を発った言納の玉し霊の親神である言依《ことより》は丹後の地で国造りを手伝った後、この世を去った。

宇佐が何者かに滅ぼされ父も殺された。言依が大切に祀っていた神々降りる祭場も破壊されたその時に、遠く離れた丹後の地でこと切れたのだ。現在の元伊勢外宮豊受神社が建つその地で。

オホトシをはじめ仲間たちは言依の死をひどく悲

しんだが、それでも彼らはその地をあとにした。オホトシ、目一箇《マヒトツ》、隼人の三人を除いてはヤマトへ向かい、オホトシらは白き山の高句麗姫を探しに白山へと旅立って行ったのだ。

ひと冬菊理《ククリ》媛と共に過ごしたオホトシらがいよいよヤマトへ向けて発つという、ある早春の朝のことだった。菊理媛の娘瀬織津《セオリツ》も旅支度を整え待っているではないか。驚いたことにオホトシの妃として今後彼をささえるという。母菊理媛、娘瀬織津共に最善の選択であると、新たな門出を決意したのだった。

言納が見せられた映像は彼ら四人がヤマトへ向かう途中、いま言納が立つ白山中居神社からどれだけか谷へ降りたあたりを通るその姿だったのだ。オホトシを想う言依の想いが千八百年という時を越え、ミタマ持ちの言納に感応したのだろう。

こころざし半ばにして肉体を離れた言依が瀬織津に嫉妬心を持っていた……かというと全くそんなことはなく、当時瀬織津自身、言依のミタマを感じており、国造りに懸ける思いを言依に伝えていたのだ。女同士でもこのようなことがあるのだ。超スマート&クール&ラブリー&フレンドリーだ。

なので言依のミタマ持ちの言納が神瀬織津姫を拒否することもなかったし、瀬織津姫も言納に法を説き、なおかつ大役を依頼しているのだ。その関係は京都の上加茂神社こと賀茂別雷《カモワケイカヅチ》神社での

『背に降りつしは　秘めたる力
歪みがありては　秘めたまま

背折りつ姿勢は　閉ざした死生
背すじそらせば　道すじそれず………』

が降りたときから続いている。

当時のオホトシや瀬織津らが大きな決意を胸に厳しい行軍に耐え、一歩一歩進む姿をいま言納は目《ま》の当たりにしている。

（あれがニギハヤヒ尊と瀬織津姫様……私、私やります。皆様が神国日之本の国造りに命をささげたよ

うに、私も導かれるまま自分でできることをやってまいります。……うれしい。本当にうれしい。お姿が拝見できて……私、忘れません。皆様が雪の中、しっかり前を見据えて歩むそのお姿を。ありがとうございます……）

　言納は夢中で四人の姿に祈っていた。すでに過去となってしまっていることは判っていても〝どうぞ、道中ご無事で〟と。祈らずにはいられなかった。

　やがて、あふれる涙で視界がぼやけるように映像は薄れていった。

（ああ、もうそのお姿を見ることはできないのですね……）

　そこへいつかのように藤の花が現れた。そして143の数字も。

『思い伝わり　うれしき限りにございます
　判ってもらえる喜びは
　人であっても神であっても同じこと
　143は引き受けます
　日之本守護する143は
　このわたくしが』

（そうだったんだ。判ろうとしても何かにブロックされ、どうしても解けなかった143は……）

　ロバートが残していった数のうちのひとつ、13×11の143こそは瀬織津姫の持つ数だったのだ。

　セ＝14　オ＝2　リ＝45　ツ＝18　ヒ＝30　メ＝34　これで143。

　そして藤の花は瀬織津姫の花だったのだ。〝藤〟はフジで22《フジ》。52のうしろの正面22のひとつは瀬織津姫であることもこれで判明した。

　言納はてっきりセオリツは79だとばかりに思っていた。

　セ＝14　オ＝2　リ＝45　ツ＝18　で、79。

　天照国照彦天火明櫛玉饒速日尊《アマテルクニテルヒコアメノホアカリクシタマニギハヤヒノミコト》であるホアカリに同じく79だと。

　ホ＝27　ア＝1　カ＝6　リ＝45　で、79。

再び瀬織津姫からだ。だが、先ほどのやわらかさは微塵もなく、言納を育てるための厳しき神としての姫だった。

『役を成すための緊張感に恐怖を感じ
　逃げ出したいと思ったそのときより
　運気は落ち　玉し霊は萎縮します
　邪の標的となり　病いに倒れます

　緊張強いられるその中に
　身を置くことが自発的であるならば
　それは目的あってのこと
　無尽蔵に生まれる力によりて
　事成し遂げられるでしょう
　どうか喜び忘れずに
　うれし楽しで向かって下さい
　喜びにて已れのミタマを育て
　喜びにてお役を果たすこと
　人が生きる基本であり

　人が至る目的なのですから

　わたくしが大王にお仕えしたのは
　義務感からではありません
　うれしき思い心に抱き
　自ら喜んでそういたしました』

最後はやさしい姫に戻っていた。それは、いよいよ明日嫁に行く娘に対する母のような、そんな姫の思いが響いてきた。大王とはもちろんニギハヤヒ尊である。

長い長い参拝だった。大きなものを得た参拝だった。二人が揃っていまいちど頭を下げると再び突風が吹いてきた。

強い陽ざし、気持ちのいい風。火、風ときたので次は水。

「雨が降ってくるかもよ」

「えー、こんな天気いいのにー」

二人は笑いながら急な階段を降りて行った。一番下の段に健太が腰をおろすと、隣で言納も同じようにした。バックからペットボトルを取り出し、残りを一気に飲み干した健太が、山つながりの仲間に教えてもらった話をした。聖域の魚を捕まえ、焼いて食っちまったあの話だ。言納はうしろへひっくり返って笑った。

「それでさっき川へ飛び込みたいって言っていたのね。けどこの川も一応聖域に入るんじゃないの。今度やったら……」

「命取られるな。焼いて食われたりして」

またまた二人は大笑いした。

それからはまじめに教えてもらったことを手帳に書き記すと白山中居神社を後にした。

橋の手前、曲がり角には番人天狗の姿はもうなかった。

それでも言納には危惧することがまだひとつ残っており、そうさせないために橋を渡り終わるまで健太のベルトを握っては離さなかった。ひょっとしたらまたやらかすかもしれないので。

その様子を眺めていた山つながりの仲間たちにも今日は良き日であった。

『神が支え　神を支えの　神と人
支えに気付いて下されよ
支えになっても下されよ
火足《ひだ》りと水極《みぎ》りで　神と人
交互に支えておるのだぞ……』
以前、木曽御嶽で受けた教えだ。健太にとっても言納にとっても今日ここでやっとその意味するところが実感できた。
ありがたき導きに心より感謝。

その2　祝いの宴

石徹白からはしばらく狭い山道が続いた。ロケーションは抜群だが、ちゃんと前を見ながら運転しないと、気が付いたら谷底にいたりなんかする。運転が苦手な人はこの道を通らない方がいいあるね。

「ここって、ちょっと恐くない？」

「恐い。景色はいいけどね」

「あっ、車来たわよ」

「げっ」

苦労しながら走っていると国道に出た。九頭竜《くずりゅう》だ。

「よし、このあたりでお昼にしようよ」

ティラノザウルスが吠える道の駅の向かい側に喫茶店があったので健太は迷わず入ったが、ここが大正解。まいたけの天ぷら定食が欠品だったのだ。違う違う、絶品だった。食べられないでしょ、欠品じゃあ。

料理が運ばれてきたが健太は手帳に何かを書き込んでいたため言納が先に食べ始めた。

「先に食べるね」

「うん」

健太は顔もあげずに返事した。

「いただきまーす。……おーいしー」

言納が叫ぶと健太はやっと顔をあげ、マイ箸を鞄から取り出した。

「わっ、ホント。うまい」

今まで食べることなんてどうでもいいやという顔をして〝天狗の思い〟とはなんぞやと考えをめぐらせていたが、ひと口食べた瞬間こんどはそっちがどうでもよくなった。

なるほど、守護者の苦労がよく判る。人は自分自身の玉し霊の向上よりも美味しいもんを食する方を優先させるのだな。

ひと言も発せず、あっという間にたいらげた健太が言納に向かってこう言った。

「うまかった。また帰りにも寄ろっか」


荒島岳を左手に見ながら国道158号を西に向かうこと約二十分、山が切れ視界が広がった。

いよいよ次は平泉寺白山神社だ。養老元年（七一七）、沙門泰澄の前に姿を現した白山の女神が降り立ったとされる手洗池が残る。

越前と若狭から成る福井県は名古屋を中心とする尾張と伊賀に対して表裏の関係にある。

フ＝28　ク＝8　イ＝5　計41は日本海側の中心を意味している。

また、平泉寺白山神社が鎮座する勝山市は恐竜の街でもあり、肉食恐竜カルノサウルス類に属するとされるフクイラプトル・キタダニエンシスや、草食のイグアノドン類フクイサウルス・テトリエンシスはここ勝山市で発見されている。これらが展示される県立恐竜博物館の充実ぶりは他を抽《ぬ》きんでていて楽しいのはいいんだけれども、なんで観光案内までやっているのだ。話を進めよう。


神社参りだった。

案内に沿って進めば舗装された道が神社の駐車場まで続くのだが、言納が左へ逸れる細い道を指さした。

「そっちじゃない。この道を通って」

左右を木々に覆われたそれは旧道であった。いつのころまで使われていたのかは判らないが趣《おもむき》がある。それに涼しい。エアコンのスイッチを切り窓を開けると、気持ちいい風が車内に入り込んできたので健太はゆっくりと進んだ。

『二時に本殿で龍神が待つ』

（えっ……………げっ、まただ）

突然そのようなことを告げられた健太の脳裏にあることがよぎった。

二カ月ほど前、言納と神倉神社へ向かっていると

きのことだった。突然、

『人払いをする』

と聞こえてきた。

それで結果どうなったか。たしかに他の人はいなくなったが、ドシャ降りのの中ビショ濡れになってお参りさせられた。〝龍神が待つ〟というぐらいだからにわか雨ではすまないであろうことは健太にも察しがつくというものだ。

「間違いなく降るぞ。傘持って行こう」

「私、持ってきてないよ。だって朝は日本晴れだったもん」

健太は黙ってトランクから二本の傘を取り出し、うち一本を言納に渡した。

「色気のないやつでごめん」

それは色が褪せ、骨も少し曲がってしまった古びた紳士物の傘だった。

青いビニール傘を脇にかかえたまま無言で歩く健太に言納が声をかけた。

「ちょっと待ってよ。どうしてそんなに早く歩くの？」

「…………」

健太はそれに反応せず前を向いたまま歩いて行ってしまった。

言納は小走りでやっと追いついた。

「ねえ、どうしたのよ」

「判らない。急に鼓動が激しくなって体が勝手に動き出した。ゆっくり歩こうとしてもできないんだよ」

相変わらず言納は小走りだ。

駐車場からいくつかの角を曲がると正面に第一鳥居が見えてきた。健太の鼓動はますます激しくなり、右手で心臓のあたりを押さえている。このころには言納にもその緊迫感は伝わっており、二人とも黙ったまま鳥居の前で一礼した。

その時だった。

『本日はお前たちの門出を祝い

二人のために宴を用意した』

健太は一瞬たじろいだ。

（お前たちの門出？　二人のための宴？……何のこと？）

「ねえ、健太。すごい威圧感ね、恐いわ」

言納は玉置神社での感覚を思い出した。早朝本殿に向かっているときの、ピンと張りつめたあの空気を。だがあのときはまだ気持ちに余裕があった。今はその比ではない。恐ろしいのだ。

参道途中、左へ逸れると白山の女神が降り立ったとされる池があるがそのまま通り過ぎた。

先ほどから降りはじめた雨が本格的になってきたので、先を歩く健太が傘を開くと言納もそうした。傘を開くとき、自分の体が震えていることに言納は気付いた。もし一人だったら引き返していただろう。健太にしても実は同じ思いだったのだが、体が勝手に進んで行くので身をまかせざるを得なかった。

ここの境内は美しい。神社の境内というよりはお寺の庭園といった方がいいかもしれない。京都大原の三千院に少し似た雰囲気がある。が、二人はそれを楽しんでいる場合ではなかった。

二の鳥居をくぐると参道両脇にズラリと天狗が並んでいる。

（マジかよ、えー。ここを通り抜けるのかって……）

右前方にある慰霊碑のような石碑のまわりにも行者らしき者が大勢集まり、こちらを見ているではないか。

（あー、やばい。……まあ、いいや。見なかったことにしよう）

そう思うのが精一杯だった。

*

拝殿脇を回り、本殿前には一時五十八分に着いた。半紙を三角に折り、持参した御神酒を供えると緊張感はピークに達した。財布から賽銭を出す言納の手は、まだ震えている。

健太が腕時計に目をやった。秒針が十二時の位置を通過した。二時ちょうどだ。

その瞬間だった。

ドッカーン。

雷が落ちた。

二人とも腰が抜けそうになるほど驚いた。

ゴロゴロと天が唸った。すると続けざまにドーン。大地が揺れた。再び落ちたのだ。

健太はこのとき死を覚悟した。右隣の言納を見るとしゃがみ込んでいる。しかしどうしようもできなかった。言納は言納で札幌にいる家族のことを思い浮かべ、心の中でお礼とお別れを言っていた。

雨が激しく社の屋根をたたきつけている。

ともかく二人は手を合わせた。

何かがうごめいている。その様子は判らないのだが、すぐ目の前で何か大がかりなことが行われていることは眉間にはっきりと伝わってきた。

これこそが、二人のために神界が催した門出を祝う宴だ。ずいぶん過激な宴だが。それともこれがフツーなのだろうか、あちらの世界では。

言納は巫女が舞っていることを感じていたが、その奥はやはり見えない。

どれほど続いただろう。長く感じられたが時間にすれば二分か三分程度か。その間もずっと鼓動は激しくうち続け、体は小刻みに震えていたが、フッと目の前の空気が軽くなった。同時に二人も体が楽になり、安堵のため息をついた。

「終わったのかなあ」

健太が言納を見ると、うつろな目で二度、三度うなずいた。

気持ちの整理がつかないままそうしていると、再び激しい空気に包まれた。

(あれ、また何か始まったのか……)

先ほどと同じような緊迫感だが、今度は社の中からではなく上空からそれが伝わってきたように感じられた。

（あれ、頭の上に誰かいる……誰だろう……）

「わーっ！」

中居神社で天狗が現れたときのように健太は大声を出してしまった。

頭上にいるのは龍体だ。それも一体二体ではない。龍体と龍体がからみ合い、右へ左へ、上へ下へとそれぞれの体が流れている。表現は悪いが、桶に入れられた無数のうなぎがうごめいているあの状態だ。

「あれ」

数えたわけではないが、健太は上空に九体の龍神がいると感じた。

「そっかー」

先ほどから、「わっ」とか「あれ」とか、そんな断片的な言葉しか出てこないが、あることに気が付いたようだ。

九頭龍である。九頭龍湖の九頭龍がやって来たのだと。

ただしこのときは、頭だけでなく胴体も複数感じられたので、それが実際に九頭龍なのか否かは判らなかった。もっとも、このときそのような疑問は浮かびやしなかったのだが。

うごめく姿は龍神の舞とでもいうのか、はたまた二人を祝うために上空から挨拶に出現されたのか、真意のほどは判らないが、今後は龍神も二人を守護することであろう。

本殿での宴より少し短く感じられた龍神の出現。二分ほどのことだったであろうか、龍神が去ったと同時に空が明るくなり、みるみる雨があがった。見事に龍神は雨を司っている。というと、《龍神の力＝雨を降らす》と思われがちなので正す。龍神は雨を司っているのですぞ。よろしいですか。つまり、降らすも止めるも龍神の力、降らせないのも龍神の力なんですね。

これでやっといつものような参拝ができる環境となった。
『祝いの宴　にぎやかに
祝杯かかげる　二人の門出
いよいよ船出のとき来たる

二見の浦から世界に向けて
神々の船に人の思い乗り
人々の船には神威が宿る
神の流れに人々揺られ
人々育む神の意乗り
開闢控えた日之本が
世を立て直す大調和

このたびの　二人の門出に神々は
ミタマ奮わせ慶びを
深く感じておりまする』
（ありがとうございます。心して今の御言葉頂戴いたします）
言納は自分でも驚くほど落ちついて礼をのべた。
（……ところで今の方が白山妙理大権現様だったのかしら……）
そんなことを思い浮かべていると十一面観音が現れた。星宮神社の奥の滝でお出ましなさったときと同じ姿で。
十一面観音は慈愛に満ちた笑みをたたえ言納に思いを伝えてきた。
『観世音菩薩が人を拝めて
どうして人が人を拝めないのでしょう

観世音菩薩は人の輝く仏性を見ています
人の真我に触れております
ですから素直に人を拝むことができるのですよ

人は人から施しを受けても
その行為の裏にあると疑う作為に心を向けてし

まうのですね
なぜですか
自身が何か自利を期して人に施しているからで
すか

たとえそのような心が拭いきれずとも
観世音菩薩はさらに奥に宿る
人々の持つ仏の慈愛を見てとることで
人を拝んでいるのです

どうか尊び合って下さい
すべての人々が皆
わたくしの分身なのですから』
最後に十一面観音は両手を合わせ言納を拝んだ。
見ると目からは涙がこぼれ落ちている。
『人を拝むことができる喜びこそが
　真の幸せに他なりません』
そう言い残し消えていった。

人が神仏に疑いを持ったまま接しても、神仏は人に手を合わす。いかなる罪人であろうとも、十一面観音の言葉通り目の前の人を拝んでいる。本来、人は神仏から拝まれるだけの価値を有している。神仏と同じ仏性を持ち神仏から尊ばれるにふさわしい真我が宿っているのだ。ならば尊び合うことも可能なはず。


　言納はこのとき、尊び合うことなくして調和は成り立たないことをはっきりと認識させられた。

（尊び合い……私のテーマにいたします。本当にありがとうございました）


再度菊理媛が現れた。

しかし、それは言納の知っている〝神としての媛〟ではなく、一人の女性としてのようであった。

『女は〝待つこと〟〝祈ること〟

そして〝堪《た》え忍《しの》ぶこと〟のくり返しでした

今後は互いを活かし合い　支え合えるようにと
御柱立てて下さいませ
〝赤の御柱〟立ったように
〝青の御柱〟つなげて下さい

〝赤の御柱〟〝青の御柱〟
天地がつながることにより
㊉の力　増しに増し
77に達することでありましょう』

媛が奥へ遠ざかると暗闇が広がった。そこへグオーという音と共に地の底から青い柱が立ち上がってきた。火山の噴火のような迫力である。ただひとつ、噴火と違っているのは立ち上がる柱の色だ。青い色をしている。

少し遅れて同じ色の太い柱が天から降りてきた。双方とも先端は柱の青色よりもわずかに白味がかった丸い玉のような形になっている。地の柱は天に向かい、天の柱は地に向かっていまや衝突するか、というところまで接近したその時、見えない壁に阻まれるかのようにピタリと動きが止まってしまった。

双方とも柱は進みたがっているのが判る。天の柱は地に向かいさらに降下しようとしているが、そのエネルギーは壁に吸収されるばかりで進めない。地の柱にしてもそうだ。

（何でつながらないのかしら……あそこに何かあるの？……）

『マハリテメグレズ　アメノミチ
光の都の青き麻
玉、届く日　待ちわびる
マハリテメグレズ　アメノミチ……』

（しまった。私が玉を届けてなかったからなの……ごめんなさい。必ずお届けしますから、もう少し待って下さい）

それにしても凄いお参りだった。最初から最後まで驚きの連続で、気を抜く暇など全くなかった。青い柱が消えるころには言納の体力も限界に達しており、しゃがみこんだまましばらくは立つことができなかった。

　それからというもの、誓い通りに仙台行きのチャンスをうかがってはいたが、お盆には母が札幌からやって来たり、さらなる大きな困難に直面したりでなかなか行くことができずにいた。

＊

　菊理媛は〝赤の御柱〟〝青の御柱〟と呼んだ。それは何を意味しているのであろう。

　赤の御柱といえば一般的に火を表す。火とは太陽であり男性である。また、霊《ヒ》でもある。霊なので縦の流れをさす。一方も、青は水であり月を表す。月なので女性であり、霊に対し肉体を表している。横の流れだ。

　つまり、
赤＝火＝玉し霊であり、赤＝太陽＝男性となり、
青＝水＝肉体となり、青＝月＝女性なのだ。

　ところが、ものごとには陽と陰があり表と裏があるように、赤と青の示すことがらも反転させると別の意味合いに転ずる。

　赤は血であり、したがって肉体を表す。ということは横の流れになり水の性質のことだ。

　一方、青はヒトダマが青く燃えるように霊であり縦の流れになってくる。赤の火も霊《ヒ》を表し、青の水も霊《ヒ》を表す。

　なぜ火と水の双方が霊なのかというと〝火《ヒ》〟と〝氷《ヒ》〟なのだ。両方とも反転させれば玉し霊の色であり肉体の色でもある。

　母音アオウエイの青と子音アカサタナの赤、共に霊から始まっている。すごいね。これは鏡写しであり、おそらく天界と現界では持つ意味が反転するのであろう。22と52の関係もこのようなことなのかもしれない。

それで、赤と青を混ぜた紫。これこそが高貴な神の色なのだ。天界と現界、つまり神と人をつらぬくのが剣だ。鏡、勾玉と、共に三種の神器に含まれているのはこのような意味もあるのだ。

各地にそれを表すカタが存在しているが、名古屋の場合、剣は銀色に輝くテレビ塔であり、鏡はすぐ隣りに浮く空中浮港、オアシス21なのだ。

では勾玉は？　探す必要はない。なぜなら勾玉は胎児の姿。アボリジニは勾玉を子宮としている。このカタチは生まれる働き、生み出す働きを持っている。何が生まれるのか。神と共に、天と共に新たなる人類と国造りを推し進めていく人そのものである。三種の神器のもうひとつ、勾玉は自分自身なのだ。

さて、菊理媛がなぜ〝太陽の御柱〟〝月の御柱〟と呼ばなかったか。あるいは〝火の御柱〟〝水の御柱〟と呼ばなかったかは、双方が反転することで相手側の意味に転ずるためだったのだ。

しかし、媛が言納に最も伝えたかったことはそのことではない。

『女は〝待つこと〟〝祈ること〟

そして〝堪え忍ぶこと〟のくり返し

でした……』

これまでの日本は男性と女性、双方が互いを活かし合う社会から大きくはずれたものとなってしまっていた。力が先に立つ社会だったためそれも致し方あるまいが、開闢を間近に控え、すでにそんな時代は終わった。いよいよ日本から日之本になる。

日之本とは〝霊の元〟だ。霊は赤でもあり青でもある。それは当然男性であって女性なのだ。これが双方を活かし合う。双方の特性を尊重し合うのだ。まさに尊び合うことである。

男性と女性は肉体のつくりが違うため、その性質・特性というものは異なる。肉体的な違いで最も大きなものは、生殖器が体内にあるか体外にあるかだ。それだけの違いといっても過言ではないと言ってもいいほど、その違いは大きい。

専門家によると、そういった観点で見た場合、人間の男性に近い生物は人間の女性でなく、オスの牛でありオスの豚などの哺乳類なのだそうだ。女性の場合も同じである。豚に近いと言われたからといって怒らないでおくれ。

それはともかく、性の違いによる特性を尊重し合う世が幕を明けた。男性だからこそできる働きもあれば、女性でなきゃ気が回らないこともある。男性の優れた分野では女性が陰からそれを支え、女性の持つ特性を活かすには男性が環境を整え、それをしやすくしていく。それが尊び合いなのだ。

今までの日本社会は男が女に甘えすぎていた。奥様をお母さんと思っている。母はといえば召使いのつもりで接する。イコール奥さんは召使いになってしまっていた。もう通用しませんよ、そんなこと。〝君を必ず幸せにするから〟とか〝一生涯大切にするから〟といって結婚してもらったくせに、いつからか〝お前がオレを幸せにしろ〟に変わる。それでは尊び合いではないでしょ。菊理媛が一人の女性として言納に訴えたことはそのようなことだったのだ。

ただし、ひとつだけ取り違えないようにしなければいけないのは、何から何まですべての事柄においても男女平等を求めてはいけないということ。ある事では男性が優位であり、また別のことでは女性が優位となり、トータルで考えての男女平等なのだ。

男尊女卑は問題外で、そんな男はみんなで蹴飛ばせばいいのだが、いやそうじゃなく、ちゃんと諭していかなければいけないのだが、女性がすべての状況において平等を求めたがるのもまた困る。たいていは父に恨みがあるか、男性にひどい目に合わされたり大事にしてもらえなかった経験を持つ。父が私を判ってくれなかった。父が母を見下した扱いをするのが許せなかった。母になじられても何もできない父の不甲斐ない姿を見て男を小馬鹿にするようになったなど。

けどね、男性を見下す女性は、決して男性からも大切にされません。業が深い女はやがて餓鬼となる。

キリストはこうおっしゃった。

〝富めるものを救うことは、針の穴に駱駝《らくだ》を通すことよりも難しい〟と。

付け加えておこう。

〝ケチな男と業の深い女を救うことは、ナンバーズ4をストレートで当てることよりも難しい〟と。

　赤と青の御柱が女の業の話になってしまった。話を戻そう。何だっけ。そうだ、忘れていた。健太だ。
　健太も落雷宴が終わってひと安心といったところだが、ここでも天狗が姿を見せ、ニンマリとしながら問いかけてきた。
『天狗の思い　判ったかね』
（いきなりか、いえ、あの……まだよくは判りませんが、おそらくは、ナゼ道案内してやっているのに疑いを持つのだ、というような……）
　天狗からの反応がない。黙ったままだ。こういうのが一番恐い。よけいにオロオロしてしまうではないか。
（……ですから、何を迷っているのだ、というような……っていうか、早く覚悟を決めろ、ということなんでしょうか……）
『まあそのようなことだが、むつかしく考えることはない
いいか、天狗が人に伝えたい思いとはな
〝神仏の力　信じよ〟ということだ
すべてはそこから始まる
いいな
神仏の力　信じてみろよ』
（はい。判りました。しっかりと心に……）
『〝龍眼〟

龍心の次の課題だ

どのようなものかを知れ』
（龍眼ですか）
『そうだ
少しだけヒントをやろう

人の問題点に触れたとき
問題点自体に捕《とら》われるか
その問題点が生まれ育った背景を見るかは
大違いだぞ
その違いは同じ次元に非ずだ

問題点を問うのは人への裁きぞ
至るまでの背景見るのが人への理解ぞ

後者は情であるが
前者は智でないぞ
智は情から生まれるものよ』
（それは洞察力を養え、ということでしょうか）

『見抜く力だ
それが龍眼の第一歩となる

お前〝龍心〟何とこころえた
〝龍の心は親心〟と見たな
それが第一歩だ

龍の心
外へ向けては許すこと
内へ向けては覚悟を決めること
身につければ〝龍眼〟
見えてまいるぞ』
（はい。やってみます）

そこまで話すと、天狗はその場で腰をおろして胡座《あぐら》をかいた。
『ものごとをな　多面的に捉えてみると
人の至らなさ　よく見えるぞ

これ、どんな形に見える』
天狗は円柱の筒のようなものを持ち、健太に底の面を向けた。
（丸です。あっ、円といえばいいのですか）
『そうかな
ワシには長方形に見えるがな』
と、円柱の筒を横側からながめた。
『判るか
人はこれで争っておるのだぞ
あいつは間違っている
自分が正しいのだ、でな
多面的かつ多次元的に見て取ってみよ
観自在が身につくぞ
天狗の思いも忘れるな』
そういい終わるや否や、高笑いをしながら疾風のごとく姿を消した。

日常にて接している人の言語動作から流動する社会的事象に至るまでの判断を、多面的かつ多次元的に捉え、さらには人が考えうる限りにおいて、イタタタ……

「お前、何をワケの判らんこと言っておるのだ、えー」

いつものジイだ。

「痛いじゃないか。何するんだ」

「判らんぞ、ちっとも。お前の話」

「天狗が言ったことを解説してるんだろ」

「あのな、それは解説とは言わん。どけ、ワシが説明する。お前はそこで座っておれ」

へへへ。久しぶりじゃな。

よろしいかね。

人は普段接する人の行いや目の前の出来事を見る際に、わずか一面的な見方のみでそれが善いとか悪いとかと判断してしまうじゃろ。もう、クセになっておるのだな、それが。

そもそも、善いだの悪いだのという判断もな、自然の摂理に適っているから善く、反しているから悪いというのではなく、ただ自分にとって都合がいいから善く、不都合であったり面倒なことは悪としておらんか。

また、同じ出来事であっても、いま自分がどの立場にいるとかどういった状況に置かれているかでも見方は全く変わってしまいますぞ。つまり、人や物や出来事に善し悪しがあるのではなく、それに触れた自分が今、何を求めているかが問題なんじゃな。

「お前、女性の美しい髪は好きじゃろ、オイ」

「オレか。………まあな」

「思わず香りを嗅いでしまうしな」

「そうだな。いい香りがするもんな。……ん、今のは誘導尋問だぞ、おい」

いい香りのする女性の美しい髪は確かに魅力があるものですがな、それが出された料理に入っていたらどう思うかね。つまみ出しやせんかな。美しいものでも状況が変われば嫌なものになってしまうじゃろ。ここでひとつ状況によって変化する価値観の話をしよう。

ダイヤモンドの指輪とおにぎり一個。好きな方を差し上げますと言われたら、どちらを選ぶかね。おにぎりの具は何でもよろしい。好きなものを想像しなされ、梅でも鮭でも。具がダイヤの指輪っていうのはなしじゃな。ルール違反じゃ。それで、どっち取る。まあダイヤモンドの指輪じゃろうな。

ところがじゃ、もし乗っていた飛行機が極地で不時着したり、エレベーターの中に閉じ込められて誰も助けが来ない状況が長く続いたら、それでも指輪を選ぶかね。案外他の人が言ってくるぞ。私のこのダイヤモンドの指輪とあなたのおにぎり交換して下さいませんかと。

あるいは未開の地へ行ってダイヤモンドを見せても、その地の人がダイヤの価値を知らなければそこではダイヤはバナナ以下、かもしれませんぞ。

価値というのは、それを認める人がいてはじめて認識されるだけで、物自体に価値の有無や貴賤があるのではないということじゃ。

ダイヤの価値を知っている人たちも、自分自身がその価値を感じているのではなく、世間で評価されているから価値があるように思っているにすぎんのじゃ。惑わされておるんじゃな、世間の評価に。

多面的に物事を捉えたければ、一旦離れることじゃ、今のその位置から。天狗はんの見せなすった円柱の筒も、丸に見える位置や長方形に見える位置から離れてみる。すると全体が見えてくる。そうすりゃ丸も、四角も正しくもあり、しかし一面的見解にすぎぬことも判る。

それでは最後にな、熊鮭物語の話をしておくわい。

「あんた、色々ネタあるんだな」

「わんさかあるぞ」

テレビで動物の番組を観ていたとしよう。

「何チャンネルだ」

「黙れ、愚か者」

熊の親子が森の中を歩いておる。そこでナレーターが、

「この親子はもう何日もエサにありついていません。今日もそろそろ日が暮れてきました。子熊の体力は大丈夫でしょうか。このままですと、明日親熊の隣りに子熊の姿を見ることができないかもしれません」

人はそれを観て、可哀想に、大丈夫だろうかと心配するじゃろ。

ところが歩いているうち熊の親子の前に川が現れた。

「親熊は一目散に川へ向かって駆けて行きました。そうです、鮭がいたのです。見事親熊は大きな鮭を仕留《しと》め、ガブリとくわえると子熊の元に戻って行きました。二頭の熊はおいしそうに食べています。こ

れでひと安心。きっと明日もこの親子の姿を、森のどこかで見かけることができるでしょう」

よかったよかったと涙を流さんばかりに画面に見入っておるとな、音楽が流れてきてハッピーエンドじゃ。なっ。

ところがじゃ。もしその番組が鮭を追った内容で、これまたナレーターが、

「さあ、やっと産まれ故郷に帰ってきました。いよいよ産卵が始まります。ここまで来る間には多くの仲間たちが力尽きてしまいましたが、彼女は本当によく頑張りました。あっ、始まりましたよ、しっかり！」

と、そこへ全く出し抜けに、鋭い爪を持った毛むくじゃらの熊の手が出現し、産卵途中の鮭をかっさらってしまったらどう思う。

「何てことをするんだ」と思うじゃろ。

同じ出来事でも、どの立場に立っているかだけで喜劇にも悲劇にもなってしまうっちゅうことじゃな。あんたらが喜んで食っておるイクラはそのようにして捕られたもんじゃ」

「嫌なこと言うな、あんた」

「現実だ。ただその立場からは見ようとしてないだけじゃ。天狗はんの申された多面的というのはそれも含む」

「深いな」

「ああ、深い」

今の話を最後にして帰るつもりじゃったがまたひとつ題材が出たので話す。

「まだあるのか、ジイさん」

「お前、今〝深い〟と言ったな」

「………言った。それがどうした」

〝奥が深い〟というのは、物事自体にあるのではなく、それをどこまで見て取ることができるか、という受け手側の問題ですぞ。そういったもの意味におきましてはな、奥深くないものなんぞはありゃせん

のじゃ。

将棋だって奥深いし、絵画だって奥深い。人体についてはもちろんのこと、蕎麦《そば》ひとつ打つことだって奥が深い。要はその人がどこまで深く捉えるかが物事を奥深くしているのであって、物事自体には深いも浅いもないんじゃ。

野球の解説者なんかが「野球は奥が深いですね」なんて言うのを聞きますとな、それは解説者に奥深く見て取る力があるからなんじゃが、言い換えると、あんたは野球しか奥深いものがないと思っとるんじゃないか、と思ってしまうんじゃがな。つまり野球の他にはなーんにも奥深くを見て取れんのかと。

「性格悪いな、あんた」

「ワシはすべて、奥深さを見て取ることができる、ということを知っておるんじゃ」

ですがな、奥深くをさぐるのもよろしいが、中には受け手側が与えた側を完全に越えてしまって奥深さをつくりあげることがある。

スターウォーズとかいう映画なんかがそうじゃな。あれは受け手側が制作者の意図を遙かに越えたところまで行ってしまっておる。

「あ、それ判る」

「判るか」

「『数霊』がそうだもん。著者の考えを完全に越えたところで捉えてる。それで、この著者は実は何でも判ってるけど、公表できないのでここまでしか書いてないいんだって」

「で、実際はどうなんじゃ」

「知らんっちゅうに。いっぱいいっぱいだ」

「まあ、お前ではそれが関の山だろうから無理もあるまいがな。それより健太とかいう青年、いい勉強しておるな。学生なんじゃろ、まだ。将来楽しみじゃな。ところでな、オイ。青年と少女は今夜泊まりか」

「結局そこへ行くのか、この狂いジイめ。日帰りだ。結界、ON《オン》。完了」

参拝は終わったが、とても歩いて帰る気力が残っておらず、二人は本殿下にある拝殿の裏に腰かけていた。言納は無言のままどこか一点を見つめ微動だにしない。健太は言納に声をかけるタイミングを計りつつ、ボリボリと忙がしそうに腕のあちらこちらを掻きむしっていた。やがて言納も同じように足首やら肘を掻きだした。蚊がいるのだ。

「行こっか」

「うん」

痒さは治まらないが、境内の美しさに気が付いた。一面苔生す参道は先ほどとは一変し、やわらかな空気に包まれていた。二人は菊理媛であろう女神が降り立った池の前に立ち、媛がどんな思いで沙門泰澄の前に姿を現したのかを感じ取ろうとしていたが、暑さに耐えられなくなったので駐車場前のソフトクリーム屋へ向かった。

その3　天の数歌

「へー、素敵なお屋敷ね」

「古くてだだっ広いだけですよ。庭の手入れも大変で、秋なんて落ち葉だらけで発狂しそうになっちゃって」

「この障子、雪見でしょ。いいわねー」

「裕子さんところのお寺だって同じようなのあるじゃないですか」

白山神社へ参拝した翌週末、言納は裕子をお屋敷へ招待した。祖母に裕子を紹介すると甚だしく気に入ったようで、三人はにぎやかに食卓を囲んだ。

言納は料理に自信がないため、祖母に酢めしを作ってもらうと結局手巻き寿司で誤魔化した。キュウリはちゃんと言納が切った。マグロの刺身をパックから皿に移したのも言納だ。まあ、そんなもんか。

裕子が気をきかせ祖母の話を聞いてくれたため、

祖母は普段話さない若かりしころの話を楽しそうにし始めた。こんなにはしゃぐ祖母を言納ははじめて見た。

　後片づけを済ませると、言納は宿題の答えを聞くため裕子を二階の自室へと連れて行った。

「ねぇ、言ちゃん。始める前にCDかけていい？」

「どうぞ」

　言納は裕子が鞄から出したCDのジャケットを手に取った。

「あっ、紙ジャケ。いいですよねー、紙のジャケットって。カンノンガクっていうんですか」

「それね、〝観音楽〟って書いて、カンノンラクって読むの」

　プレイボタンを押した裕子はボリュームを小さめにしてから早速スペシャルファイルを開いた。言納にも判り易いよう大きな字でまとめてある。

「まず13なんだけどね、言霊とからめて考えると数が小さすぎてあまりいいものが見つからないのよ。それで他を探したんだけど、地球と月の表面積の比が一三対一とか、地球の平均気圧が一〇一三ヘクトパスカルっていうものばかりなの」

「それは全体的なものだから西洋か東洋のどちらかに偏るようなものではないですね」

「そう。それであきらめかけてたんだけど見つかったの」

　言納がそれを聞いて身を乗り出した。

「日本にはね、〝天《あめ》の数歌《かずうた》〟っていうのがあるの。天の数歌は13のリズムよ」

「天の数歌？」

「そう。ヒト・フタ・ミ・ヨ、イツ・ムユ・ナナ・ヤ、ココノ・タリ、モモ・チ・ヨロヅっていうんだけどね」

「それ知ってます。健太が祝詞の代わりに唱えてるから」

　そうなのだ。健太は〝高天原《タカマガハラ》に神留坐《カムヅマリマ》す……〟で始まる大祓詞《オオハラヒノコトバ》は中臣祝詞《ナカトミノノリト》だからと嫌っており、

神前では天の数歌を唱えていたのだ。この天の数歌には二種類あり、今の、

〝ヒトフタミヨイツムユナナヤココノタリモモチヨロヅ〟

という短いものと、

〝ヒフミヨイムナヤコトモチロラネシキルユヰツワヌソヲタハクメカウオエニサリヘテノマスアセヱホレケン〟

の四十八文字で成るものがある。

四十八文字のものを、〝ひふみ祝詞〟と呼ぶようだが、大本の岡本天明は『日月神示』の中でこれを〝ヒフミハライ言葉〟としている。

〝ひふみ、よいむなや、こともちろらね、しきる、ゆゐつわぬ、そをたはくめか、うおえ、にさりへて、のます、あせゑほれけん〟

これらの祝詞によって人は玉し霊を揺り動かし、そして奮い起こすのだが、このような言霊による働きを〝ヲバシリ〟と呼ぶ。天の数歌はこのヲバシリとして古代から伝えられているものだ。

「この天の数歌は13の数で成り立っているでしょ。ヒト(1)・フタ(2)・ミ(3)・ヨ(4)・イツ(5)・ムユ(6)・ナナ(7)・ヤ(8)・ココノ(9)・タリ(10)・モモ(11)・チ(12)・ヨロヅ(13)でね」

「ほんとだ」

「モモは百、チは千、ヨロヅは万の意味なんだけどね、13番目のヨロヅというのは人種・宗教の異なる人類をひとつに束ねて大宇宙の根元へと帰還させるという意味なんだって」

「へー、難しいけどすごい」

「だからやっぱり13っていう数の偉大さを日本でも古代の人たちは知っていたのね」

「それを西洋の一部の人たちが独占しようとした」

「そう。それでね、13を味方につけるにはみんなが神前や大自然の中で天の数歌をうたえばいいのよ」

「うたうの？」

「そうよ。リズムをつけてね。ヒト・フタ・ミ・ヨ、イツ・ムユ・ナナ・ヤ、ココノ・タリを三回くり返すの。それで最後にモモ・チ・ヨロヅーってね」

「わー、素敵ですね。私もこれからうたいます。天の数歌………」

このとき言納の脳がまた動き出した。

〝ヒト・フタ・ミ・ヨ・イツ・ムユ・ナナ・ヤ・ココノ・タリ——


人・二見《ふたみ》・世《よ》・慈《いつ》・結《む》ゆ・七八・個々の・足《た》り

——

人が堅く誓い立て
二見の浦から
世に向け出づれば
慈しむ　愛が人々
結ゆ絆
七重のひざを
八重に折り
個々の直霊《なおひ》が迎える夜明けは
足りぬ慈悲なき世となれる

一人の誓い
百《もも》の玉に智恵を授け
千《ち》の玉に勇気を与える
万《よろず》の玉に共鳴すれば
⊕の力　至るぞ77〟

〝玉〟とは人の〝玉し霊〟のことだ。

「言納ちゃん、今それが勝手に浮かんできたの？」

「んー、何だかよく判んないんですけど、こうグワーッとお腹の底から……」

「すごいわ。きっと初めてよ、こんな解釈は。そういえば以前にも〝二見の浦〟からって言われてたわよね」

「そうです。平泉寺白山神社です」

裕子は言納が口にした天の数歌の解釈を書き取ったレポート用紙をながめ、心底感心していた。

「どうかしたんですか」

「すごすぎるわよ、言納ちゃん。あなた一体ナニ者？」

「学校ではクセ者って呼ばれます」

裕子は笑いながら首をガックリ落としたがすぐに気を取り直し歌の解説を始めた。

「これはきっとこうよ。人が心に誓いを立てて何かを始めようと動き出せば、その思いは二見浦から世界に向かって広がって行く。人を想うその慈しみの愛はやがて世界の人々の心をひとつに結ぶ。ここからが七重のひざを八重に折りね。人々がお互いのことを大切にし尊重し合うことで各々が自分らしさを発揮するのね。そうなればみんなの玉し霊が輝き、慈悲の足りないことなんかどこにもない、言い換えれば慈愛に満ちた世の中になる、ということなんじゃないかしら」

菊理媛からの
『祝いの宴　にぎやかに
祝杯かかげる　二人の門出
いよいよ船出のとき来たる
二見の浦から世界に向けて……』

に出てきた。伊勢の二見浦《ふたみがうら》というのは、日之本から世界に向けて旅立って行く出発点なのだろう。

「なるほどね。二見浦ね。一度行ってきた方がいいんじゃない。あっ、そうだ。今度一緒に行かない？」

「行きます。連れて行って下さい。……あの、ところで裕子さん。さっき出てきた〝七重のひざを八重に折り〟って何のこと？」

「……あら、知らなかったの。といってもちょっと難しいわね、あまり使う言葉じゃないから。あのね、〝七重のひざを八重に折る〟っていうのは〝丁寧な上にも丁寧を重ねて、願ったり、詫びたりする様子〟のことをいうのよ」

「感動しますね」

「これを言納ちゃんがやるのよ」

「へっ？」

言納はすっとぼけた顔をした。実はこのとき言納はロバートの顔を思い出し、

（残念でした。13も日本は味方にしたわよ）

とニヤけていたのだった。

（それを世界に広めて、13を正しい方向に正してやるわ）

しっかりやれよ。

「次は26なんだけど後回しにして、39にするけどいい？」

「はい、お願いします」

「39はね、〝聖典〟よ」

「晴天？」

「あのね……あー、力抜けちゃったわ」

おめでたい娘だ。


「聖典よ聖典。けどこれは西洋にも東洋にもあるでしょ。もちろん日本にもね。けど聖典っていうのは取り合ったり、どちらの聖典が尊いかなんて争うべきことじゃないからパス。だから39は〝蓮〟ね」

「蓮の花のハスのことですか」

「今度は正解。これラッキーよ。今あちこちで蓮の花の絵や写真見かけるでしょ。ちょっとしたブームね。きっと蓮の花の持つエネルギーを感じて、あっ、これだって気付いているのね。みんなが同時に。それで仏さんが蓮の花に乗ってるように人の心にも仏心《ほとけごころ》が芽生えてこれば、もう39も問題なしよ」

「うれしいー」

「それにね、最近は二千年前の蓮の花が咲いてるの」

「どういうことですか？」

「千葉県で見つかった縄文時代の遺跡から出てきた蓮の種が見事に蘇ったのよ。岐阜県の羽島市《はしまし》に行けばあるわ。大賀蓮《おおがはす》っていうの」

「羽島って円空さんの生誕地だ」

「そうそう。その羽島よ。きっと縄文時代に持っていた古代の人たちの気が放たれてるはずよ。それでその気に触れた人たちは遺伝子の中で眠ってた縄文時代の記憶が呼び起こされるのよ」

「なんだかワクワクしてきちゃいますね。私も蓮の花の写真飾りたいな。できれば二千年前の大《おお》……」

「大賀蓮。私の持ってるのをあげるわ。たくさんあるから」


「次は13×4の52なんだけど、これは大丈夫でしょ」

「ええ。名古屋の数ですから。尾張から始まる世の立て替え立て直しの中心点ですし。それにね、私が名古屋へ来ることになったきっかけが、高校生のころ北海道神宮で現れた52っていう数字でしたから」

そうだ。後から判ったことだが北海道神宮の祭神の三柱は出雲の神々であり、主祭神大国魂《オホクニタマノカミ》神こそはニギハヤヒ尊なのだ。言納を名古屋に出向かせた神だ。もちろん札幌へ戻って来ることを前提としてだが。

「52は他にもあるのよ、いい？　三種の神器のうちの鏡なんだけどね、八咫《ヤタ》鏡《ノカガミ》っていうの。この八咫《ヤタ》っていうのが52よ。ということは、名古屋に関してだけじゃなく、日本全体を守護しているのよ、すでにね」

「だったらトランプで王様の13が四人いて合わせて52なんて平気ですね。どうせだったら日本で販売するトランプの王様は徳川家康とかにすればいいのに」

「そうね。じゃあクイーンは？」

「んー、小野小町か紫式部」

「何だか百人一首みたいね」

二人は腹をかかえて笑った。

「さーてと。次は65だけど、これも後にして78。13×6のね。実はこれもバッチリよ。三種の神器にあるの。今度は勾玉よ。八尺瓊勾玉《ヤサカニノマガタマ》。八尺瓊《ヤサカニ》、これがほら、78。だから78も大丈夫そうでしょ。それと、これは大切なことなんだけど〝祭政一致〟。同じく78なの。祭政一致は本来日本が育んできたすばらしい文化だから。今は薄れてしまったけど」

「だったら復活させなきゃ……でもどうやったらいいのかしら」

「そうね。祭政一致の〝祭〟っていうのは〝奉るマツリであり〝お祭り〟のマツリのことなのね。それで〝政〟もマツリゴトと読むでしょ。それがバラバラで行われているからどこかでつながなきゃね」

その通りだ。神々をマツリ、神と人とが行う神示事がマツリゴトであり、お祭りこそが天と地と人が交わるマツリで、さらには政治がマツリゴトなので、完全に分離してしまってはいけないのだ。現代社会においてこれらすべてを一致させることは不可能だが、どこか接点を持たせ、大自然の摂理に沿った政治が行われれば一番よいのではなかろうか。

「これについてはね、最近になって全国で動きが出てきてるから、今に日本中に広まって、それでみんなが意識するようになるわ。だから私たちができることは祭政一致まつりをやってる人たちの応援かな。誰かがやってくれる、じゃなくて私も参加しますって」

「判りました。ではこれもO・K」

言納は13、39、52に続き78にも青い色えんぴつで丸をつけた。

「91は後で65と一緒にやるからまず104からね。これはずばり〝礼儀〟よ。もともと日本民族ほど礼儀正しい人種は世界でも少なかったはずよ。それがいつの間にか失ってしまったわ。これは国家の衰退と呼ぶべきね」

「うーん。考えてしまう」

「けど、これも今から正していけばみんな思い出すわよ」

「遺伝子ですね」

「そう。組み込まれてるわよ、古来からの礼儀正しさが。人に対しても大自然に対してもね。それを復活させましょ。まずは自分の中で」

「そうします。明日から……じゃなく、今から」

「そうそう。それでいいのよ。けどね、反対の意味になるのかな、〃穢《けが》れ〃が104なのよ。だから礼儀正しい言葉使いや態度・行いをすると同時に心も清らかにしなきゃ、穢れの104が日本に付いてしまうわ。まあ、言納ちゃんは清らかだからいいけどね」

「そうかなあ。けっこう意地悪なんだけど」

と言いながら照れくさそうに笑った。

「他は〃お陰様〃が104よ」

「厳龍さんに教えてもらった。お陰様って誰のことか知っとるかって。陰で支えて下さる人や守護して下さってる方々のことなんですね。その方たちの思いやりだぞーって厳龍さん言ってた」

「そうね。お陰様のお陰で今があるっていう謙虚さを忘れなきゃ104も日本を守護する数にはなるわね」

「はい、これも丸っと」


「では次いきます。117は大丈夫ね。〃ありがとう〃だもの。〃感謝します〃も117だしね」

「うん。それに〃御柱《みはしら》〃」

言納は赤の御柱と青の御柱のことを思い出していた。そして〃必ず立てます青の御柱〃と誓った。

平泉寺白山神社で菊理媛の御言葉の中に、

『〃赤の御柱〃立ったように
〃青の御柱〃つなげて下さい……』

とあった。

その後、天と地から青い柱が伸びてきたけどつながらなかった、という話を健太にした。

すると健太はその様子を克明に描写した。

「ねえ、どうしてそんなに詳しく知ってるの？　健太も見たの？　さっき」

「いや、違うんだ。それと同じで赤いやつを見た」

「えー、どこで？」

「玉置神社へ持って行く水を汲みに狭井神社へ寄っ

たでしょ。その前に参拝した大神神社で。上からのと下からのがドッシーンとぶつかり合ったと思ったら、ブワーってエネルギーが吹き出してあたり一面真っ赤っか。すごかったよ。強烈だった」

「えー、何も言ってなかったじゃない、あのとき」

「だって何のことかさっぱり判んなかったんだもん。今、言《こと》の話聞いてそれが〝赤の御柱〟だって判った」

そう。菊理媛が〝赤の御柱〟はすでに立ったと伝えてきたそれを、健太は大神神社で見ていたのだ。実際にそれが立つ以前に、映像として。やはり神々にとっては〝今〟を中心に〝過去〟も〝未来〟も広がっているのだろうか。

それを聞いた言納は何が何でも〝青の御柱〟を立てねばと心に決めたのである。

「〝ありがとう〟の持つ波動も今注目されだしてるから、これからはもっともっと口にするようになるんじゃないかしら。そうすれば災害も小さくなるだろうしね」

「え、災害？」

「そうよ。以前言納ちゃんに話したでしょ。三十六年周期で日本を襲う大災害のこと」

「あー、思い出した。たしか亥《いのしし》年ばかり」

「そうよ。関東大震災は九月一日。91は13×7でしょ。伊勢湾台風は九月二十六日。これは26だけだけど13×2。イランの大地震やスマトラ島沖の大地震や大津波だって26日だったから日本だけじゃないけどね。死者はイランが推定五万人。津波では二十二万人よ」

「…………」

「日本に戻って阪神淡路大震災が今の117でしょ。13×9だもの」

これらの数字も13を操る者たちの力が影響しているのだろうか。

「これですー」

「大丈夫？　次行っても」

「うん」

「130は無しだったから、13×11の143ね。これ〝札幌〟よ」

「えーっ、そうだったの。知らなかった。けどね、裕子さん、判ったんですよ。143は瀬織津姫の数だったんです。千手観音様もだけど」

♪マハリテメグル　マハリテメグル

「藤の花の中に出てた143は瀬織津姫で」

♪マハリテメグルハアメノミチ

「玉を持って仙台まで…………」

「どうしたの？」

「…………」

「言納ちゃん」


「これです！」

裕子は突然の言納の大声にたじろいでしまった。

「どうしたんですか、このCD。これです。これなんですー」

♪雨は土にしみこんで
　岩にしみ入る水の音
　土の中でゆらりゆられ
　地下の水脈　龍の道

「龍の道……地下の水脈、龍の道……このことだったんだ。地下の水脈……龍の道。間違いないわ。ああー、裕子さん、ありがとうございますー」

「ど、どうしたのよ」

言納はうれしさのあまり、裕子に抱きついた。

始まりは一年前、白山に登頂した際のことだった。山頂付近で音楽のようなものが聞こえてきた。その後、木曽御嶽山や東谷山でも同じようなものを聞いた。だが、それまではあくまで音楽のようなものであり、それ以上の何ものでもなかった。

それがはっきりしたのは竜泉寺へ円空仏を見に行ったときのこと。ロバートと出会ったのその日、言納の耳には、

〝マハリテメグルワアメノミチ〟

と、リズムにのったその言葉が流れてきたのだ。

それが突如内容が変わってしまい、何かを訴えるものになった。

『マハリテメグレズ　アメノミチ

マハリテメグレズ　アメノミチ

汚水に霊気が封じられ』

と。玉置神社の玉石社のことだった。

何が〝マハリテメグレズ〟なのだろう。〝汚水に霊気が封じられ〟って、何の霊気が封じられたのか。言納は考え、そして悩み続けてきたのだ。

それが今、はっきりと判った。マハリテメグレなくなっていたのは龍の道だったのだ。地下の水脈、龍の道が汚水により穢されて、霊気が封じ込められてしまっていたのだ。

音楽のようなものが聞こえたところはどこも地下の水脈が流れ、龍の道になっているところで、白山、木曽御嶽山はもちろんのこと健太の住む地域も龍泉寺から東谷山に向け龍の道がつながっているのだ。

「ということは、言納ちゃんがどこかで授かった玉を持って行く仙台では龍の道が閉ざされてしまってる、っていうことかしら」

「多分、閉ざされてるのは日本全国だと思います」

そうなのだ。人間が傲慢になり大自然への恩を忘れてしまったことで、世界でも最も美しい川を持つ我が国の大小三万の川はすべて破壊しつくされた。のどかな田舎の小川まで三面コンクリートで固められ、お金儲けのために犠牲になったのだ。

川だけではない。山にしてもそうだ。したがって地下の水脈、龍の道も数億年続いた流れを閉ざされてしまったのだ。水害を防ぐためとの名目でコンクリートにされてしまった川こそ今後水害にみまわれるであろう。愚かなことだ。川と地下の水脈は地球の血管ですぞ。

「じゃあ、どうして仙台なのかしら」

「それはね、仙台か東北のどこかに封じられてしまっている瀬織津姫を出すためです。その瀬織津姫の封印が解かれることで〝青の御柱〟が立ち、汚水が清められ、それで全国の龍の道にめぐりが戻るのだわ、きっと」

「なるほどね。〝マハリテメグレズ〟が〝マハリテメグル〟に戻るのね。ねえ、ところで〝青の御柱〟って何のこと？」

「それはですね…………」

祖母が冷たい麦茶と煎餅《せんべい》を持ってきてくれたのでひと息いれた。

「お婆ちゃんこれ好きなんですよ。私は駄目だけど」

「えー、そうなの。私は好きよ」

「口から火が出ませんか」

唐辛子煎餅だ。言納の祖母はこれが好きで、毎週のように買いに行っている。犬山城の城下町、今は人通りもまばらになってしまった商店街に手焼きの店があるのだ。

「食べながら続きをしてもいい？」

「ええ、いいですけど、よくそんなもの食べますね。私、犬山に来たころお婆ちゃんが食べなさい食べなさいってあんまり言うもんだから、仕方なしに洗って食べたけどやっぱりおいしくなかったですよ」

裕子は煎餅をのどに詰まらせ、むせながら笑った。

「あー、苦しかった。もう、やっぱり変よ。さあ、続きね。えーっと、169か、次は」

「そうです。13×13だから西洋の……そっか。天の数歌の二乗だから、これこそ味方にしたら心強い数ですよね」

「そうね。けど問題もあるのよ。パレスチナが169なの。聖なる大地が憎しみの大地になってしまったところね。パレスチナこそ陰の勢力の思うがままの戦場だからちょっと無理かな、169は」

「そうなんだー」

言納はがっくり肩を落とした。

「なーんてね。本当は大丈夫よ。言納ちゃんたち熊野へ行ってきたでしょ。熊野権現《クマノゴンゲン》の言霊数が169よ。今、熊野は古道が世界遺産にも指定され、たくさんの人が訪れてるでしょ。それで多くの人が手を合わせれば力が増すはずよ。そもそも熊野っていうのはね」

裕子が言納に向かいニヤリとした。

「どうしたんですか」

「熊野山を開いたのは出雲の人たちよ」

今度は言納がニヤリとした。ニギハヤヒ尊と結び付くものはすべてが嬉しいのだ。


「それと吉野の蔵王権現。169なの。役行者《エンノギョウジャ》さんが感得された修検道の本尊さんだから強いわよ」

「はい。では169も丸」

「まだあるわ。ヒノモトタケルが169。ヤマトタケルは本来ヒノモトタケルと呼んだ方がいいと思うんだけどな。他は〝三原山〟とか〝宮古島〟。〝花鳥風月〟なんて風情があっていいわ。ねっ、完全に日本の数でしょ」

「パーフェクトって感じですね」

「〝竹取物語〟なんかは関係ないかな」

「大あり食いです」

またまた裕子は煎餅を詰まらせむせた。

「あー、びっくりした」

「すごく大事なことが秘められてます。けどそれは私のお役じゃないから」

「誰かがいずれ世に出すのね、かぐや姫は」

「そう。それで169はますます強くなっていくんですね」

「さっき飛ばした65と91はね、近い意味を持つの。65は〝颪〟。91は風の神様〝志那都比古《しなつひこ》〟。知ってる？　この神様」

「ええ。けどこの二つの数は健太用です」

健太は以前、鏡作神社で授かった鏡に、伊勢内宮荒祭宮にて〝颪〟という文字を入れてもらっていた。それに〝颪〟についての教えも多く受けている。岐阜県の東濃地方の山奥にある風神神社なるところへも呼ばれて行った。風神神社の御祭神は志那都比古神だ。

というわけで、65と91は健太の責任においてやっていくことになった。

「65と91にも丸をつけて、えー、これで十個目です。あと三つだけ。26はどうなりました？」

「そうそう、26がまだだったわね。実はこれこそあきらめかけてたのよ。アルファベットの数っていうだけで、もうあちらの力が強いもの」

「……やっぱり駄目か……」

言納はロバートの顔を思い出しながら小さくつぶやいた。

「けどね、あったわ」

言納の目が輝いた。

「あっ、最後の一枚食べていい？　もらうね。それで、26なんだけど、鞍馬にあったの」

「えー、鞍馬ですかー」

「そう。雪の中、健太君と出会ったあの鞍馬よ。そういえばあなたたち、龍の背中に乗って、じゃなかった。お腹に入って空中神殿にまで行ってきたんだったわね」

「今でも信じられないんですけど」

「まあ、それだけ縁があるんだから、このお祭りもあなたたちに関係あるわね」

「お祭り……ですか」

「ウエサク祭って知ってる？〝五月満月〟って書いて〝ウエサク〟って読むの。26よ。これはね、五月の満月の夜に行われるんだけど、地球と月がサナートクマラの霊力で結ばれるお祭りよ」

「魔王尊様が護って下されば、もう何も恐くないですね」

「本当ね。チベットにも同じルーツのお祭りがあるらしいのよ」

（チベット……何か気になるけど、何だろう……）


これで言納が丸をつけた数は13のうち11を数えた。残るはあと二つ。

「裕子さん。286と429もやりましょうよ」

裕子を諭すように言った。

「私が判ったのはここまで。あとは健太君と二人でやった方がいいわ」

「えー、ずるいー」

ずるいのはお前だ。少しぐらいは自分でやれ。

「あなたたちならきっと解明できるわ。それより、今までの数をちゃんとものにしないといけないわよ。日本の運命がかかってるんだから」

その通りだ。数に意味付けしただけでは何も変わりはしない。自分たちが数の持つ意味そのものになることにより、はじめてその波動が世に広がる。多くの人がそれに感化され、思いがひとつになっていけばそこでやっと国の守護が高まるのだ。今、全国でその第一歩を踏み出す人が現れた。

世の立て替え立て直し。

いよいよ本番に突入した。

第五章　試練

その1　四国へ

言納は時計に目をやった。午後の五時五十二分。

「よし、今日は間に合うわ」

駅から自宅までは徒歩で約十分、途中厳龍の店の前を通る。学校帰り、店が開いているときは必ずといっていいほど顔を出し、わずかな時間を店で過ごしてから自宅に戻るのが日課のようなものになっていた。

昨日は駅前の美容院に寄ったため店に着いたのは六時すぎ、案の定カーテンが閉まっていた。厳龍は毎日六時きっかりに仕事を終了する。学校が休みの土日と店の定休日の月曜日が続くので、それも含めるともうずいぶんと厳龍の顔を見てないような気がしていた。

「あれ、もう閉めちゃったの？」

再度時計を見た。

「まだ五十五分なのに」

店のカーテンが閉まっていたのだ。

言納はよっぽど戸を開けてみようかとも思ったが、

（どこかへ出かけたのかしら。だから少し急いで閉めたのね）

そう思い、そのまま通過した。

「ただいまー」

自宅の玄関には鍵がかかっていなかった。そんなときは必ず祖母が台所で野菜の煮物なんかを作っている。

「おばあちゃん、ただいまー」

玄関を入ってすぐ右手にある二階への階段を登らず、奥の台所へ行ってみた。

「おばあちゃん、いないの？」

返事はなかった。

（お隣りさんへ回覧板でも持って行ったのね）

冷蔵庫を開けオレンジジュースのパックを取り出したとき、ちょうど玄関の戸が開く音がした。

（あっ、帰ってきた。やっぱりお隣だったのね）

ジュースをたっぷり注いだグラスを持ったまま廊下に出て言納は祖母を迎えた。

「あらら、言ちゃん、帰ってたのかい」

祖母は突然目の前に言納が現れたので少し狼狽した様子だったが、すぐに気を取り直しこう伝えた。

「今朝ね、厳龍さんがお亡くなりになったのよ。今もちょっと店へ行ってたの」

「………………」

言納には祖母の言ったことがよく理解できなかった。いや、理解しようとしなかったといった方が正しい。脳が祖母の言葉を拒絶したのだ。

「言ちゃん、大丈夫かい」

言納は焦点が定まっていない。

「きのうのお昼ごろから急に元気がなくなったらしいのよ。それで、今朝言ちゃんが出かけてしばらくしたころにおきょうさんが伝えに来て下さったの」

おきょうは厳龍の妻神である婆さんだ。

言納はいまだ視点が定まらぬまま祖母にグラスを渡し、

「私、行ってくる」

それだけ言うと、祖母のぬくもりが残るサンダルをひっかけ玄関を飛び出した。

（ウソよ。ウソに決まってるわ……厳龍さん死なないもん。ずっとずっと死なないもん。本当は仙人だから……仙人なんだから死ぬわけないじゃない）

言納はとめどなく溢れ出る涙をぬぐいながら、ちょっと小さめのサンダルを鳴らして厳龍の店へと一目散に走って行った。

*

釈尊の残した教えにある四苦八苦のうちのひとつ、愛別離苦。愛する者と別れる苦しみのことだ。人間にとっては太古の昔から未来永劫にわたり、愛する者との別れを一切の苦しみも伴わずしてやりすごすことなどできないのではなかろうか。玉し霊が生き通しであることを確信し、人の生死の捉え方が進歩していけば悲しみも減ってはゆくであろう。しかし、だからといって肉体次元の別れに一切苦しみがなくなるわけではない。

ところがだ。人は死ぬから美しく生きられる。生から死までに限りがあるので精一杯生きられ、また、魅力的でいられるのだ。

死を意識することのない人生が本当に有意義に生きられることができるかは大いなる疑問だ。死ななければ時間の概念もないし、あせることはないかもしれないが精一杯やることもない。目的意識を持てるのだろうか。それで玉し霊の向上があるのだろうか。たとえ寿命があるとしても、八百比丘尼《はつぴやくびくに》のようなものではやはり同じでことであろう。それに、そんなことになれば地球上が人間だらけ。山奥の小さな村落までが渋谷のスクランブル交差点状態。

知人宅へ遊びに行った。門から友人の部屋にたどり着くまでに一体何人の爺さん婆さんに挨拶をすることになるのだ。

「おい、庭先で松の手入れをしていたのは誰だい」

「あれは九代前の爺さんだ」

「じゃあ、ちょうど軽トラで出かけたのは」

「ああ、あれか。たしか十三代前の爺さんだな」

「玄関入ったところで裁縫してたのは」

「んー、多分十八代ぐらい前の婆さん」

「多分かよ、おい」

「もうなあ、あれぐらいになってくると誰が親で誰が子なのかさっぱり判らん。だってオレ、中学校に入ったころ初めて会った婆さんいたもん。それにまだ一度も話したことない爺さんもいるんだぜ、家の中に。オヤジに聞いたら誰か知らんって言ってた」

これでは困るではないか。だから人は死なないといけないのだ。


厳龍は自身の死期をちゃんと悟っていた。息子たちは手を離れ、それぞれ東京と岡山で何とかやっている。婆さんは一人になっても大丈夫であろう。最後に言納と健太という二人の若者が現れたが、今ではもうすっかり成長した。

もともと言納の祖父と厳龍は親しい間柄だったため言納の成長は他人事ではなく、我が子、我が孫以上に気にかかるところであった。

そこへ先日久しぶりに生田がやってきて言納たちと出会ったことは、神々の引き合わせであり引き継ぎであると感じ取っていた。言納と健太は生田にまかせればいいのだと。それで、この世でのお役が終わったと悟ったのだ。

＊

告別式はすぐ裏の寺で執り行われた。言納たちが驚いたのは参列者の数だった。身内にしか知らせなかったはずなのに、かつての弟子たちが全国から集まって来たのだ。寺の坊主よりも彼らの唱えるお経の方が迫力があった。さすが山伏たちだ。

「厳龍さんって実はすごい人だったのね」

「うん。みんな〝先生〟って呼んでるもん。オレたちだけだぞ、気軽に接して、しょっちゅうごはん食べさせてもらって」

そんな会話をする二人にもう涙はなかった……ように見えた。肉体を離れた分、いつでも接することができる、そう思うように務めた。特に言納はそう思わなければ立っていられぬほど憔悴しきっていたのだ。

それには訳があった。

言納が玉置神社で授かった玉を仙台に届けようと

するたびに、それを阻止するような動きが目の前に起こるのだ。玉を授かったのが旧暦五月十日。太陽暦では六月初旬のことだった。それからほどなく〝光の都の青き麻〟が仙台の青麻神社であることは生田によって判明したが、直後ロバートが大きな問題を持ち込み、仙台行きを延期せざるをえなくなった。

夏休みには行けるだろうと思っていたが、長期間母が犬山にやって来た。母にそんな話が理解できるはずもなく、札幌に連れ戻されるのが落ちだ。新学期が始まると学校では責任ある立場に立たされ多忙を極めたし、ひと段落したころには疲労から体調を崩した。そして、いよいよと思っていた矢先に今度は厳龍の死。

（ひょっとしたら私の仙台行きを拒む流れが厳龍さんを死へと追いやったのではないか。私が厳龍さんを死なせてしまったのだろうか……）

そんな思いが頭から離れなかったのだ。

日之本に〝赤の御柱〟と〝青の御柱〟に立ってもらっては困る何かがそうしているのだろうか。

「やあ、君たち。色々とご苦労だったね」

「あっ、生田さん。いらしてたんですか」

寺から戻った言納たちが厳龍の店で参列者をもてなしているところへ生田がやってきた。

厳龍は旅立つ日の明け方、生田の夢枕に立ったという。

〝おい、生田。あの子たち二人を頼んだぞ〟

それだけ伝えると、こちらを向いたままスーッと遠ざかって行った。

〝先生、先生〟

生田は夢の中で呼びかけた。

すると

〝お前にもいろいろ世話になったな。また会おう〟

と言い残し消えたのだそうだ。

「疲れてないかい。先生もきっと喜んでいらっしゃるよ。とにかく君たちのことは大のお気に入りだったからね。それに……それに最後まで二人のことを気にしてられたし」

言納はこみ上げてくるものを必死で堪えた。

「…………あれ？」

健太が店の外から中の様子を窺《うかが》う人影を見つけた。言納と生田も振り返ると、喪服を着た女性が一人立っており、こちらに軽く会釈した。

「裕子さんだわ。来てくれたんだ」

言納が中へ招き入れ、生田に紹介した。

「私、一度もお会いできなかったんだけど、お亡くなりになったたって聞いたものですから」

裕子が遠慮がちに言った。

店の中は身内と近所の住人たちでいっぱいなため、四人は場所を言納屋敷に移すことにした。

しばらくは厳龍の思い出話が続いており、裕子も会ったことのない厳龍の教えをあれこれと話していた。


「ところで生田さん。新しい住まいはどうなったんですか」

健太が尋ねた。

「うん、戸隠《とがくし》で探してたんだけどね、どうしても見つからなくてね。もう諦めかけてたんだけど隣の鬼無里《きなさ》村っていうところに空き家があったんだ。もう古い家なんだけどね」

「鬼無里って、白馬からずっと奥へ入ったあの鬼無里ですか」

「そうですよ。ご存じなんですね、裕子さんは。とにかく雪が深いところですからね。今は何とか住めるようにと大工仕事が日課になってますよ」

そんな会話をしているとき、言納の脳細胞が動いた。

（戸隠……トガクシ……17＋51＋8＋15……91）

「戸隠です」

三人が言納に注目した。

「91は〝志那都比古《シナツヒコ》〟神《ノカミ》だけじゃないわ。戸隠よ。

戸隠に何かある。……地下の水脈だわ。龍の道よ。護らなきゃ」

「護る……って？」

生田が聞いた。

「判りません。判らないけど……私、やっぱり仙台に行く。生田さん、場所を詳しく教えて下さい」

「判った。けど一人で行くつもりなの？」

「えっ？……」

言納は健太の顔色をうかがった。

「あっ、じゃあ僕も行きます」

生田は手帳を取り出し青麻神社の大まかな地図と住所を書くとそれを言納に手渡した。

「日程が決まったら長野へ連絡してよ。仙台に住むいとこを紹介するよ。青麻神社の宮司先生と親しくしてるから」

「本当に？　うれしい」

「彼女に空港まで迎えに行かせるよ。だから神社まで乗せていってもらえばいい。けど……」

「どうしたんです」

「いや、彼女飛ばすから、しっかり踏ん張ってないと転がるかもね。まあ、スリル満点なことは保証するよ」

一見楽しそうなこの集まりも、言納には心を晴らす材料にはなり得なかった。そして仙台行きを拒むような出来事が再び……。


厳龍の告別式が終わり数日が経った。日中はあわただしさが続いているが、夜になると考えることは厳龍のことばかり。布団に入るとあれこれと脳裏に浮かんでは消えていった。

幼いころ祖父に連れられて店へ行き、とびっきり苦い薬を飲まされたこと。名古屋の学校へ通うようになってからは祖父のような存在でいてくれたこと。琴可を連れて行ったこともあった。健太と三人で夜、多度大社へお参りに行ったりもした。

言納にとってニギハヤヒ尊を除けば唯一の師でも

あったため、今だ枕を濡らさぬ夜はなかった。だが、厳龍を弔《とむら》うために考えていることを実行に移すか否かは決心がつかないままであった。

人との別れで流れる涙の訳は何なのだろう。特に親子であったり無二の親友の場合、涙の枯れる日の訪れは遠い。

それは、まず一番目に〝残された自分が可哀想〟だからだ。大好きだった人がいなくなってしまい、私はこれからどう生きて行けばいいの、という自分に対しての哀れさがその訳だ。頼りにしていればいるほどその思いは強く、甘えさせてもらっていたことをその時になってやっと気付く。

次には〝相手の望みを知っていながら叶えてあげなかったことへの悔い〟が涙となって流れ出る。親の望みは知っていた。しかし自分の都合ばかりを優先し、親が自分に望むことには目を閉じ耳を塞いできたのだ。面倒だし、うるさいし、好みも考え方も違うから疲れちゃう、と。

だから、ただ少しそばにいて欲しいだけという望みさえ避け、遠くへ遠くへ行こうとしていた。それも別れてから気付くのだ。そして〝申し訳ない〟〝ごめんなさい〟が涙となるのだ。相手が子供の場合はその申し訳なさはさらに大きなものとなる。

ただひとこと〝よく頑張ったね〟と誉めてもらいたかっただけなのに、忙しい忙しいで気に止めてあげられなかった。私を選んで生まれてきてくれたのに。外でのいらだちまであなたにぶつけ、必要以上にきつく叱ってしまって本当にごめんなさいと。

愛する人との別れで流す涙の訳は、一番目が自分に向けてのもの。そして二番目は相手に対する懺悔《ざんげ》の涙なのだ。

言納は悔やんでいた。学校帰り店へ顔を出すと、帰り際にいつもこう言った。

「晩ごはん一緒に食べていかんかね」

と。すると奥から婆さんが出てきて
「お家で用意してあるから駄目ですよ」

と厳龍をなだめるのだった。

(せめて週に一回ぐらいは一緒に食べてあげればよかった。ただ一緒にごはん食べるだけで喜んでもらえたのに……ごめんなさい厳龍さん……)

乾きかけた枕が、またしたたり落ちる涙に濡れた。

「おい、お前」

「げっ、ジイか。いま大切な場面だ。どこかへ行ってくれ」

「用があるから来たんだ。お前さっきから親の望みを叶えるうんぬんと立派なことを言っておるな」

「まあな」

「だったらお前は親の望みちゃんと叶えているんだろうな」

「……うっ、ちょっと目まいがしてきた」

「誤魔化すな、たわけ者。どうなんだ」

「……苦しい。と、ところでジイ。あんたこそ生前どうだったんだ」

「……………」

「おい。あれっ、どこかへ逃げちまった」

＊

厳龍の死から二週間が経ち、十月に入った。日中はまだ真夏と変わらず暑い日が続くが、朝晩はいくぶん過ごしやすくなってきた。そんな日の夜遅く、健太に言納から電話があった。

「ケーンタ。聞こえたー? 言ちゃんから電話よ」

階下から母が叫んだので二階に取り付けられた子機のボタンを押した。

「もしもし、言? どしたの? こんな遅くに」

「…………」

「もしもし。おい、何かあったの?」

「…………私…………四国へ行ってきます」

「えっ、四国って、あの四国のこと? 何、どうしたの?……ねぇ、言。行くっていつ行くつもりなの」

「明日」

あきらかに様子がおかしい。

「ねえってば。何があったのか言ってくれなきゃ判んないじゃん」

「厳龍さんの弔いに八十八ヶ所を歩いてきます」

「突然なんで。けどオレ、そんな急に言われたって行けないよ」

「私一人で行きますから結構です」

冷たい口調で言いきった。間違いなく何かあった。

「何か怒ってる?」

「…………」

「おい、言。何怒ってるんだよお」

「とってもお似合いのカップルですこと。ロングスカートのお上品な方と。私なんかよりずーっとおしとやかで、もう長く付き合ってるカップルって感じだったわ」

「はあー? 何のことを言っ……あっ」

「ほら。やっと判った。いいわねえ。私は厳龍さんが死んじゃったことに責任感じて、なかなか立ち直ることができずにいるのに、他の女の子と今一番話題のお店でスウィーツなんか食べちゃったりして」

「違うって。誤解だよ。あれはただ」

「ただ何よ。行ったことは事実でしょ」

「見てたんだったら声をかけてくれればよかっただろ」

「どうせお邪魔ですから」

「違うって。あれは学校で同じ班の子でさあ、レポートを……あれっ、もしもーし。切れた。……クソッ」

健太は受話器を叩きつけるようにして置いた。

その夜、誤解を解くためよっぽど掛けなおそうかとも思ったが、勝手に誤解して怒っている言納に腹が立つ方が勝ったため、それはしなかった。初めての喧嘩らしい喧嘩だ。

一晩寝たら、といっても寝つけなかったが気持ちは随分と落ち着いたので、まずは謝ろうと翌朝電話したが、すでに言納は出たあとだった。

言納が怒っていたのは健太が他の女の子と一緒にいるところを目撃してしまったからなのだが、これは本当に言納の誤解であった。

健太は厳龍の葬式の手伝いで二日間学校を休んだ。それでグループで提出するレポート制作の作業をさぼってしまう結果となったのだが、事情を知る同じ班の女の子二人が健太の分まで片付けておいてくれたのだ。夜遅くまでかかったらしい。

それでお礼に何かごちそうすることを約束したのだが、当日一人が自分のデートを優先したため、残りの一人と二人で行くことになったのだ。相手は女の子なので牛丼屋へ誘うわけにもいかず、したがって名古屋の中心街にオープンしたばかりの話題の店へ行った。ただそれだけのことだった。

通常ならここで、

「ごちそうさま。けど、本当にいいの？」

「もちろん。お礼を言わなきゃいけないのはこっちなんだから」

「じゃあ、今日はごちそうになるね」

「うん」

「ありがとう。じゃあ私、駅あっちだから。また明日ね」

と、お互いにそれぞれの方向へ帰って行って終わるのだが、どうしてか言納はその現場を見てしまった。やっぱり変な能力なんかない方がいいかもね。恐いもん。けどね、長い人生その程度のことはいくらでも起こるって。

「オイ。お前自分のことを言い訳しとるだろう」

「またジイか。あんたは生前親の望みを叶えたのかって……あっ、また逃げた」

＊

言納は決心がついた。いつか厳龍は八十八ヶ所について、点と点を結ぶ線が大切だと言っていた。札所と札所を結ぶ道中で何を思い何に気付き、何を決意するかに意義があり、札所はそれを報告するところだと。

（私、行く。けじめとして厳龍さんのために行ってみる。何よ、健太なんか）

　祖母には学校の友人と旅行に行くとだけ伝え、翌朝早くに家を出た。


　四国に近づいていくにしたがい微《かす》かにあの歌が聞こえてきた。

♪夜明けの番人
　鶴と亀がすべった
　うしろの正面だーれ

だが、今はそれについて深く考える気分にはなれなかった。車窓からぼんやり外を眺めていても思うことは厳龍のこと……ではなく、健太のことばかり。

　こうして一人で遠くまで来てみると、やっぱり自分にとって最も大切な人だと気付く。

　しかし言納には大きな目的があった。こうして乙女チックな気分に浸っている場合ではない。それに、あのときの健太はどう見たって他の女を前にしてデレデレしていた。やっぱり、フンッだ。

（まずどこの札所から始めようかしら）

　一番札所から八十八番まですべて回るわけにはいかない。それで自分が最も行くべきところを巡礼案内図で探し始めた。

（わりとかたまっているところの方が歩いて回るにはよさそうなんだけどな……と。えー、一番が竺和《じくわ》山《ざん》霊山《りようぜん》寺《じ》、二番日照山極楽寺《にっしょうざんごくらくじ》、三番が、亀光山金《きこうざんこん》泉寺《せんじ》……。そっか。鶴と亀を探せばいいんだ。健太だって役行者《エンノギヨウジヤ》様から亀石の名を憶えておくよういわれてたし……）

　調べてみたら〝鶴〟と〝亀〟の名が入っている札所は三ヶ所あった。三番札所亀光山金泉寺と二十番札所霊鷲山鶴林寺《りようじゆざんかくりんじ》。このふたつは徳島県内で、残るひとつは高知県にある三十九番札所赤亀山延光寺《しやつきざんえんこうじ》だ。

　しかし言納には〝ここだ〟というものが感じられ

ない。

（ここのところ悲しみと怒りの念ばかり発していたので濁ってしまったんだわ。清らかにならないと……）


岡山で新幹線を降りた言納は高松行きの快速マリンライナーに乗り換えた。

（わーっ、二階建てだ）

よかったなあ。

これで寝ていてもあとは高松に着く。そして実際に寝てしまった。瀬戸大橋を渡ったところまでは憶えている。感激のあまり窓に顔を押しつけて橋の下をのぞいていたのだから。

それも束の間、いよいよ四国上陸というころには強烈な睡魔に襲われ、気付かぬうちにまぶた同士が合わさっていた。健太と同じく言納もゆうべはくやしさで寝つけなかったのでやむを得ないことだが。


言納は夢を観ていた。地底から地球の生命エネルギーとでもいうべきとてつもない力が地上に向けて湧き上がってくるのだ。言納の体はそのエネルギーに包まれ、日常では感じることのない爽快感を味わっていた。エネルギーはグルグルと螺旋状に渦を巻き、あるときは体の外側から圧力があり、そのときだけは締めつけられるようで息苦しい。しかし渦が反転すると急激に開放的になり、そうなるとえも言われぬ心地よさを感じる。それが何度もくり返された。

〝高松、高松に到着しました。お忘れ物のないよう……〟

瀬戸大橋を渡ってから高松までは二十分程度で着いてしまうため、言納の夢はそれで終わってしまった。

（渦……渦……きっと鳴門のことだわ。鳴門に行かなきゃ）

行き先がまだ決まっていなかったため、高松で一旦外へ出てゆっくり考えようと思っていたが、急遽徳島まで行くことに決めた。

名古屋から始発ののぞみに乗ったため、高松に着いたのは九時半すぎ。駅員に尋ねるとあと三分で徳島行きの特急が出るという。それに乗れば十一時には徳島に着く。

（パーフェクトね。さすが私）

駅員によると徳島からは鳴門線で終着鳴門駅まで行けば、あとは何種類もの船が出ているという。

（あれー、こんなことになるんだったらはじめから高速バスで徳島へ行けばよかったんだ。やっぱり濁ってるとこうなるんだ。ちっともパーフェクトじゃないぞ、私）

そうそう。高速バスだと徳島までは名古屋から六千六百円。あなたは二倍以上お使いになったのよ。

普段の脳天気な、じゃなかった。清らかで天真爛漫な言納であれば遠回りなどせず、最良の方法を自然に選択できたであろう。

しかし今の言納は本人も判っている通り疲労と悲しみと怒りで心を穢し、血液を汚し、発する気が濁ってしまっているのでそれ相応の運気しかつかめなかったのだ。

（けど、夜行バスは景色が見られないから電車でよかった。だって初めての四国だもん）

まあそれでご自分を納得させられればそれでもいいんですが、寝てたじゃない、君は。

気が付いてみると言納は朝から何も食べていない。ゆうべだって健太への怒りのためほとんど何も喉を通らなかった。しかし、とにかく時間がない。それで仕方なしに空腹のまま特急うずしおに飛び乗った。徳島まで約一時間。

（よし、徳島に着いたらいっぱい食べるぞぉー）

一五〇〇円を払い鳴門の渦へ向かう船に乗った言納は電車の中で観た夢を思い出していた。締めつけられたり解放的になったりしていたあの感覚を。

言納のまわりには団体の観光客が大勢おり、ガイドが鳴門の渦についての説明をしていた。

「この渦は今、どちら巻きになっていますか？……そうですね。時計回りでしょ。四国側が時計回りに巻いているときは、淡路島側は逆回りの反時計回りに巻いていています」

観光客は〝へー〟とか〝そうなんや〟と口々にしていた。

「ですけれど、これがね、満ち潮のときは引き潮のときと反転し、四国側が反時計回りになるということなんですね。それでは皆さん、今は満ち潮どきでしょうか、それとも引き潮どきでしょうか」

否応なしに聞こえてくるその説明に、言納の鼓動は高ぶった。

（時計回りが反転して……反転……それだ。反転だ）

＊

厳龍の死後、言納は四国行きを意識するたびに観せられた夢があった。

玉置神社でそうであったように龍の中へ入り空を舞うのだが、それが四国上空なのだ。下を見ると地図にあるままの形をした島があり、島全体が見えないエネルギーに押さえこまれているようなのだ。

一日目の夢はそれを感じただけだったが二日目にはそこに何かが呪縛をかけられ封じ込められていることが判った。三日目になると呪縛の奥に鳳凰の姿を見た。

そして、夢の間中、絶えることなしに小さな無数の点が島全体をグルグルと時計回りに動いており、ますます鳳凰の呪縛が強まっているようなのだ。

しかし、それが何を意味しているのかは判らず、朝目覚めても思い出すことは厳龍のことばかり。それ以上言納が夢について考えることはなかった。

お遍路さんは通常時計回りで巡る。巡礼者が小さな点となり、知らず知らずのうちに呪縛となって鳳凰を封じていたのか。

今、言納は渦の反転を意識したことで夢とつながった。電車の中での夢も、一方の回転の中では体が締めつけられ、反転すると解放的になり心地よかった。

（逆回り。そうだ、反時計回りで進むことが呪縛を解くことになるんだわ）

それに気付いた言納は船が港に戻るや否やすぐに一番札所を目ざした。八十八番からではなく一番から八十八番につないで輪にするのだ。

言納は強い使命感を持ち大きなものに挑《いど》もうとしているが、冷静さを欠いた判断は危険がつきまとう。それに当初の目的と違う。何のために四国へ来たのかを忘れている。

時計回りに巡礼するお遍路さんを〝順打ち〟といい、多くの人がこれでやるのだが、実は逆に巡る〝逆打ち〟という方法も実際にあるのだ。順打ちを何度も達成した人の中には逆打ちに挑戦したりするのだそうだ。文字通り八十八番札所から反時計回りで一番札所まで巡る。

逆打ちをするとどこかで弘法大師に会えるといわれているが、道のりが険しく困難なため苦労は多いという。その分、逆打ちは順打ちの三回分の功徳やご利益があるのだそうだが、そうだろうか。

＊

一番札所霊山寺に着いたころにはヘトヘトになっていた。結局徳島でも電車の連絡がスムーズで、はじめて食べ物を口にしたのは船を降りてから。菓子パンと野菜ジュースで簡単に済ませ、すぐに一番札所に向かったから疲れるのも当然だ。それでも使命感に燃える言納に不足はなかった。

（厳龍さん。やっとここまで来ました。どうか次の世界でも迷うことなく御活躍されますようお祈り致します。道中気付いたことがたくさんありました。まずは……）

言納はここへ来るまでの心の動きを報告した。健太のこと以外は。

(今から逆回りで行けるところまで行ってみます。一緒に来て下されば嬉しいです)

参詣《さんけい》を済ませると、他の巡礼者がするような朱印をもらうこともなく一番札所を後にした。

(厳龍さん、ついて来てくれるかしら。頑張らなきゃ)

だが、言納について回ったのは厳龍のミタマではなかった。

いきなり試練が訪れた。順打ちの場合、次の二番札所までは約一キロメートル。徒歩でも十五分あれば着く。言納が目ざす八十八番札所はここからだと距離が短く平坦なコースをたどっても四十キロメートルあるのだ。

徒歩でのコースタイムは十二時間になっている。健脚の人ならば八時間ほどで行ってしまうだろうが言納には無理だ。しかも西の空に浮かぶ雲は赤い紅《べに》をつけたように色付き始めている。

しかし言納は歩き続けた。何かに取り憑かれたように歩き続けた。

あたりが完全に暗くなってから入った食堂では、食べ終わった後、座ったまま寝てしまった。他の地域だと家出娘に間違われそうだが、ここは四国。そのあたりはよく心得られており、店の人はしばらく言納に声をかけず眠らせてくれた。

目が覚めたときには体が軽くなっているのがはっきりと判った。暖かい食事と充分な休息がそうさせてくれたのであろう。言納は俄然やる気になり、夜も更けだした中を八十八番札所の大窪寺に向けて歩き出した。

*

言納が夜道を歩き続けているころ、健太に東京の琴可から電話があった。

「琴可さんですか。お久しぶりです。……はい、元気にしてます。…………ああ、そうでしたか。……ええ、実は……」

琴可がわざわざ健太に連絡してきたのは他でもない、言納のことだった。犬山の屋敷へ電話したら祖母が出て、三、四日旅行に行って帰らないという。それで健太に掛けてきたのだ。

言納は四国へ旅立つ前に琴可に電話をしていた。仕事中だといけないのでケータイではなく、夜自宅に掛けたのだ。琴可は仕事でいなかったが夫の和也が出た。

「やあ、言納ちゃんかい。元気にしてた？　あいにく琴可はいないんだ。仕事が遅くなるって、ついさっき連絡があってね。……ええ……うん、僕でよければ。……うん、……うん、えっ、CIAやモサドについてって……」

言納は和也にCIAをはじめとする各国の諜報機関の実態について根掘り葉掘り聞いてきた。和也は国際ジャーナリストの肩書きを持つほどなのでその道には詳しい。地域によっては〝他国のジャーナリスト〟イコール〝スパイ〟と目されるし、実際その世界の人間も数多く知っていた。一度ある国の機関からエージェントにスカウトされたこともある。もちろん和也は断った。そんな世界に素人がヘタに首を突っ込むと命の保証はない。金か女か酒か、何か弱みを握られたうえ、利用されるだけ利用され、最後は口封じのため消されて海に捨てられる。まあ大体相場は決まっているのだ。

和也は言納の口から思わぬ言葉が飛び出したので驚いた。

（どうしてあの言納ちゃんがそんなことを聞きたがるのだろう…………）

それに和也は自分も琴可もジャーナリストということで、自宅の電話にいつ盗聴器が仕込まれていても不思議ではないことを知っていた。海外の主《おも》だったホテルの電話はすべて盗聴されていると思っていい。イギリスの諜報機関ＭＩ６は世界中のどの機種の携帯電話も盗聴できるシステムを持っている。おそらくＣＩＡだってそうだろう。ただし、すべての人の電話がいつも盗聴されているわけではないのであまり心配しないように。目をつけられている人物だけだ。それもすべてが盗聴されているのではなく、いくつかのキーワードを言葉にした瞬間から録音が始まるようだ。〝テロ〟とか〝暗殺〟とか〝モサド〟とかだと思うけど、それは知らない。

そんな訳で、和也への電話で言納が口にした言葉は間違いなくそれにひっかかるため、言納の身が心配になり、翌朝和也は琴可にそのことを打ちあけたのだった。

「それでね、健太君。どうしても考えられないのよ、あの言納ちゃんがそんなものに興味を持ったことが。何かあったの？」

健太はロバートからのメッセージについては黙っていた。友人たちと集まって世界情勢についての話をしているときにたまたまそれらの名前が出た。それで聞いてみたかったのだと思う、と誤魔化しておいた。

「だったらいいんだけどね。健太君から言っといて、そんなこと知らなくたっていいって。彼らが今からやらかそうとしていることを知ったら、あの自作自演の９１１テロがママゴトに思えるわ」

「えっ、またやらかすんですか」

「ええ、とてつもない大がかりなことをね」

「戦争ですか」

「それも一環ね。古くなった武器を消費しないといけないでしょ。それに新しい武器の実験場も必要だし。それを実戦で使用するわけ。けどね、最終目的はそんな程度のことじゃないのよ。あー、考えたら気分悪くなってきちゃった」

健太はそれを知りたかったが、尋ねていいものかどうかを躊躇していた。

「でもね、私もう仕事辞めることにしたのよ」

「そうなんですか。どうして急に」

「へへ。言納ちゃんには内緒にしておいてよ。直接話して驚かせたいから」

「………はい」

「実はね、お母さんになったの。まだ三カ月目なんだけどね」

「おめでとうございますー」

「ありがとう。ところで言納ちゃん、どこへ旅行に行ってるの？」

「あのですね……」

（どうしよう。本当のことを言った方がいいのだろうか。けど、もし一人で四国へ行ってるなんて聞いたら琴可さんに余計な心配をかけることになるし……）

「ねぇ、健太君。ひょっとして言納ちゃん、一人でどこかへ行ったの？　厳龍さんが亡くなったときひどく悲しんでたけど、それと関係があるんじゃないの？」


するどい。さすが言納の姉貴分。だてに中東諸国を歩き回っているわけではない。

「実はそうなんです」

健太は本当のことを話した。出かける前の晩喧嘩したことも含めて。案の定、琴可も心配した。

やはり今回は行かせるべきではなかった、と健太は悔やんだがもう遅い。

＊

言納は夜通し営業しているコンビニエンスストアの駐車場の隅に腰をおろしていた。

（あとどれぐらい歩けばいいのかしら）

何しろ四十キロメートルなんていう距離は今まで歩いたことがないし、時間的状況を考えると無謀極まりない。それに、今までは県道１２号線に沿って歩いてきたのでコンビニもところどころで見かけたが、これから北へ向かう道沿いに店はない。あるのは自動販売機だけだ。

時計を見ると深夜一時を少し過ぎている。どうしたものかと迷っていると、車が駐車場に入って来た。ライトがまともに言納を照らしたので両手を目を覆った。

「あれーっ、娘さん、お遍路さんかい。いくら何でもこんな遅くは危険だよ」

車から降りた年配の男性が声を掛けてきた。悪人ではなさそうだ。

「八十八番から一番まで行く途中かい」

「いえ、反対です。今から八十八番へ」

「ほー、逆打ちかい。大したもんだねえ、若い娘さんが。いや、わたしもね、もう十回以上巡礼したんだけどね、最後二回は逆打ちをしましてね」

結局言納は男性の車で八十八番大窪寺の近くまで送ってもらうことになった。

ただ、気になることがひとつだけあった。今までの道中、暗くなってから時々藤色の光の玉が現れ、言納を監視するようにしていたことだ。道案内をしてくれているのか、それとも行く手を阻んでいるのか。それは判断がつかなかった。

藤色……もしや瀬織津姫かとも思ったが、どうもそうではないらしい。

（ひょっとしたら、お遍路さんではよくあることかしら……）

いや、ないと思うよ。

その藤色の玉が声を掛けてきた男性の背後にも見え隠れしていたのだ。しかし、疲労困憊《こんぱい》している言納にはそれ以上追究する余力は残っていなかった。

＊

「お目覚めですか。よく眠れたようですね」

「…………」

言納はあたりを見まわした。車の中だ。

「あれっ、私……」

「うん。ゆうべ走り始めたらすぐに寝てしまったのでね、何だか起こすのが気の毒で。それでそのままにしておいたんですよ。ほら、ここがもう大窪寺だよ、八十八番札所のね」

「えー、ごめんなさい。どうしよう、私」

（やだ、何やってるの、私ったら。厚意で乗せてもらった車で寝ちゃうなんて。しかも夜明けまで付き合わせてしまって……）

「あの、私、もう降ります。本当にごめんなさい」

「いえ、いいんですよ。わたしも巡礼のたびにあちこちでお接待していただいていますよ。それが嬉しくてね。娘さんにはその恩返しということです。そうだ、これ朝ごはんに食べて下さいよ」

男性は言納におにぎりとお茶の入った袋を手渡した。昨夜のコンビニで買ったものだ。

（このおじさん、私を乗せたときからお腹すいてたんじゃないかしら。なのに私が乗り込んだから食べられずに……）

男性は、そろそろ仕事に向かう時間だからと走り去って行った。

言納はいつまでも手を振り続けた。それで車が見えなくなってから気が付いた。

（私、名前も聞いてないじゃない。あー、もう。次に誰かに親切にしてもらったら絶対名前ぐらいは聞かなきゃ……それに、道中が大事なんて言っときながらおじさんの車で寝ちゃって……厳龍さんに叱られるわ）

言納は自分のオタンコナスぶりに少々落ち込んでしまった。今に始まったことじゃなかろうに。

ぐっすり眠ったので体が軽くなった。少々落ち込みつつも入口の石段に腰をかけおにぎりを食べていると、ぼちぼち巡礼者の姿が現れはじめた。ここは順打ちをする人にとって最後の札所。本当は一番まで戻らねばつながらないのだが、ここで終わりということになっている。呪縛のスキ間を残しておくためか。

訪れる人の顔は晴れやかだ。これでいよいよ結願《けちがん》となるのだから。寺にはおびただしい数の杖が納められていた。今まで旅を共にしてきた杖も、ここで役を終えるのだ。

四国霊場最大級とされる仁王門をくぐると、参道に沿って並ぶ水かけ地蔵に挨拶しながら本殿に向かった。

御本尊は薬師如来だ。

言納は呼吸を整え深く一礼した。するとお薬師さんの真言を唱えるよりも前に腹の底から沸き上がるものがあった。

『大変な目をさせてすまんかったが、ありがとうな』

厳龍だ。

（えっ、厳龍さん？）

『もうええぞ。わしへの弔《とむら》いはもうこれで充分じゃ。あとは自分のお参り、ひとつふたつしておくとええな。

それが済んだら帰りなされ。

ようやってくれたな。

思い、しっかり届いたぞ』

厳龍が言納に罹《かか》り、思いが伝わってきたのだ。

言納は本当に嬉しかった。嬉しさと安堵のため、その場に座り込んでしまったほどだ。

（よかった……よかった……厳龍さん、ありがとうございました………）

気を取り直して立ち上がると、あとは感謝の気持ちを込めて真言を唱え続けた。

オン　コロコロ　センダリ　マトウギ　ソワカ
オン　コロコロ　センダリ　マトウギ　ソワカ
…………………

すると、薬師如来からだろうか、

『あなたのための参詣《さんけい》をわたくしが待っております』

と聞こえてきた。

『終わりましたら帰るべきところへ帰るのですよ』

そして〝㊇〟と現れた。名古屋の記章だ。

（八番札所かしら）

そう思っていると〝㊇〟が〝88／㊇〟に変化した。いつぞや健太が東谷山で見せられた〝五／十〟と同じパターンだ。

（えっ、88／8っていうことかしら……11番。そうだ、十一番だわ）

言納は礼を述べ本堂をあとにした。

確かに十一番へ行けばよいのだが、気付くのはそれだけではないぞ。分子の88はもちろんお遍路八十八ヶ所のことだが、言納にとって大切なのは今いるべきところ。つまり㊇が表す尾張名古屋だぞ、ということ。だからそちらが分母にあるのだ。

入口まで戻るとリュックから地図を取り出し広げた。

（十一番、十一番。あった、ここだ）

思っていたほど遠くない。といっても二五キロメートルはあろう距離だが。

これで再び徳島に戻ることになった。とにかく吉野川まで歩こう。川を渡ればもうあとひといきなのだから。ゆうべは車の中で眠ったまま通り過ぎたこの道を、言納は黙々と歩き続けた。

＊

食事以外にも何度か休憩を取り、午後三時すぎに十一番札所藤井寺に着いた。地図で見て予想していたよりも困難な道のりだったが達成感があり、言納は心躍った。何しろ藤井寺というだけあって藤だらけなのだ。

この時期は残念ながら花は咲いてないが、五色の花があるのだそうだ。薄い紫、濃い紫、花の咲く四月、五月はさぞかし見事であろう。

（ずっと私についてきた藤色の玉はこのお寺に住む妖精だったりして……）

言納はそんな事を思っていた。

ブー。残念。違う。

ここ藤井寺は空海が開いた真言宗のお寺ではない。八十八札所の中には他にも真言宗以外のお寺が今でも八ヶ所ある。うち三ヶ所が禅宗の寺で、ここ藤井寺と三十三番札所雪渓寺《せっけいじ》は臨済宗《りんざいしゅう》妙心寺派。十五番札所國分寺《こくぶんじ》が曹洞宗《そうとうしゅう》となっている。言納の犬山屋敷も臨済宗であるため、藤井寺に導かれたのはそのためか。

言納は自分のためのお遍路さんということで期待に胸ふくらませ本堂に向かった。御本尊は空海が四十二歳のとき厄難を除こうと願って刻んだ薬師如来だ。

(わー、やっぱりここもお薬師様だ。本当に待っていて下さったんですね。お招きいただきありがとうございます。

オン　コロコロ　センダリ　マトウギ　ソワカ……)

言納がここへ引っ張られたのは、ただここに瀬織津姫の花、藤がたくさんあるからとか臨済宗のお寺であるとかいったことだけではなかった。今後ふりかかるかもしれぬ厄難から身が護られるためにこの薬師如来の前に立たされたのだ。大いなる意志によって。

すっきりした気持ちで本堂から出て来た言納は、今は花を付けてない藤棚の下へ行き地面にあぐらをかいて座った。そしておもむろに瞑想を始めた。迷走しなければいいのだが。

『かーごめ　かーごめ
かーごのなーかのとーりーは……』

またあの歌だ。

『夜ーあーけーの　ばーんにん
つーるとかーめがすーべった
うしろのしょー面だーれ』

瞑想する言納の中に響いた。それを拒否することもなく受け入れると、歌と自分が一体となった感覚に入っていった。この歌は自分自身なんだと。

すると再びあの夢の場面が現れた。厳龍の死後、四国を意識するたびに出てきた、龍の中から四国を見おろす夢だ。

『かーごめ　かーごめ』

歌と同時に四国をぐるりと囲む八十八ヶ所の札所からそれぞれ幾すじかの線が伸び、他の札所とつながった。無数の黒い線があちこちでつながり、それはまるで籠の目のようである。

『かーごのなーかのとーりーは』

鳳凰だ。無数の線によってできた籠の中に鳳凰が閉じ込められている。

そうなのだ。籠というのは四国のことだったのだ。籠目はそれぞれの札所から伸びる線であり、それが呪縛となり籠の中の鳥を封じていた。もちろん籠の中の鳥とは鳳凰のことであり、この鳳凰こそがこのたび龍神と共に日之本を開く。

『いーついーつ出ーやーる』

赤の御柱と青の御柱が立つビジョンが現れた。龍体である日之本のどこかに。場所は特定できなかったが、この二本の御柱が立ち、龍神と鳳凰が天に舞うことでが日之本開闢が可能になる。さて、いつ出るのか。

『夜ーあーけのばーんにん
　つーるとかーめがすーべった』

大きな岩が現れた。一方は鶴が、もう一方は亀が岩となって何かの番人としている。

ふたつの岩が動いた。地震なのか。それとも見えない何かの力によって動かされたのだろうか、それらが合わさった。鶴の岩と亀の岩が統《す》べったのだ。

『うしろのしょー面だーれ』

この場面は壮大だった。

下に見えていた四国が小さくなっていった。言納が入った龍が上昇したのだ。日本列島が見渡せる。

淡路島が光った。島の中心に一点光るところがあり、そこから光が放たれたのだ。次に淡路島のずっと先、琵琶湖が光った。同じように湖の中心に光る一点がある。このふたつの点が光のすじによって結ばれた。やがて光のすじは淡路島と琵琶湖から直線でそれぞれの外側に伸びていく。淡路島から外へ伸びた光のすじは四国まで入ってくると何かにぶつかるようにして止まった。山に刺さったのだ。その山こそ剣岳である。

一方、琵琶湖から外側に伸びるすじもまっすぐに東北へ伸びて行き、やはり山に突き当たった。飛騨の国の位山だ。

これで、剣岳――淡路島――琵琶湖――位山が一直線に伸びた光のすじで結ばれた。

地図上でも実際そうなる。淡路島と琵琶湖の点は中心点であって、全体のバランスの重心点ではない。重心点だと淡路島はもう少し南に、琵琶湖では北にそれがいく。あくまで中心点だ。

光のすじは言納の位置から見ると、こちら側は剣岳で止まったままだが、向こう側は位山からさらに先へと伸びていった。まっすぐに伸びて行き信濃の国の善光寺をつき抜けた。〝牛に引かれて善光寺参り〟の善光寺だ。

さらにすじは伸び続け、蔵王をかすめて仙台に達した。そして止まった。その場所こそが仙台の中心街から少し北、青麻神社なのである。

日之本開闢の鍵となる剣山のうしろの正面とは、〝マハリテメグレズ　アメノミチ、光の都の青き麻〟にて玉、置く日を待ちわびている瀬織津姫のことだった。

言納の中で流れ続けた〝マハリテメグル　アメノミチ〟と〝かごめかごめ〟はこのラインを示していた。瀬織津姫と籠の中の鳳凰、今はまだどちらも封じられたままである。

（剣山ですね。判りました。今から行きます）

和歌山県新宮市の神倉神社でも、健太から〝ツルギの言葉に答えあり〟と聞いていたのだった。それに〝鶴〟と〝亀〟で鶴亀《つるぎ》である。

言納が目を開け立ち上がろうとしたとき、同じように藤棚の下で腰をおろす男性がこちらを見ていた。歳の頃は五十代半ばか。ゆうべの年配の男性よりもひと回りほど若い。

「何か悟れましたか」

「……（見てたんですか）……あっ……いえ……」

「ここはゴールデンウィークにいらっしゃるといい。藤の花が見事ですからねえ」

男性は我が娘を見るような目で言納に話しかけた。

「はい。次はそうします。あの……剣山には鶴と亀がいるんですか？……ごめんなさい。何でもないです」

見ず知らずの男性に対し出し抜けにおかしな事を聞いてしまったため、言納は恥ずかしくなり下を向いてしまった。

「鶴と亀はどうかなあ。けど山頂には鶴石と亀石というのはありますよ。それともうひとつ。んー、何ていったかなあ。忘れちゃったけど、とにかく有名な石が三つあることは確かですよ」

もうひとつというのは宝蔵石のことだ。宝蔵石神社の御神体ともなるこの石は、かつてピカピカに磨かれた面があったらしく〝鏡石〟とも呼ばれている。

「ありがとうございます。やっぱりあるんですね」

「ええ。けど、山頂ですから行くのは大変ですよ」

「いいんです。どうしても行かなきゃ。すぐにでも行きたいので」

「今からですか」

男性は自分の腕時計を見た。

「今からではちょっと無理なんじゃないかなあ」

（何、この人。私を剣山に行かせないようにしてるのかしら。邪魔をしようったって無駄よ。もう謎は解けたんだから……）

あんぽんたんめが。言納を護るために止めさせられているんだ。大いなる意志によって。

「では、私、行きますので。さようなら」

言納は立ち上がってリュックを肩にかけると、さっさと歩き出してしまった。

「あっ、ちょっと待ちなさい。これからでは麓に着くまでに暗くなってしまいますので宿があるところまでは私が送りましょう。あのあたりは電車も走っていませんので」

言納は立ち止まったまま迷っていた。

（信じていいのかしら……。たしかに四国ではお遍路巡業をする人に対し、お接待として都会では考えられないほど人々は親切にしてくれてた。けど……私のやろうとしてることを邪魔しようとしてるのかもしれないいんだから、車に乗るのはマズイんじゃないだろうか。それに山の中を走るわけだし……）

どうしたものかと決めかねていると、男性が一枚の名刺を差し出した。民宿の名が入った名刺だ。

「ここはボクの従兄弟の宿です」

「えー、そうなんですか。（……じゃあ、送ってもらおうかしら……）」

ほらね、やっぱり迷走しだした。先ほどお薬師さんから十一番札所を回ったら名古屋へ帰るようにと言われたばかりではないか。

＊

ゆっくりと風呂につかった後、真新しいシーツに寝ころぶことができた言納は心底くつろいでいた。犬山の屋敷を出てからまだ二日しか経ってないのだが、長くそうしてなかったかのように感じる。それに、今までずっと謎だったことも解明でき、嬉しくて仕方がない。それで、嬉しさついでに夜、健太に電話した。あの喧嘩にしても随分昔のことのように思えるが、二日前のちょうど今ごろのことだ。何しろここ二日間での肉体疲労は言納の日常生活の一カ月分ほどに匹敵するのだから。

「もしもし、健太。私……うん、大丈夫。……うん。あのときはゴメン。ちょっと言いすぎちゃった。……うん……うん……判ってる。今ね、剣山なの。…

……そう、剣山の麓の民宿。それよりね、判ったのよ、謎が。だから私、明日山へ登ってくる。藤色の玉が邪魔してるみたいだけど……えーっ？……心配しないで。帰ったら全部話すから……そうよ……あっ、もう十円玉なくなっちゃうから切るね。……判った。じゃあ、おやすみ」

「あっ、待って。琴可さんがさあ、あれ、切れちまった。……フーッ。まあいっか」

今夜も眠れそうにない。健太は複雑な気持ちで受話器を置いた。

一方、言納はといえば、電話を切ってから五分と経たないうちに寝息をたてていた。

本人は気付いてないが、藤色の玉は眠っている言納の意識に入り込み、迷走を止めるため言納の記憶の中から神仏の教えを引っ張り出していた。そのため、明け方眠りが浅くなりかけたころ、いくつかの夢をみた。かつて奈良県桜井市にある安倍文殊院を訪れたときのものだ。

文殊菩薩は言納にこう告げた。
『冷静さを失うことが智恵を失います
おだやかさが智恵を生むものです』
と。それが夢の中で響いた。
次は薬師如来からのものだった。
『(自分へのお参りが) 終わりましたら帰るべきところへ帰るのですよ』
しかし、これらの言葉も意気込む言納の暴走を止める材料にはならなかった。
神倉神社で聞いた
『なぜに怒りを持つのです
なぜに誇りを持たぬのです
捨てなさい　すぐに怒りを
取り戻しなさい　すぐに誇りを』
という教えも実はここへ繋がっていたのだ。
翌朝、目を覚ました言納は時計に目をやるなり奇声を発した。
「えー、もうこんな時間！」

六時には起きるつもりがすでに九時を回っている。あわてて階下の食堂へ降りて行ったがすでに誰もおらず、片付けも済んだ後だった。
（あーん。朝ごはん楽しみにしてたのにー、もーう）
気の毒がる宿の女将が、出発までにおにぎりを握っておくと言ってくれた。

外は曇っている。天気予報ではこの地方、午前中はもつだろうと言っていたが、山では、たとえ予報が晴れであっても雨が降る。山に登ってみれば判るが、高所では雨が下から降る。雷なんて横から落ちてくる。たまったもんじゃない。

宿を出て、まずは登山用リフト乗り場へ向かった。歩いて登れば西島まで一時間近くかかるところ、リフトに乗れば約十五分で着く。これは楽ちんだ。言納はリフトに揺られながら宿で握ってもらったおにぎりをほおばった。腹ペコだったので涙が出るほどおいしい。そして自ら小声でうたい始めた。

「♪かーごめ、かーごめ、かーごのなーかのとーりーは………」

今の言納には恐いものなど何もない。

西島駅に着いてからは徒歩での登りとなる。実はこの山、リフトを使えばそれほど困難な山登りではない。しかし、雨が降り出す前に鶴石・亀石へたどり着こうと急いだ言納は、大きな過ちを犯してしまった。一般の登山客が登るルートはいくつかに分かれているが、どれも剣山本宮宝蔵神社前で合流するようになっている。言納もそのうちのひとつを歩き始めたのだが、何を血迷ったのか近道をしようと思いたち、ルートから外れ獣道へ入って行った。獣と行者しか通らないような道なき道を登って行くと、まわりは草に覆われ、空は木々の枝が光を遮断し薄暗くなってきた。

いまここで引き返せばまだ元の道に戻ることができる。しかし、この先すぐのところで登山道に出るかもしれないと考えると、もったいなくて引き返す気にはなれない。

高速道路で追い抜いた車が、ドライブインに入っている間に先へ行ってしまうのが癪《しゃく》なので、トイレを我慢して走り続けるのによく似ている。双方共に〝もったいない〟なのだ。変な使い方をするでない。


雨が降り出した。

リュックに折りたたみの傘が入っているが、そのまま歩き続けた。もう道と呼べるようなものはなく、草をかき分けながら進んだ。本当に何かに取り憑かれているかのようだ。壇ノ浦に近いため、このあたりにもかつては平家の落人が住みついていた。また、行場も近いため、言納を闇へ引きずり込もうとする力が働いているのだろうか。雨が強くなってきたので傘を取り出したが、すでに体は濡れている。このままで体温が下がって危険だ。案の定、言納は寒気を感じてきた。

（ちょっとフラフラしてきちゃったわ。どこかで休んだ方がいいかしら）

体温が奪われると急激に体力を消耗する。なおも進み続けると、斜面に草のない木陰が見つかった。言納はその中でも一番大きな木を選び、枝の下で倒れるように座りこんだ。

（寒い……）

リュックからありったけの服を出し、すべてを着込んだ。といっても日中はまだ暑さの残る十月初旬。ウールのニットや厚手のジャケットなど持っているはずもなく、Ｔシャツを三枚重ねた上にカーディガンを羽織っただけだ。

（あっ、ちょっとまずいかも……）

ひざをかかえ丸くなっていると、次第に意識が遠のいていく。

（……健太、助けて……）

言納はひざをかかえたままの姿で、バタンと横に倒れた。

そこへ藤色の玉が現れた。言納を何者かから護るようにしている。

朦朧《もうろう》とした意識の中、言納はその藤色の玉は自分を妨害しているのではなく、守護してくれていたことにやっと気付いた。

（護っててくれたんですね……ごめんなさい。……あなたは……）

『同行二人《どうぎようににん》』

（えっ……もしかして………）

言納は意識を失った。

＊

（何かが起こった。おかしい。何だろう、この胸の苦しみ………）

以前一度同じ苦しさを経験している。雪の降る鞍馬山でのことだった。足をくじいて動けずにいた言納の近くを通りかかった健太は急に胸の苦しみを覚えた。そして、言納が倒れている方向を向くと苦しみは消え、帰り道を急ごうとすると苦しくなった。それで二人は出逢ったのだ。

（あの時と同じ苦しさ……言納だ。言納に何かあったんだ）

健太は授業中だったが、すぐさま机の上のものを鞄に放り込むと教室を飛び出した。

その2　健太の吉野詣

神界に沸き起こった不調和もここへきて限界に近い状態にあった。神界にまでも大きな邪悪の力が入り込んでいるのだ。このままだと数十年先にはそれら悪しき力によって人類は完全に支配されてしまう。

神々が全霊をもって動き出した。乱れた気を正し、正当な神々を復活されるべく人間界と同じような葛藤が始まっているのだ。
ただし、神々にとって厄介なことは、神々自身の力で行っていくのではなく、人間にそれをさせることにある。
『人を生かすは天なれど
天動かすは人なるぞ
しかりと心の奥深く
とめておいて下されよ』
とは、まさにこのことだ。
そのため、新たな国造りに勤《いそ》しむ者たちには神々から大いなる力が注がれていた。言納もそのうちの一人である。大切なのは本人が神仏を好きか否かではなく、神仏が国造りのためにその人を必要としているかどうかなのだ。
三輪山中腹に鎮座する神々の住まう神殿に言依姫がやって来たのは、言納が剣山で倒れてからすぐのことだった。

「オホトシ……いえ、ニギハヤヒ尊、お願いがありやってまいりました」

「オホトシのままでいいぞ、言依」

「あの子を助けて下さい。お願いします。掟破りになることは承知のうえのことです。いかなる償《つぐな》いもわたくしが一身に背負う覚悟はできていますのでお願いです、あの子を……」

神々といえども人間界に介入するにはルールがあり、勝手に掟を破るようなことをすればそれなりのペナルティが与えられる。神々の性質によって人間界への介入の仕方や人への接し方は異なるが、それぞれの許された範囲内でのことだ。

そのルールを破って接してくるモノがいる。邪霊や低級霊だ。中でも他人の悪口や非難を直接伝えてくるようなものは邪の中の邪、神の名を名乗っても絶対に相手にしてはならない。

たとえその人に不必要な相手であっても守護者や神々は本人に判断させる。でないと育たないからだ、守護する対象が。

　では、そんなとき守護者・神々は何もしないかというとそうではなく、ちゃんと気の信号を送ってくる。問題はそれを感じるかどうか。次にそれを感じたとしてもどう判断するかなのだ。

　さて、言依姫は自分のミタマ持ちである言納を救うため、たとえ我が身が罪を背負うことになろうともあらゆる手段を講ずるつもりでいた。そのための力をかつての仲間ニギハヤヒ尊に懇願しに来たのだ。

　ニギハヤヒ尊は言依姫を包み込むような目を向け、ひとつうなずいた。

「すでに手は打ってある」

　言依は胸が詰まる思いだ。

「だが予断は許されぬ状態だぞ。何しろ魑魅魍魎《ちみもうりよう》の餌食《えじき》になりかけたのだから」

　なぜそのようなことになってしまったのか。それは慢心である。自分は神々から選ばれし者だから、自分の判断はすべて正しいという慢心からだ。

「はい。よく判っております。身のほど知らずな行いをしたことも。四国の大師様が必死で止めようとして下さったにも関わらず止められませんでした。彼女がそうなったのも我が内の乱れによるもの。申し訳ございません」

「今回のことはそれだけではない。正当な神々を立たすまいと、あらゆる邪魔にて行く手を阻む力が動いている。清らかであればあるほど陥《おとしい》れやすいものだ、邪悪なモノにとっては」

「オホトシ……」

「大きなものを学んだな、彼女は。これでまたひとつ成長するだろう。それにしても無謀なところは言依によく似ているな。さすがはミタマ持ち」

　オホトシは言依を見てかつてのことを思い出していた。九州宇佐を発つあの日のことを。

　一方、言依姫はオホトシの今の言葉により救われた。

「（大きなものを学んだな、彼女は）……ということは………助かるんですね」

「予断は許されぬといったはずだ。さぁ、戻って護ってやりなさい」

「はい、そうします。……あっ、オホトシ。本当にありがとう」

　言依姫は三輪山から急いで四国へと戻って行った。

＊

（クソッ、今どこにいるんだ。剣山なのか、それともどこか他で………）

　居ても立ってもおられず教室を飛び出した健太はとにかく地下鉄とJRを乗り継ぎ、車の停めてある最寄りの駅まで戻った。いつもは自転車で駅まで行くのだが、今朝は大雨だったため車で来たのだ。今はすっかり晴れ上がり、吹く風がわずかに秋の香りを漂わせている。

　健太は電車の中で自分にできることは何かを考え続けた。そして出た結論は言納が頻繁《ひんぱん》に足を運んでいる真墨田《ますみだ》神社へ向かうことだった。

　真墨田神社は犬山の言納屋敷から自転車で五分程度、木曽川を越えるとすぐの岐阜県各務原《かかみがはら》市にある。尾張の国の一宮、真清田神社と同じマスミダなのだが、〝スミ〟の字がひと文字違っている。御祭神は真清田神社と同じ天火明命《アメノホアカリノミコト》。ニギハヤヒである。言納が事あるごとにそこを訪れていたのは御祭神にある。

（今朝大雨が降ってくれててよかった）

　車を取りに家まで戻らずに済んだためだ。

　普段おとなしい運転をする健太だが、このときばかりはついついアクセルをいつもよりも踏み込んでしまう。

（駄目だ。冷静になれ。落ち着くんだ）

　自分にそう言い聞かせながら逸《はや》る心を抑えていたが動悸は激しくなるばかり。益々不安が募ってきた。

そして同時に腹の底から怒りが湧き上がり、健太はありったけの悪態をついた。言納にではない。神々に対してだ。

（今までどれだけ言われる通りにしてきたか知っているだろ。それが何だ。何で護ってくれないんだ。一方的にああしろこうしろと伝えるだけで守護ひとつしてくれないんだったら、もう二度と言うことなんか聞いてやるもんか、クソッ。オレが見放されるんならともかく、言納が一体何をしたっていうんだ。もし万が一のことがあったら神棚なんて窓から放り投げてやるからな）

国宝犬山城を左手に木曽川を渡り、すぐを左折すると真墨田神社の入口に着く。狭い路地のわずかなスペースに車を停め、怒りに満ちたまま社の入口の戸を開けた。ここは無人でも中へ入って参拝できることを、何度か言納と訪れていたので知っていた。

靴を脱ぎ急いで二礼二拍手《はくしゅ》すると、はじめは言納に何かあったと思うので助けてほしいと祈っていたのだが、抑えようとしていた怒りが激しくこみ上げ、再び神々に悪態をつき始めた。

ひと通り怒りをぶちまけ、

（何で何も言わないんだ。見殺しにするつもりなのか）

と、反応のない神々にいらだちを持って投げ掛けた。

『おい』

（……誰だろう……）

『おい、お前は何を怒っているんだ』

（何をって……怒るに決まっているだろうが……いえ、すみません。どなたでいらっしゃいますか）

『オレだ。忘れたか』

（あっ、いえっ……誰？……）

『山つながりの仲間だ』

以前岐阜県の石徹白にある白山中居神社で健太たちを出迎えたかつての行の仲間だ。聖域の魚を捕まえて食っちまったことを暴露してきたミタマがここでも現れた。

『お前、彼女のことが心配なんだろ』

(当たり前だ。生きるか死ぬかってことになってるかもしれないんだぞ)

『本気で救いたいと思ってるのか』

(………何が言いたい)

『いや、ちょっと確かめたかっただけだ』

(いい加減にしろ。怒るぞ)

もう怒っているではないか。

(そんなこといちいち確かめるな。何しにここに来たと思ってるんだ、なあ)

『だったら聞く』

(何をだ)

『それがお前の祈り方か』

(…………………)

『それが愛する人を救って下さいという祈りなのか』

健太はその言葉でハッと気が付いた。

(しまった。言納を救ってもらいたいがためにここへ来たんだった)

『〝天狗の思い〟ひとつ身に付けておらんようだな。情けない』

〝天狗の思い〟、それは『神仏の力、信じろよ』であった。今の健太は神仏の力を信じるどころか、全くの疑いを持って対峙している。

(そうだった。申し訳ない。どうしたらいいのか教えてもらえないだろうか)

『覚悟は出来ているか。お前が開くことで彼女を包む気が強くなる』

(覚悟……判った。何でもする…………つもりだ)

『〝つもり〟が余分だ』

(……はい。ごめんなさい)

健太は背すじを伸ばし、大きく息を吸い込むと、ゆっくり静かに吐きつつ腹をくくった。

『〝人〟が〝霊止《ひと》〟であることは知っているな。玉し霊が肉体に止まっているから〝霊止〟だ。

だがな、それだけでないんだぞ。

〝人〟は〝秘戸《ひと》〟なんだ』

（秘戸………）

『そうだ。秘められた戸のことをいう。

それを開くのが岩戸開きだ。

平成の一八《イワ》年一〇《ト》月八《ビラキ》日ではまだお前の戸は開ききらなかった。

それを開くのがこのたびお前が直面している出来事だ』

（じゃあ、言納が危険な状態にあるのもオレに気付かせるためなのか）

『そうではない。彼女自身の問題だ。

神仏・守護者はそれに乗じてお前を育てているのだ。

同時に複数の気付きを人々に与える。

それが神仏・守護者の智恵だ。

もう少し〝天狗の思い〟を理解していると思ったのにな』

（……………………）

健太は何も言い返すことができなかった。

『すぐに吉野へ行け』

（えっ、吉野川ってことか、四国の）

『違う。吉野山の吉野だ。大和の国の吉野のことだ』

（言納は四国にいるのにどうして大和の……）

『つべこべ言わずに行け。行けばあとは導いてやる。

彼女のことは心配するな。お前たちにとっては信じられぬような神仏が働いている。驚くぞ。

あとは信じてみろ。

〝天狗の思い〟だ』

健太は急いで家に引き返すと、目に付くところにあった着替えを何枚かと洗面道具、それと机の引き出しの奥に溜めてあるありったけの千円札を鞄につっ込むと、すぐに吉野へ向かった。

＊

奈良は何度か訪れているので大まかな道路地図は頭に入っている。石上《いそのかみ》神宮のある天理市や三輪山の桜井市など街の中を抜けると時間がかかりそうなので、名古屋と大阪を結ぶ名阪国道を針インターで降り、あとはひたすら南下した。

こちらにも吉野川が流れており、川に架かる細い橋を渡ればもうすぐに千本桜の吉野に着く。

いくつも続くカーブを抜けつつ急な坂道を登って行くと風情ある店が道路に沿って並んでいた。

（うわー、言《こと》を連れて来たら喜ぶだろうな……って、そんなこと考えてる場合じゃなかった。まだまっすぐ行っていいのか）

返事がない。一体どこへ行っていいものか。健太は両側に並ぶ店舗や旅館などひとつひとつをのぞき込むようにしてゆっくりと車を走らせた。

（おい、まだか）

金峯山寺や吉水神社の入口を通りすぎても何も導くものがなかった。

（もうすぐ通りが終わりそうだぞ。お前、寝てるんじゃないだろうな）

『そこを右へ上がれ』

寝ていなかった。

（げっ、この急な坂をか。車で入って行っても大丈夫なのか……）

そこには雪の日に歩けば必ずころげ落ちるであろう急な斜面が立ちはだかっていた。健太は一旦車を停めるとギアをローに入れ、恐ろしい坂道を祈るようにして登った。今までのような賑《にぎ》やかさはない。それに道はますます狭くなった。

『そこだ。そこを左に入れ』

（えっ、この門をか）

『そうだ、入れ。あとは根回しがしてあるので逆らうな。いいな』

ここで山つながりの仲間は役目を終え、どこかへ消えていった。健太が左へウインカーを出し、車幅ぎりぎりの門をくぐろうとしているところへ山の行から帰ってきたのか、大勢の山伏たちがぞろぞろと通り過ぎて行った。

健太が入れと命ぜられたのは櫻本坊《さくらもとぼう》という天武天皇建立の由緒ある寺だ。

（大峰山護持院　櫻本坊……すごそうなところだな……）

敷地内の隅に車を停めて外へ出てみると、いくつものお堂が並んでいる。見回すと本堂らしきところの前で白い作務衣《さむえ》を着た女性がこちらを向いて立っていた。まるで健太が来るのを待っていたかのように。

「あのー、こんにちは。名古屋から来た者ですけども、参詣《さんけい》させていただいてもよろしいでしょうか」

「どうぞ。よくいらして下さいました。こちらが本堂でございまして、役行者様《えんのぎょうじゃ》がおられます。それと、本堂の隣の隣、あちらですね。あそこが大師堂でして空海様でございます。ゆっくりとお参り下さい」

女性はそれだけ案内すると宿坊の中へ入って行った。この女性はここ櫻本坊の院主の妻、伯舟《はくしゅう》である。あれこれと健太の世話をしてくれることになる厳かさと知性を兼ね備えた女性だ。

「はい。ありがとうございます」

（ん？………）

健太は伯舟の美しさに気を取られていて気が付かなかったが、本堂と大師堂を参るようにと示してくれた。他にも聖天堂、諸仏堂、地蔵堂などがあるにもかかわらず。

（どうしてお参りするところが判るんだろうか）

『だから導くと言ったろ』

（何だ、まだいたのか）

『気になったから戻って来ただけだ。覚悟しておけよ。じゃあな』

本堂に上がり深々と一礼すると、健太は恐る恐る役行者像の前に座った。自然に体が震え、まともに像を見ることができない。

『全くなげかわしいのお』

健太の体がピクリと反応した。いきなり叱られたので驚いてしまったのだ。覚悟はしているとはいえ、やはり恐ろしい。

『近ごろの山伏ども、一人前なのは姿だけじゃ
　立派な衣装身にまとってはおるがな
　信仰と生活を別に考えておる』

（あれれ…………）

『山でたいそうな行を積んだところで
　家に帰っていばりくさっておるようでは
　信仰者に非ずじゃな
なげかわしいと思わぬか』

（えっ……はあー……）

『神の前での態度　ふるまい　行いが
　上《かみ》の前ではなぜできぬ
　仏の前での懺悔と感謝
　上《かみ》が仏になる前にせよ
　できぬうちは偽りじゃ』

ここに出てきた〝上《かみ》〟とはカミさんのことである。妻、女房、奥さん、ワイフだ。

つまり、山に入り神の前で立派な態度やふるまいをし、神々へのお世話事など自らすすんでやる行いに至るまでを、家に帰ってからもカミさんの前でやってみろということなのだ。山でどれだけ立派でも家に帰っていばっているうちは駄目だぞ、と嘆《なげ》いておられるのだ。

仏のまえだと素直に懺悔し、生かされていることに感謝の言葉を述べるように、カミさんが仏になる前に同じことをしてみよ。それができぬうちは神仏の思い、ひとつも消化しておらぬ偽物じゃ、と。

これは山伏に対してだけではない。サラリーマン

も公務員も自営業者も当てはまる。つまり、世の男どもすべてに対しての戒《いまし》めなのだ。
『貧乏侍の印籠じゃあるまいし、なあ』
（はい。………えっ？……）
健太は返答に困ってしまった。
『細工にばかり金かけおって
中身を入れる金はなし
外面《そとづら》ばかり立派に見せておるが
中身が入っておらんのじゃ

せっかくここまで来たんじゃ
院主を見習い中身を入れてみい』
そう言うと、ワハハハと大声で笑った。
（役行者様…………）
これで健太の緊張が解《ほぐ》れた。役行者の演出だ。怯《おび》える健太をリラックスさせるための。何とイキな計らいなのだろう。それにしてもあの役行者がこんな砕けたお人柄だとは想像もできなかった。

（役行者様。本日は友人のことで……）
『己れに祈れ』
（………………………）
『ワシに祈るな
己れに祈れ
娘が助けてもらいたがっておるのは
ワシではない
お前だ
どこかで己れを拝むことを教わったな』
（はい）
あれは和歌山県新宮市の神倉神社でのことだった。健太の写真が祀られた神棚が出てきたあれだ。それを厳龍が解説してくれた。
〝自ら拝める己れとなれ〟
〝人に拝ませても恥ずかしくない自分づくりをしろ〟と。
『己れに祈るということはな

己れを拝むことよりも難しいぞ』

（己れに祈る、ですか）

『闇に写った己れの姿、観えるか』

両手を合わせ、目を閉じていれば闇の世界が広がっているが、その闇に自分の姿など写るのだろうか。

『観えてきたか』

健太は呼吸を整え闇を注視した。

『見ようとするな　観るんだ』

「あっ」

健太は思わず声を出してしまった。

『それじゃ、観えたな』

暗闇の中に微《かす》かにだが緑色がかった人の姿が観えた。その姿はこちらに向かって手を合わせている。しかし、よくよく観ると自分ではない。姿かっこうが違うのだ。

（何で違ってるんだろう）

『地蔵菩薩じゃ』

何と闇に写った己れの姿はお地蔵さんの姿をしている。

（えー、これが手を合わせている自分の姿なんだろうか）

『人が人を想い　手を合わせる姿は
写ったとおりの尊き姿
祈る姿が地蔵菩薩となり
それがお前に祈っておる

己れに祈るとはな
神仏に祈ったことを己れに返すこと
己れが祈られれば
己れが動かずにはおれまい

神仏が
〃よし判った　お前の祈り聞き受けた〃
と力を発揮するよう
己れが自身でその祈り　聞き受けよ

己れの願い
己れが神仏となり　叶えるんじゃ

〝龍体〟

次の課題じゃな』

健太は役行者の教えに深い感銘を受け、決して忘れまいと何度も頭の中で反芻《はんすう》した。それにこのころには言納への心配も僅《わず》かながら薄らいでおり、神仏の力の中に身をまかせることの安らぎを実感しつつあった。

南無阿弥陀仏。すべてはアミダさんの想いの中のことよ。だからアミダさんの元へ南無、つまりお戻りになって身をまかせてみなさいということなのだが、今の健太はこの南無阿弥陀仏の心境を体得した。

（役行者様。ひとつお伺いしたいのですが）

『うむ』

健太は奈良県御所《ごせ》市葛城の一言主神社で役行者が亀石の上に立ち、

『夜明けの番人を知る手だてとなる
　この石の名　憶えておくがよい』

と伝えられたことを思い浮かべた。健太にはそれが何を意味するのかが判ってないので、この機会に聞いておこうと思ったのだ。

すると、まだ何も言わぬうちから役行者は語り始めた。

『あれはもう済んだ
　夜明けの番人はな
　代わりにもうひとつある
　すぐ身近にだ

〝身土不二〟とは
食についてのみのことではないぞ
亀の甲羅の上に立ち
龍体となってまいれ』

（はい。……とは言ったもののますます分かんなくなってきたぞ）

やがて判る。

身土不二がその土地に生きる人と、同じくその土地で育った食物《しょくもつ》の関係を言ったものではないとしたら、他にはどのようなことを表しているのだろう。

役行者の伝えたかったことは、目覚めた人が身を清め、己れを育てていくように、土地を清め、その土地に暮らす人々を育てていけということなのだ。健太にとってみれば、それを行うのは尾張の地ということになる。

役行者像から行者のミタマが消えた。お戻りになったのか、それとも他へ移ったのか。

健太は深々と一礼すると、しばらくはそのままの姿でいた。

今までは役行者といえば修験道の開祖、ただただ厳しいお方だとばかり思っていたのだが、このたびのことで健太は行者に大いなる親しみを覚えた。

聖天堂の中はチラリと覗きこんだだけで通り過ぎ、大師堂の中へ入って行った。そして大師像に手を合わせたものの、健太は混乱していた。

（空海様。今、四国で友人が危機に直面しています。どうか力を貸して……いや祈る相手は自分だった。……けど自分に祈ったって何もできないじゃないか。やっぱり力を貸して下さいになってしまう……どうしたらいいんだろう）

すると、小さなお堂の中でサーッと風が吹いたと同時に藤色の光の玉が現れた。

（あれっ、藤色の玉……たしか言納は電話で〝藤色の玉が邪魔をする〟って言ってたけど……大師堂に現れた藤色の玉……四国……八十八ヶ所……ゲッ、それは言納の邪魔をしてたんじゃなくて空海様が護って下さっていたのでは…………アッチャー）

しかし大師のミタマはそんなことには触れなかった。

『己れに祈ることを体得するのは
たやすきことではない
龍体になることから始めよ』
（はっ、はい。ですが〝龍心〟〝龍眼〟というものがまだよく判っておりません。今のところは、えー……）
健太は〝龍心〟〝龍眼〟について自分なりに感じていることを報告し、求められるところに到達するのはまだずーっと先のことになるであろうから、とても〝龍体〟になどなれっこないと訴えた。
すると、
『〝龍心〟〝龍眼〟はすでに与えてある
〝龍体〟となり歩み出さぬことには
龍心・龍眼活かせぬもの
己れが龍体として踏み出すことで　龍心・龍眼
さらに深くを知ることになるであろう』
〝龍体になる〟とは、自らが神の手となり足となりて世に働きかけることだ。そして同じ志を持つ者を守護することでもある。たとえ我が身が傷付こうとも。
健太は〝龍心〟〝龍眼〟の解釈について、神々より満点をもらおうとしていた。したがって今はまだ次のステップである〝龍体〟に進むのは時期尚早であると。しかし、空海の教えは健太にとって予想外のものであった。
中学校で習ったことをすべて理解しておらずとも高校へ進学する。高校へ行くことで以前習ったことを応用でき、さらに理解も深まる。高校から大学しかり、大学から社会人になることしかりだ。つまり、理解してないことがどれだけあろうが次に進み、そこで学んでいけばいいというのだ。なるほど。
〝龍心〟〝龍眼〟の解釈がどれほど浅かろうが、判った分だけを持って歩み出す。でなければいつまでたっても実践で役に立たないのだから。わずかばかりの理解であっても歩み出せ。

空海のミタマは続けた。
『あなたの覚悟が彼女を包む
〝龍体〟とは、護るべき者のためなら
我が肉体滅びようとも護りきる覚悟
それが第一歩なり
彼女のためであっても
人類のためであったとしても

愛する者を想う思いは届いておる
握った手を離し
己れの成すことしかりと見据え
世に向け歩めば気に病まずとも
積んだ徳が神仏通じ
必要な者の守護となる』

神仏は人の望みを判っている。人は望みを握りしめたまま〝苦しい〟〝助けて下さい〟ともがくので望み叶わぬという教えだ。握ったものを離し、たとえ苦しかろうが己れの歩むべき道をしっかり歩んでいれば、その分だけは神仏が力を与えてやるぞ、と。

健太がいま心を向ける方向は、言納を助けて下さいと懇願することでなく、我が玉し霊活かすためには何をすべきかを自身に問うことなのだ。

『尾張の地で高まりなさい

尾張の地を高めなさい

77に至るためのあなたのお役　龍の道』
これが空海最後の言葉となった。

＊

健太は本堂の前に座り空を見上げていた。着いたころは西の空を夕陽が赤く染めはじめていたが、今はすっかり暗闇が全天を覆い、星がまたたく下を雲がゆったりと流れていた。
（言《こと》のことを案ずるのではなく、己れのやるべきことをやる。それをやった分だけ神々がこちらの望みを汲《く》んで言を包んでくれる……龍体か……）

雲が空を流れ続け、水は川を流れ続けるように、人も死ぬまで道を求め続けるのだろう。

「お食事の用意ができております。こちらへどうぞ」

先ほどの女性、伯舟が声をかけてきた。

（食事って……えっ、泊まっていくことになってるの？……）

案内された部屋には他に誰もおらず、一人分の食事だけがそこに用意されていた。

健太が座った正面の壁には二本のお軸が並んで掛けてあった。向かって左側は〝不動心〟と書かれ、この寺の院主、良仁の名が入っている。一方、右側のものは伯舟の名で〝鳳舞〟と書かれている。力強い文字で書かれたそれは、ちょうど健太と言納に送られているようだ。

風呂から出ると院主が色々と山での修行の話をしてくれた。そして、健太の質問に対しどのような内容のものであっても的確に答えを返してくれる。対《たい》機説法《きせつぽう》にて相当な訓練を積まないとこうはいかない。対機説法とは、師が多勢を前にして判りやすく法を説くのとは違い、一対一で師が直接弟子を育てていくものであり、そのあり方は厳しいものだ。禅問答などもそのうちである。

厳龍もかつて言っていた。本気で学ぼうと思ったら多勢に向けての話を聞くだけでは駄目だ。対機説法でなければ、と。

健太は話を聞いているうちにあることに気付いた。院主の手だ。指が太くがっしりとした大きな手は頼りがいがあり、なおかつ心の暖かさが表れているようだ。

生田もそうだった。山で行を積む人はみな手が大きくがっしりとし、それに比例して人を包むやさしさや情感といったものを身につけていくのだろうか。苦行をする時代ではないと見さげてはいけない。行者の働きというものが陰で地球を支えているのだ。それがなくなると地軸がぶれるぞ。

最後に健太は〝龍心〟〝龍眼〟〝龍体〟についてを尋ねてみた。安易な気持ちで人に聞くことは神々から出された宿題にカンニングをしているようで気が引けるが、院主が出してくれる答えなら全面的に受け入れる覚悟ができたからだ。

「難しい勉強をしていますねえ。龍心・龍眼・龍体、それを今の健太君が身に付けようとするんであれば、情・智・意に置き換えればいいんじゃないでしょうか。智・情・意じゃないですよ。情が先です。これが一番大切なんですね。情なくしての智恵は冷たくなってしまいますからね。ですから健太君にとっては情・智・意の順でいいと思いますよ。〝龍心〟は思いやり、だから〝情〟。〝龍眼〟は育てる〝智恵〟、〝龍体〟は行っていく〝意志〟です。それを心にしっかりと刻みつけて歩んでいけば、それが〝龍の道〟となります。人々に対し、世の中に対し、自分自身のためにしっかりと歩んでいって下さい。人から相手されないようでは神仏も相手して下さいません。健太君なら人からだけでなく、神仏から頼られるような生きざまが必ずできます。今日は私にとってもいい勉強になりました。本当によく来て下さいましたね」

何という謙虚さ。健太は恐縮してしまった。役行者が『院主を見習え』と言ったのはこのことだ。

〝実るほど　頭《こうべ》を垂れる　稲穂かな〟

厳龍がこの世を去った今、守護者は健太に鬼無里の生田と吉野の良仁院主を師として与えてくれたのだった。

*

翌朝早くに目が覚めた健太は顔を洗ってから本堂に行ってみると、院主はすでに出かけた後だったが灯明が揺れていた。役行者の前にどっかりと座り行者の人物像をあれこれ想像していると、伯舟がやってきてこっちへ来いという。ついて行くと本堂裏にある諸仏堂へ案内された。数々の仏像が並んでいる。

健太が驚いたのはその中に円空仏を発見したことだ。

「円空さんだ。本物ですか」

失礼なことを言うでない。レプリカのわけないだろうが、無礼者。

しかし、伯舟が健太をここへ連れてきたのは円空仏がそこにあるからではない。白鳳時代の重要文化財で秘仏の釈迦如来坐像を見せるためだ。健太なら何かを感じ得ることであろうとの計らいである。

「これは天武天皇の念持仏といわれているお釈迦様です」

と、秘仏を開けた。

「えー、それでは実際に天武天皇がこちらのお釈迦さんを拝んでおられたのですか。すごーい」

「はい。そのように伝えられております」

健太は像の前に正座すると、天武天皇がどのような想いで手を合わせていたのかを感じ取ろうとしてみた。国の安穏を祈ってなのか。智恵を授かろうとしてなのか。それとも敵から身を護ってもらいたくて……。

しかし、考えがグルグルと巡るだけで今の健太にはまだまだそのようなこと、判るはずもなかった。

*

朝食をすませた後、伯舟に礼を言うと健太は櫻本坊を後にした。どうしても寄らねばならないところがある。後醍醐天皇の勅願寺《ちょくがんじ》である如意輪寺だ。後醍醐天皇は現在日本を守護する〝うしろの正面〟のうちの一人であり、〝⊕〟ではニギハヤヒ尊の正面に位置していた。

如意輪観音を安置する本堂前にて健太は報告だけをした。

（尾張の地に戻り、自分自身の歩む道を見つけてまいります）

すると、うっすらとした光が現れ文字となった。

『中』

（〃中〃って………）

麻雀の「中《チユン》」ではない。大三元、ロン、と違うぞ。

文字がはっきりとしてきたら、その下にもうひとつ文字が現れ、

『中和』

となった。中国語を日本語に訳した辞典のことではない。異なったものが融合して和する方の中和だ。

健太はそれが何を意味するのかが判らずにいたが、忘れぬようにと手帳に大きく〃中和〃と書き込んだ。

如意輪寺の裏山には後醍醐天皇陵があるのでそちらにも行ってみることにした。御陵は京への還幸《かんこう》を強く望んでいた天皇の遺言に従い、京の都がある北向きに造られている。

御陵は一般の神社仏閣のように中へ入ることが許されないため、手前の棚の前にて手を合わせた。

『和』

先ほどのように〃和〃の文字が現れ、やはりさらにそこにもうひと文字が加わった。

『和合』

しかし、ここでもそれだけだった。

健太は帰り道、ハンドルを握りながら考えた。

（中和……和合……中和……和合………）

どちらも意味としては同じようなことを表しているように思える。

後醍醐天皇は北朝と南朝とを中和、あるいは和合させるお役だったのか。北朝と南朝の中和・和合、それは弥生と縄文の中和・和合でもあるのだろうか。すると、天津神系とされる九州勢と国津神系である出雲勢の中和・和合もそれに含まれるのか。

（ともかく、後醍醐天皇はかつての敵対勢力との〃和〃を現代人に望まれているということなんだろうな……）

おそらくその解釈は間違いないであろう。

健太は〃⊕〃について今の解釈を当てはめてみた。

（東も西も南も北も、ひとつの円で結ばれ丸く納まる。それが〝中和〟や〝和合〟を表している。守護者たちはそうなるための守護者なのか。ニギハヤヒ尊しかり空海様しかり。後醍醐天皇も同じ思いで……あっ、聖徳太子。忘れてた。そうだ、もう一人、聖徳太子がいたんだ）

健太はバックミラーを確認するとあわてててブレーキを踏み、すぐ先にある薬局の駐車場に入り地図を広げた。そして斑鳩《いかるが》への道を頭にたたきこむと、再び車を走らせた。向かうはもちろん太子ゆかりの寺、法隆寺である。

＊

駐車場には修学旅行の生徒や観光客の乗ってきたバスが連なって停まっており賑やかだ。

健太は人だらけの金堂や五重塔の前をそのまま通り過ぎ夢殿に向かった。とてもじゃないが落ちついてお参りなどできやしない。夢殿のまわりにも人の姿はあるが、ちょうど団体客が引き上げたところだったので救世《ぐぜ》観音と心静かに向かい合うことができた。秘仏のためその姿は拝めないが、それでも充分だ。

すると、どうしたことだろう、ここでも

『合』

の文字が現れ、それが

『合一』

となった。

つながっているのだ。

人体においては目・耳・鼻から足のつま先まで神経や血管がつながっており、我らが愛しき母星の地球においては長良川もナイル川もドナウ川も海を通じてつながっており、龍体日之本の本土も南アメリカ大陸もグリーンランドも地球の体内でしっかりとつながっており連動しているように。

（まただ。中和、和合、合一。一体何を……）

手を合わせたままの健太の脳裏にこの三つの文字

が並んだとき、何か奥深くに眠る記憶のようなものがポーンとはじけた。
〝中和〟〝和合〟〝合一〟それらがひとつに合わさり〝中和合一〟となったのだ。そしてその意味するところが火山の噴火のように噴き出てきた。
『中和合一、大調和なり
　大調和、中和合一により至る』
と。
さらに次々と湧いてくる。
『大調和こそがニギハヤヒの願い
　いまここに〝甦《よみかえ》り〟果たさん
　復活祭にて封印解かれたり』
健太が驚いたのは、言納がそうであるように自分の脳裏でもそれらが数字に変換されたことだった。
大調和。ダ＝61　イ＝5　チ＝20　ヨ＝37　ウ＝3　ワ＝46　計172。
ニ＝25　ギ＝55　ハ＝26　ヤ＝36　ヒ＝30　同じく172。
ヨ＝37　ミ＝35　ガ＝51　エ＝4　リ＝45　やはり172。
そしてニギハヤヒ尊の復活祭、愛知万博も、ア＝1　イ＝5　チ＝20　バ＝66　ン＝1　パ＝71　ク＝8　うっ、172だ。
愛知とは〝愛を知る〟ということだけではない。愛によってさらに奥なる智恵を身に付けていくことなのである。愛は地球を救うか。きっと救うであろう。ただし、そこには愛によって生じた智恵と、それを実行する意志がなければ地球を救うことはできない。櫻本坊の良仁院主が健太に、
〝龍心〟〝龍眼〟〝龍体〟を、〝情〟〝智〟〝意〟に置き換えてみなさい
と言ったのと全く同じだ。
健太の中から湧き出るものはさらに続いた。
『大調和こそが阿弥陀の働き
　龍体日之本　二体の龍にて成れるなり
　昇る龍と下る龍

火龍と水龍二体にて
阿弥陀の働き　大調和』
これも数への変換が脳裏で勝手に行われた。
阿弥陀。ア＝76　ミ＝35　ダ＝61　計172。
二体の龍――リ＝45　ユ＝38　ウ＝3　龍が86。
二体にて成るため86×2＝172。

健太はそれらが鮮明に理解できたことに恐怖を感じ、体の震えを止めることができなくなってしまったため、脳細胞が特殊な活動を停止してからもしばらくはそのまま動くことなくつっ立ったままでいた。

どれだけかの時間を必要としたが、やがて震えが収まってくると、閉じられた扉の向こうからスーッと救世観音が現れるではないか。いや、ひょっとしたら救世観音の姿に変化《へんげ》した聖徳太子の意志なのかもしれない。

『外に神を求めることやめ
内に神を見い出すように
外での調和　求める前に
内での調和　体現しなさい

内　整わずして　外　調和成らず
外へ調和を求める者　内　整わず
調和を訴え争い起こし
争うために智恵しぼる

調和が成せぬと怒り持ち
ますます乱るる不調和の世
自我の望む　外での調和
自我の実状　内なる不調和

どうか学んで下さい
内　整わずして77には至りません』

全くその通り。今の人類の課題だ。尊び合わずして調和は成せない。自我を持ったまま〝オレは正しい〃と調和を訴えるので、そこに不調和が生まれる。意識を高く持った者同士が意気投合し、さていよいよ動き出す段階になってくると互いが〝調和のためにはこうあるべきだ〃との主張を曲げないがために不調和生じ分離する。日本各地で一体どれほどくり返されていることか。やれやれ。

健太は深く礼を述べ、最後に隠蔽《いんぺい》された聖徳太子の謎を調べていつの日にか真実を世に出せるよう努力することを誓った。歪められた歴史をあばいてやります、と。

ところが、

『あばかずともよい』

（えっ？………）

意外だった。が、同時に伊吹山での出来事を思い出した。あれは昨年の夏休みのこと。言納が札幌へ帰郷していたため健太は一人で岐阜県と滋賀県にまたがる伊吹山山頂に登った。

登ったといっても標高一三七七メートルのこの山は山頂付近までドライブウェイが通じているため、そこから山頂を目ざすのに困難は伴わない。標準コースタイム四十分の道のりはゆるやかな坂道が続くため、健太は二十分で到着した。東谷山よりも楽ちんだ。実際ハイヒールで登ってくる女性もいる。たしかに登れちゃったりするが、そういうのはやめようよ。

山頂でまず目に飛び込んでくるのが大乗峰伊吹山寺である。この寺の御本尊、薬師如来と脇侍《きょうじ》の日光菩薩、月光《がっこう》菩薩はあの円空作だ。

混雑していたため入口でペコリと頭を下げた健太は、寺の裏手にある日本武尊《ヤマトタケルノミコト》像へ向かった。みやげもの屋が並ぶためここも人が多いが、持参した御神酒を供えると手を合わせた。挨拶をすませた後、

（歪められたヤマトタケル尊の歴史を問い質《ただ》し、真実を調べようと思って……）

と、そのときだった。

『そのような必要はない』

（…………）

『あばかずともよい
気にしておらん』

（そ、そうなんですか）

『名のついた神々以前にも目を向けよ
さらなる奥にある根元に目を向けてみよ』

（……はい……）

ここで健太が教わったことはふたつあった。ひとつは歪められた歴史をあばかずとも、お前には他にもっと玉し霊の仕事があるということ。史実の究明については他にそのお役を担う人がいるのだから。

そしてもうひとつ。こちらの方が大切な課題で、つまりかつては人として生きてきた神々の個々に目を向けるのではなく、その神々が見つめていたであろう個々に分かれる以前の大自然の大いなる意志に目を向けてみよ、ということなのだ。

そもそも根元的な意志に向かうのであれば神々に個々の名前など必要なくなってくる。人が神々の働きを判りやすくするための名前であり、仏壇に位牌を祀るように遠い先祖である神々を祀ったのが今のカタチなのだから。

しかし健太はその教えの意図するところがまだ読めずにいた。それが今、ここ法隆寺にて聖徳太子より同じことを伝えられた。

すでに健太は、というよりも時代そのものが個々の神仏をあがめるのではなく、その奥にある全体へ向かうときが来ているのだ。

どの神がすばらしく、どの仏にご利益があるというようなことは通り越し、もっともっと中心にある、いや奥深くにある〝1〟に通じよと。そして、その〝1〟は外にあるのではなく人々の内にある。そちらに向かわないことには迷い生ずるのみ、ということなのだ。

ヤマトタケル尊も聖徳太子も菅原道真公も存命中に、あるいは死後に受けた屈辱をいつまでも握ってやしない……ようだ。人々に対し〝それは嘘だぞ。本当は違うんだ〟など訴えてやしない……みたいだ。そんなケチくさいミタマの方々ではないのだ。自分の感情と一緒にしてはいけない……のだそうだ。

さて、〝中和合一〟を172の数霊にて解説を受け、目を向ける方向性をしっかりと認識させられた健太は磨かれた鏡のような心境で帰路につくことができそうだ。

せっかくなので、あの有名な玉虫厨子や夢違い観音像なども見て回ろうかとも思ったがやめにした。今ここで気をゆるめると、神々から受けた気が霧散してしまいそうなので、気持ちが引き締まった状態のままで帰ることにしたのだ。判ってきたじゃないか、青年。それでよいのだ。

ただし、名の付いた個々の神々を通り越し、その奥へ向かって行くには、もうしばらく時間を必要とするかもしれない。

その3　黄泉《よみ》帰り

言納は夢の中にいた。もちろん本人にとってはそれが唯一の現実であり、夢だとは思っていない。

山の中で気を失う瞬間まで言納のまわりに見え隠れしていた藤色の玉が目の前にいる。

気を失う直前、それが〝同行二人《どうぎようににん》〟と伝えてきたので、そこでやっと藤色の玉が空海であることを知り、そして意識が遠のいたのだった。今はそれが空海のミタマであると知った以上、不安など何もなく、言納は喜びに満ちて対峙していた。

そして思い出した。

(藤色なので、てっきり瀬織津姫と結びつけてしまってたけど、そうじゃないわ。わずかに色が違う。けど、以前どこかで見たような……)

言納は夢の中で記憶の糸をたどった。

(そうよ。あれは高賀神社でのことだったわ……)

言納はロバートたちと円空めぐりをしているときに岐阜県洞戸の高賀神社でこの光の玉に出会っていた。その時は藤色の光の玉から一部が分離し、青く変化した。そしてそれが、仏像を彫る円空に宿った。つまり、青色に変化した光の玉は円空そのものであり、分かれる以前の藤色の玉こそが円空のミタマの元、親神であろうことまでは予想できたが、それが空海だったとは。ということは、円空は空海の分けミタマ。それともいわゆる生まれ変わりなのか。言納にはそう思えてならなかった。

さて、その空海が言納にやわらかく語りかけた。それは健太のことだ。

健太は言納を救うため吉野の山中まで赴《おもむ》き、自分は神仏の手となり足となって龍の道を歩むことを誓ったのだと。それを聞いた言納は感情を抑えられなくなり玉し霊を震わせ喜びの涙をながした。もちろん肉体からも涙は溢れている。それは信じることの喜びを知った者だけが流すことができる涙であった。

(ありがとう、健太。なのに、なのに私、疑ってしまって……ごめんなさい)

やはり人が世に残すもの。それは〝ありがとう〟と〝ごめんなさい〟だけなのだ。

喜びに満ちた玉し霊が〝ふるえ〟を起こしたことで生命エネルギーが高まり、言納の仙骨から勢いよく湧き出したので弱っていたオーラが強くなった。それで大安心の境地に至ったのであろう。言納は再び眠りの中へと落ちていった。

＊

どれほど眠っていたのだろうか、女性の声が聞こえてきた。とはいってもいまだ夢の中だ。女性の姿は見えないが、声の主は言納に鏡を見せた。大きな大きな鏡だ。

やがて鏡は大きな岩に変わり、きれいに磨かれ鏡になっている岩の一面に四国の山々が写し出された。

実はその岩こそが剣山山頂にある宝蔵石だ。夜明けの番人の鶴石と亀石が番をしているのがこれだ。おそらく鳳凰の封印を解く鍵となるのであろう。かつては実際に鏡のように磨かれていたという面は現在南側を向いており、写っているのはその先の山々だ。

その岩がスーッと浮かび上がりクルリと東北の方角に向きを変えた。言納も夢の中で同じ方向に目をやると遠くまで景色が見渡せた。しかし、それでも限度があり、はるか向こうは霞んでいる。ところが鏡を覗きこむと、どこまでもはっきりと写っているのだ。

その中を一本の細い金色の線が彼方《かなた》まで伸びていた。十一番札所の藤棚の下で見た景色と同じだ。違っているのは伸びた線が金色に変わっていたことか。これが龍体日之本の黄金線、ゴールデンラインのひとつだ。

写し出された景色が動いた。

遠くに見えていた淡路島が大写しにされた。黄金線は島の中心を抜けている。

『これが二体の龍体から成る日之本の男根です。ここから放出されるエネルギーは鳴門の渦から生まれ出たものなのですよ』

女性の声は言納を諭すように語りかけている。なので、姿は見えずとも不安を持つことなく聞いていられた。

鏡に写された景色が先へ伸びた。キラキラと太陽の光を反射して美しい。琵琶湖だ。

『龍体日之本の女陰です。鳴門で生まれた聖なるエネルギーは男根を通して、つまり淡路の島からここへ送られて来るのです。ですから淡路の島と琵琶のうみ、ぴたりと合わさる形をしていますす。太古の昔は寸分たがわぬ形をしていました。現在は地殻の動きにてわずかばかりズレが生じておりますが。穢されれば穢されるほどズレは大きくなってくるのですよ。琵琶のうみにはヘソよりも上方に女性の胸のように突き出た島があります。竹生《ちくぶ》島と申しますが、これこそが乳首島なるもの。子を育むのには大切なところです。よく見ておきなさい、この形』

大きな山と小さな山がくっついてひとつになっている。たしかに女性の胸のようだが、少し左右の大きさが違う。訳あってのことか。

『東谷の峰、三輪の山と同じ形をしております。神々の降りる形霊《かただま》の力を有しているのですよ』

なるほど。東谷山と三輪山はある角度から見ると同じ形をしており、琵琶湖の中心から見た竹生島はそれを鏡写しにした形だ。

なぜ鏡写しなのだろう。おそらくは男性の働きと女性の働きの違い。東谷山や三輪山はニギハヤヒ尊の山。一方竹生島は女陰琵琶湖に浮かぶだけあって女神の山なのだ。島の玄関口、宝厳寺本堂の御本尊は江ノ島、宮島に並ぶ日本三弁財天のうちのひとつであることからもそれがよく判る。

だがこのとき、言納は琵琶湖の水の穢れが龍の道を閉ざしてしまっていることを感じ取り、

(清めなきゃ。清めて龍の道を通さなきゃ)

そう思った。

『それはあなたの役ではありません。他に大勢そのお役の人々がいますので心配いりませんよ。そのうちのひとり、音霊と言霊で清めている人とはやがて縁になることでしょう』

次に鏡に写し出されたのは飛騨の位山《くらいやま》だった。見事に剣山から伸びる黄金線は淡路島と琵琶湖の中心を通り位山にぶつかる。

(位山が何かに覆われてる。何か別の力が乗っ取ってるような……)

『はい、その通り。ですが大丈夫です。ここも使命を持った人々が集い、すでに動き出しております。乗鞍岳の龍神たちも見護っています。

やがては御柱が立つことでしょう』

景色が先へ進み信州の善光寺の上空を通過した。善光寺の地中には、あの素戔嗚尊《スサノヲノミコト》と大いに関わる何かが眠っているとされているが真意のほどは定かではない。しかし素戔嗚尊の祭りであった長野オリンピックでは、開会式でまず善光寺の鐘が鳴り、次に諏訪大社の御柱《おんばしら》が立った。一応つじつまが合う。神事に関わる人々の計画ではないにしろ、このような祭りには神の力が働くものだ。

諏訪大社の御祭神建御名方神《タケミナカタ》は、神話で語られているような出雲から逃げて来た人ではない。本来日之本の正当な神々のうちの一柱であろう。妻神八坂刀売神《ヤサカトメ》にしても〝ヤサカ〟の名が付いている。素戔嗚尊の八坂神社と同じ〝ヤサカ〟である。ヘブライ語では〝イヤサカ〟が神を呼ぶ言葉のようで、そこから来ているともされるが、ともかく地位の低い者がそのような名を持つことはないであろう。

したがって建御名方神も本来は相応の活躍をされたのではなかろうか。諏訪大社は全部で四社から成っているが、最も質素で人も少ない前宮が一番いいよ。

善光寺を通過してからは鏡に写る景色が新幹線の車窓から見る景色のようにもの凄い速度で通り過ぎて行った。そして蔵王の姿が見えたあたりで減速し、いよいよ黄金線が行き着いているところまで来た。鏡にはその先は写ってない。

『あなたはうしろの正面を開くお役を持っているのですよ。こちらではありません』

こちらとは、いま言納がいる剣山のことだ。

『もうここへは一人で来てはいけません。こちらへ来ることを許したのはうしろの正面を知るためであって、決してここにあなたのお役があるわけではないのですからね。ほら、ご覧なさい』

声の主が鏡を見るようにと言っている。

（どこかしら……森の中に社が建ってる）

『光の都の青き麻、玉、届く日を待つ姫はここに
在り』

言納の心拍数が瞬間的に上昇し、勢いよく目を開けた。体にはだるさが残るが、意識は完全に覚めた。

「気が付いたようですね」

（えっ、あれ、どうゆうことなの……）

言納は驚いた。今まで夢の中で聞こえていた声が目が覚めてもすぐ隣から聞こえてきたのだから。

「ここはどこなんですか？」

身を起こそうとしている言納を女性が制した。

「大丈夫です。心配いりませんからもう少し休みなさい」

しかし、言納にはここがどこで、この女性が誰かも判らない。

二人の声を聞きつけて女性の娘らしき若い女性が姿を見せた。

「気が付いたのね、よかった。それで様子はどう、お母様」

やはり母子だ。

母は五十代半ばと思われるが肌にはつやがあり、物腰はやわらかいが厳しさを内に秘めた顔つきをしている。娘は二十代後半といったころだろうか。母よりはいくぶんおっとりとしているが、やはり教養と品格を兼ね備えた美しき乙女だ。

「ここは私たち二人しかいませんので何の気がねもいりませんよ。元気になるまでゆっくりしていって下さい。今お粥を作ってきますからね」

陽が暮れるころには随分と回復していたが結局その晩も母子の屋敷に泊めてもらうことになった。夕食は年代物のテーブルを三人で囲み、まるで古くからの間柄のように互いを理解し合えた。言納にとってはこれほどまでに自分の思いを判ってもらえたのは初めてのことで、それは健太や厳龍以上だった。

「ところで、このテーブルや椅子なんですけど、素

敵ですね。中国のものなんですか」

言納がテーブルの側面に彫られたレリーフを撫でながら聞くと、

「いいえ、高句麗のものなんですよ」

と、母が答えた。

食事は昼に出されたお粥にも、いま食べている夕食にも金粉が掛かっていた。さらに、言納の皿には彩りで藤の花が添えられていたが、言納はそれらを疑問に思うことはなかった。つい二日前、藤井寺では藤の花などひとつも咲いていなかったというのにだ。病み上がりのためまだ頭が働かないのだろうか、それとも天然か。それでも金粉と小皿に出された大根おろしのお陰で、受けた毒素はどんどん対内から消えていった。


翌朝目覚めると、言納の着替えはすべて洗濯されており、ベッドの脇に置かれた机の上にきちんとたたんで置いてある。


(一体、あの方たちはどういう人なのかしら……)

一応そんな疑問も湧いてはくるが、この屋敷にいるとそれ以上は考えが進まなくなってしまうのだった。そうか、屋敷内に流れる気のせいか。天然じゃなかったんだ、ごめん、ごめん。

少し遅めの朝食を済ませると再び部屋に戻ってくつろいでいたが、体が回復してくるにつれ健太や祖母のことが気になり出した。

(いつまでもご厄介になるわけにはいかないなあ。それに学校のみんなとも会いたくなってきたし……)

そろそろ失礼しようと思っていることを伝えに部屋を出た。すると、すでにそれも判っていたようで、高句麗のテーブルの前で二人が言納を待っていた。

「どうか気を付けてお帰りなさい。もう無謀なことはしてはいけませんよ。いくら守護が強くても力が及ばないこともあるのですから。身の程知らずなことをしますと邪のモノの餌食にもなりかねません。あなたのお役わきまえて、外れぬように歩んで下さい。せっかく黄泉の国から無事帰れたのですから」

「えっ……そうですね、はい」

言納はこのときの母の言葉にも戸惑いを感じたが、やはりそれ以上疑問を持つこともなく素直に返事をした。


玄関口まで出て来た母は、わたくしはここで失礼しますね、と言納をやさしく抱きしめた。そして言納の頭を自分の胸に引き寄せるように抱えると
「あなたにはいつも感謝しているんですよ。ありがとうございます」

「い、いいえ、こちらこそ。何のお礼もできず……

(えっ、何で私が感謝されるんだろう……)」

またまた疑問が浮かんだが、それよりもこのとき抱きしめてくれている母の面影に、言納は十一面観音を見たような気がした。


最後に母はこれを犬山のお婆様にと、綺麗な和紙で包んだみやげを持たせてくれた。

あとは娘が駅まで送ってくれるという。

「近くに駅があるんですか」

「ええ、今から送って行きます。それほど遠くではありませんから。さあ、行きましょうか」

娘が言納の腕を引き歩き始めた。

振り返ると母がこちらに向かい両手を合わせている。言納も立ち止まり深々と頭を下げた。


山の中でとても駅などあるようには思えないが、娘は口元にやわらかい笑みをたたえ、ゆるい坂を下って行く。言納は昨日から気になっていたことを聞いてみた。

「あの、私、以前どこかでお姉さんとお会いしたことがあるような気がするんですけど、どうしても思い出せないんです。四国へ来るのは初めてだし……どこかでお会いしませんでしたか」

「そうね、どこかで会っていたかもしれないわね。どこだったかしら」

中途半端な返事だったがそれでもよかった。そんなことより今こうして二人でのんびりと静かな山道を歩いていることが何だか幸せに感じられたのだから。

「ねえ、言納さん。ひとつお聞きしたいことがあるんですけどいいかしら」

娘が真顔で尋ねた。

「はい。どんなことですか」

「仙台へはいつ行かれるのでしょうか」

「えっ、仙台ですか。そうですね、帰って体調を整えてから行こうと思ってるんですけど、飛行機代なんかも溜めなきゃいけないですからね、へへ」

「そうですか。気をつけて行って下さいね。言納さんは護られますので大丈夫だとは思うんですけど」

「えっ……」

「ほら、見えてきましたよ。あそこが駅です」

森を抜け視界が広がると、すぐ先に確かに駅があった。改札さえない小さな無人駅だ。誰もいないひっそりとしたプラットホームに立ち、まわりを見渡すと本当に何もなく、唯一の駅名の書かれた白い看板だけが目についた。

「蓬莱島《ほうらいじま》っていうんですか、この駅は」

「そうよ。けれど小さな駅なので知っている人はほとんどいないのよ。そうそう、言納さんが住んでいる近くにもあるのよ、同じ名前が。帰ったら調べてごらんなさい。これからしばらくはとても重要なところになるんですよ。あっ、そろそろ来そうですね」

言納が振り返ってみると、踏み切りの警報音が聞こえることもなく遠くから列車が近づいて来た。

「言納さん。これを仙台に持って行って下さい」

娘はかかえていた袋から水の入ったペットボトルを出して見せた。

「これは剣山の大剣《おおつるぎ》神社で取れる御神水です。うしろの正面にはこれが必要ですから。少し重いけれどお願いね」

娘は水を袋に戻すとそのまま言納に手渡した。水が入っているのである程度重さを感じて当然なのだが、全くそれがない。

　列車の扉が開いた。

　言納は水の入った袋を娘と同じようにかかえると列車に乗り込んだ。

「お姉さん。本当にありがとうございました。またいつかきっとお会いしに来ます」

「ええ。でもきっと、すぐに会えると思いますよ」

　扉が閉まり列車が動き出した。急いで窓を開け身を乗り出した言納は、いつまでも手を振り続けた。ずっと遠く、見えなくなってしまうまでいつまでもいつまでも。

　大剣神社から湧き出る御神水は日本名水百選に選ばれており、神社のある剣山自体も日本百名山に入っている。百名山だけが山じゃないが、剣山は百名山の中で93番の山だ。
　水は　ミ＝35　ズ＝58　で93の言霊数を持つため、やはり名水なのであろう。ところで剣山の中の構造はどうなっているのだ。霊的にも物理的にも謎が多い山だ。

*

「お婆ちゃん、ただいまー」

　言納は祖母に心配をかけてしまったことに心を痛め、沈痛な面もちで玄関を入った。台所へ向かう足どりが重い。

「お婆ちゃん、ただいま帰りました」

「おや、帰ったのかい、言ちゃん。おかえり」

　言納は祖母からてっきり叱られると思っていたが、何事もなかったかのようにテレビの歌番組に見入っているので拍子抜けしてしまった。

「ねぇ、お婆ちゃん。怒ってないの?」

ボリボリと唐辛子せんべいを食べる祖母の顔をの

ぞきこむようにして言納が聞いた。

「えー、何をだい？」

祖母はチラッと言納を見ただけですぐにテレビに目を戻した。

「言ちゃんや。お風呂が沸いてるから入ったらどうだい。疲れただろ」

おかしい。友だちと旅行に行くとだけ言い残して五日間も家をあけたのだから心配してない訳がない。

「本当に全然心配してなかったの？」

「いいや。おとといの晩の電話で、あさっての夜八時すぎに帰るっていっていただろ。だから心配なんてしてやしないよ。どうしてだい？」

「電話って、誰が？」

祖母はテレビから目を離してうしろに立つ言納を見た。何を言ってるんだいこの子は、という顔をしている。

「忘れたのかい、電話を掛けてきたことも」

「……ああ、そうだ。そうだったわね。もう疲れちゃったから忘れてた」

(電話って何よ、知らないわよ、私)

「八時を過ぎたあたりから、もうそろそろ帰って来るころだと思ってたんだよ。いま何時だい」

言納は柱の時計を見た。

「八時二十二分よ」

(ん？八時二十二分……八月二十二日……弘法大師。まさかー)

「あっ、出たよ出たよ」

祖母が大きな声を出してはしゃいでいる。

「ほら、この子。お婆ちゃんこの子好きだよ。アンジェラとかいう名前だろ。徳島県の出身なんだって、こんな外人さんみたいな顔してるのにねえ。ところで言ちゃんはどこへ行ってたんだい」

「………徳島県」

三たび祖母が言納を振り返ったが、新しいせんべいを手に取るとまたテレビに向かった。

「そりゃ奇遇だね。それで徳島ではこのアンジェラって子に会わなかったかい」

会わないでしょ。それと徳島なのに外人さんみたいってのもちょっと変だぞ。

言納は何が何だか判らなくなってきてしまった。そして、あんな出来事があった後だから実は自分の方がおかしいんだと思うように努めた。

（そうよ。きっとどこかから電話を掛けてたのよ。けど疲れてたので本当に忘れちゃってただけなのよ）

「そうそう、お婆ちゃん。おみやげがあるのよ。いただき物だけど。はい」

言納はあの母から手渡された包みを祖母の膝の上に置いた。祖母はうれしそうに包みを開けはじめたが、目はテレビ画面を見たままだ。

「もう終わっちゃったのかい、あの子の歌。もう一度後で歌わないかしらねぇ」

多分それはない。


「おや、まあ、徳島にもあるんだねえ。お婆ちゃんはこれが一番嬉しいよお」

祖母が包みに乗せたまま中身を言納に見せた。唐辛子せんべいだった。

（何でよ。どうしてお婆ちゃんの好物知ってるのよ）

言納はそれを手渡されたときのことを思い返してみた。

（あれは玄関を出たところで……たしか、〝犬山のお婆様に〟って……ちょっと待ってよ。何で私がお婆ちゃんと住んでるって知ってるのー……その前に何で私の家が犬山にあるって判るわけ？　そんな会話一度もしなかったのに。えー？……）

考えてみれば他にも不可解なことはあった。

（そもそも〝いくら守護が強くても力が及ばないこともある〟とか〝黄泉《よみ》の国から無事帰れた〟って何のことなの？　それにお姉さんがいつ仙台に行くか聞いてきたことだっておかしいじゃない。だって誰にも話したことなんてないもん。あー、どうかなり

そう）

言納は全身に鳥肌が立った。そして食卓の上に置いたリュックを片手でつかむと二階へ勢いよく駆け上がって行った。

部屋に入るなり床の上へリュックをひっくり返すと手帳を拾いあげ、パラパラと中身をめくっていったが、そのうち頭を抱えて唸り出した。母子の屋敷の電話番号が書いてあると思ったが何も書いてない。電話番号や住所どころか名前さえ判らないではないか。

「あー、何やってるの私は。バカバカバカバカバカー」

言納は自分の頭をポカポカと叩き出した。たしか以前にもあったが、また壊れた。電池切れだ。

これでは母子への連絡の取りようがない。

言納は何か手がかりはないかと必死で記憶を探った。

（何かあるはずよ。きっと見つかるわ。きっと……そうだ、駅よ。駅の名前。たしか、蓬莱島だったはず。お姉さん、私のうちの近くにもあるって……あー、ますます判らなくなってきちゃった。だってそんな駅ないもん、どこにも）

混乱しつつも四国行きの前に買ったぶ厚い時刻表にて四国の路線のページを開いた言納は、ひとつひとつの駅名を見落とすことなく調べ始めた。

「えー、ホーライジマ、ホーライジマ。ホーライジマ…………」

しかし、いくら探してみたところで、そのような名前の駅はどこにもなかった。

「そんな訳ないでしょ」

時刻表に悪態をつくと走って階段を下り、階下からコードレスの受話器を持って再び部屋へ戻った。

「あのー、すみません。ＪＲの駅で……」

番号案内で徳島駅を調べてもらうとすぐにそちらへ掛けた。

「ちょっとお尋ねしますけど、蓬莱島という駅はどう行ったらよろしいんでしょうか…………はい、蓬莱島です。…………ええ、そうです。…………多分剣山の近くだと思うんですが…………」

「たしか蓬莱という駅が京都にあったと思ったけどなあ」

「いえ、京都じゃなくて……」

結局そのような名前の駅はなかった。念のため他県の駅でも調べてもらったが結果は同じことだった。

言納は胸が苦しくなってきた。それで荷物が散らかったままの床の上にひっくり返り、天井を見つめながら改めて事の成り行きを思い返してみた。

(ひょっとすると、どこかの宿で夢でも見てたのかしら。現実と思ったことは全部幻で実はただ二、三日眠り続けてただけだったりして……)

そんなことを思っていたら気持ちが少し楽になってきた。

(そうよ。きっとそうよ)

見るとはなしに床に散乱した荷物の中のTシャツが目に入った。小さな金粉が付いている。朝食を食べるまで着ていたシャツだ。そして、その横には娘から渡された御神水の入ったペットボトルが倒れている。

(嫌、嘘よ)

ふいに娘の顔が浮かんだ。

(やっぱりあのお姉さん、絶対どこかで見た顔だわ)

しかし、思い出すことができない。

(ああ、もう駄目)

言納はもう何も探ることを止め、そのままの姿で目を閉じていた。

一時間ほどが経ったころだろうか。突然だった。胸が張り裂けそうになった。

思い出したのだ。娘の顔をどこで見たのかをついに思い出したのだ。

言納は衝撃のあまり嗚咽《おえつ》を漏らしながら泣きじゃくった。声が祖母に聞こえぬようにと金粉の付いたTシャツを口に押し当てむせび泣いた。

あの娘は岐阜県石徹白《いとしろ》の白山中居神社で見た映像の中で、雪の残る山道をニギハヤヒ尊、当時はオホトシだが、そのうしろを遅れまいと必死で追っていたあの娘だったのだ。

ということは……。

（あー、瀬織津姫様、ごめんなさい。ごめんなさい。ごめんなさい）

言納の苦しさは増すばかりだった。

母の声も今まで何度も聞いていた声だった。白山山頂で、平泉寺白山神社で、その他でも聞いていたその声の主は誰あろうあの菊理媛《ククリヒメ》に他ならない。

そうなのだ。剣山の山中で行き倒れになった言納を救ってくれたのは空海、それに菊理媛、瀬織津姫母子だったのだ。だから娘瀬織津は最後に〝仙台へはいつ行くのか〟と聞いてきたのだ。封じられた瀬織津姫に玉置の玉が届いたとき、剣山の御神水が封印を解く力になるのであろう。

表の正面の水が、うしろの正面を清める。それでいよいよ立つのか〝青の御柱〟。

（行きます。必ず行きます。すぐに計画を立てますから……本当にごめんなさい。……けど、何であの時〝早く仙台へ行きなさい〟って言ってくれなかったの……）

『掟です』

（その声は……言依姫《ことよりひめ》様……そうでしょ、言依姫様でしょ）

言納の親神、言依姫だ。直接話すのは久しぶりのことだ。

『神界にも掟があることを知らせてあるはずです。今回のことについては神々がすべてを指示するのではなく、人間たちが自発的にそれをせねば正常なエネルギーの働きが起こらず封印が解かれません。それをあなたに気付いて欲しかったのです。藤の花を食事に添えたのもそのためなのですよ』

（うっ……またまたごめんなさい……では、金粉は？　金粉は何のためだったんですか？）

『あなたの快復のため、体内に瀬織津姫様の働きを起こさせたのです』

（では、金も瀬織津姫の働きの表れなんですか）

『瀬織津姫だけではありません。ニギハヤヒ尊の働きでもあるのです』

言依姫が言納にある念を言葉にせず送った。言納の脳はそれを受け数霊に変換して言納に理解させた。

つまりは、

セ＝14　オ＝2　リ＝45　ツ＝18　これで合計が79。

一方、ニギハヤヒ尊については〝火《ホ》明《アカリ》〟で。天《アマ》照国照彦《テルクニテルヒコ》天《アメノ》火《ホ》明《アカリ》櫛玉《クシタマ》饒速日《ニギハヤヒ》尊《ノミコト》のことぞ。

ホ＝27　ア＝1　カ＝6　リ＝45　計79。

それで、なぜ金が瀬織津姫や火明の働きかというと、原子番号79番こそが金なのだ。今現在、金の使いみちは限られており、また陰の組織の一部が世界中の金を牛耳っているようだが、やがて金の存在の本当の価値が世に出てくることであろう。のべ棒にして金庫にしまっておくためのものではない。宝の持ち腐れとはこのことだ。赤ん坊が生まれたら三カ月以内にミルクと一緒に金箔を少し飲ませるとよい。肌の病気になりにくいという。

瀬織津姫は水の働きでもあり、清らかな水の流れるところには瀬織津姫の気が満ちている。一方、金も瀬織津姫の働きだという。

金は水に溶けないのに変ではないか、矛盾してるではないかという抗議のファックスが多数届いた。あっ、うちはファックス無かったんだ。色々な支払いするのに便利だから一台買おうかとも思う。どれだけでも払えるからね、ファックスでなら。

で、金と水なのだが、それがどうも溶けるのだそうだ。ただストローでかき混ぜてるだけでは駄目、溶けない。九・五六ミクロンの遠赤外線を使うらしい。どのように使うのかは聞いたけど忘れた。ごめん。

さて、九・五六ミクロンの遠赤外線。これこそが人体から出る〝気〟に酷似しているものなのだ。少し前までは、手から出る〝気〟こそが九・五六ミクロンの遠赤外線であるといわれていたが、研究は進み、必ずしもそれではなく少々性質が異なっていたらしいのだが、それでも近い存在であることには変わりない。

水の中では溶けず、人の体内だと金は溶けるというのは、このあたりが鍵となっているのかもよ。

(言依姫様、私が玉を持って仙台に行き、もし本当に封印が解かれることになると、一体何が起きるのですか)

『…………』

(どうして答えて下さらないの)

『神々にとっても未知数はあるものなのです』

二人の間にしばらく沈黙が続いた。

『このようなお役は、おそらくこれでおしまいになるはずです。

邪のモノたちが狙っていますので、凛とした心保ち、最後まで務めなさい。我が加護女《かごめ》よ』

言依姫が姿を消したころには言納の涙も収まっており、夜が明けるのを待って健太に電話を入れた。

第六章　光の都の青き麻

その1　蔵王にて

四国から戻って初めての週末、言納と健太は二人揃って木曽川沿いの真墨田《ますみだ》神社へお礼と報告に向かった。天高く、秋の風が気持ちいいので散歩がてらのんびりと歩きながら。

「ゆうべ琴可さんが来たんだって?」

「そうなの。夕方電話があってね、仕事で大阪へ行った帰りなんだけど、今から家へ行ってもいいかって」

「相変わらずタフだね。で、何だったの」

「心配してくれてたのよ、四国のこととか……」

言納は言葉を濁した。が、健太は判っていた。

「CIA、DIA、NSA、MI6、モサド……」

「もー、何だ、知ってたの」

「うん。世界中の諜報機関について和也さんに根掘り葉掘り質問したんだもんなあ」

「んー、いじわる」

いいな、楽しそうで、君たち。

「そうだ。そんなことよりもね、健太。驚きよ。琴可さん、おめでたなんだって。もうびっくり。だってあの琴可さんがお母さんになるんだもん」

「うん、ちょっと想像しにくいな。けど和也さん喜んでるだろうな。もう名前も考えてると思うよ」

「そうね。けど女の子だったら大変よ」

「どうして」

「それはもう口うるさいわよ、何かにつけて。男の赤ちゃんと並んで寝てるだけでもいちいち離したりして。くっつくなってね」

二人は大きな声をあげて笑ったが、その声は路面電車の警笛がかき消していった。
境内では若い母親たちが立ち話に興じており、二人が鳥居の前で礼儀正しくおじぎをする様子を見ていたが、すぐに何事もなかったかのように自分たちの世界へと戻って行った。遠くへ行かないようにと無理矢理母親に手を握られている女の子だけは、いいつまでも二人の姿を追うことが退屈しのぎになっている様子だ。
言納は四国での事の顛末と、それらによって気付かされたことを報告していた。
『神に向いて　龍の道
人に向いて　龍の道
二人の働き　違いはあれど
共に果さん　龍の道

片働きでは立たぬぞよ
〝赤の御柱〟すでに立ち
〝青の御柱〟やがて立つ
夜明けの晩に金龍舞いて鳳凰出やる
日之本開闢　整う徴《しるし》ぞ

あとは人様至れよ77』
『神に向いて　龍の道』、これは言納の仕事である。閉ざされた龍神の通り道を通すためのお役。なので言納は神々に向かって働きをしていくのだ。人類のために働く龍神が、動きやすいようにと手助けをする。それが言納の〝龍の道〟。
一方『人に向いて　龍の道』は健太の仕事。健太は神々に背を向け、といっても背いたり反発したりするのではなく、思いを同じにして人々を育てていく。国造りの一端を担っていく。健太のお役だ。龍が人類を育てるために己れを活かし働くように、健太もそのため己れを活かす。それが健太の〝龍の道〟。
健太も吉野で学んだことについて、そして何より言納が無事帰ってくることができたことに深く礼を述べた。そして最後に〝己れに祈る〟ということについてはまだよく判らないと付け加えた。すると例の山の仲間が現れた。

『成長したな、またひとつ。まあ、その疑問については頭で答えを求めても無理だ。時間をかけて体得すればいい。それよりもだ、お前に付いてまわる罪悪感は一体何なんだ』

（いや、何だろう……特に意識してる訳じゃないけど……何か過去の……）

『過去に生きるな』

（えっ………）

『封印いよいよ解かれるぞ。人は秘戸が開くその時が来るまで罪悪感を持つことによって時間調整をさせられてきたんだ。が、時が来た。もう背負わずともよい。引きずるな。かつての罪と今生の至らなさを罪悪感として持つのは終わりだ。それを人々が捨てないとな、日之本が開かないんだ。さあ、次へ行くぞ。新たな次元が待ってる』

（新たな次元が……なあ、次元上昇って本当にあるのか。そのときはどうなるんだ地球や人類は）

『どうもならない。三次元の物質世界はそのままの形で残り、今まで通りの営みが行われる……

……ただしだ……』

（…………）

健太は息をのんで聞いている

『物質社会に対する人々の認識がひとつ高次元的になる。つまりだぞ、今の世界のままでより高い精神文明を開化させる。判るな。なので次元が上昇することで、どこか未知の世界へ行ってしまったり、いきなり半霊半物質の世になるのではないぞ。残念だな』

（いや、別に残念というわけでは……）

『お前たちは今いるその世界に間もなく精神的高次元を降ろすだろう。そのために77へ向かえと言っているんだ』

（その77がどうしても判らないんだ。産道、国土、確立、中心、というようなことは以前教えてもらった。けど、それらとは違うだろ。ひょっとすると〝南極〟なのか？）

ナ＝21　ン＝1　キ＝10　ヨ＝37　ク＝8　で77になる。

『南極かあ。いいところに目を付けたな。けどお前たちがいま向かうべきところとは違う。あまり深入りするな、南極については』

（何で教えてくれない。言納もそれについて考えようとすると思考が止まると言っていたぞ）

『ブロックしてあるからだ。けどな、もうじきだ。判るぞ』

健太は77についてこれ以上話題にするのをやめた。が、他にもたくさん聞いてみたいことはある。この際、思いきって聞いてみた。

（いくつか質問があるんだけどいいか）

『貨幣社会のことか』

（何で判る）

『読んだ。脳裏に先ほどから浮かべてたもんな』

（卑怯者め……いや、何でもない。あのさ、世間でよく言われるように貨幣社会は本当に終焉を迎えるのか）

『必要な分の貨幣を持つことが出来ぬ者たちの希望的観測と、現実的社会変化の違いを見抜けぬようでは〝龍眼〟身につけるのはほど遠いな。なくなりはせぬ。すぐにはな。

なくなって欲しい者たちの欲望だ。

それで苦しむ者たちの願いだ。

逃げるなよ、お前は。

必要な分を得られぬ者たちが苦しみから逃れるために、貨幣の必要ない社会がやってくると信ずることで、我が身の将来に安穏ありと幻覚を作りあげる。

そうではない。

貨幣を得る術を身につけた者だけがそこから抜け出せる。

克服できぬ者はそこに浸《つ》かり続けるであろうな。

つまりだぞ、貨幣社会がなくなるかどうかではなく、貨幣社会に縛られぬことができるかどうかだ。できればそのような社会、意識せずともよかろうに。

そうなった者にとっては終わったに等しい。つまり終焉を迎えたことになる』

（なるほど。納得。じゃあ、もうひとつだけ教えてもらえないか）

『考えれば判るようなことまで聞くなよ』

（うっ。……いや、これは聞かなければ判らないから。……あのさ、もし、もしもだぞ、言納が四国八十八ヶ所を逆回りで巡っていたら、何かに影響を及ぼしたり封印が解かれたりしたのか）

『いや』

（……何だ。何も変わらずってことか）

『厳密に言えばほんの僅かほどには影響もあるだろうが、変化が表れるほどのものでもない。万のうちのふたつみっつの力の分だけだ。

いいか、お前たち、あんまり自分の力を買いかぶるな。たとえ強い意志のもとであろうが、一人の少女がぐるりと一周したところで解決するような問題ではない。もしそんなことで扉が開かれるんであれば、どこぞの行者がすでに鍵を開けておるわ』

山の仲間の話す口調が今までに比べ険しくなった。それだけ健太には理解が求められているということであろう。

『呪縛をかけているのは人の念だ。人々が持ち込む念が封印となっている。四国に限ったことではないがな。

全国の神社仏閣はどこもが、いや地球上全土の聖なる地は、初めは大そう丁寧に祀られたものだ。やがて人々は聖なる力が宿っていることを知り、各々が身勝手な念を持ち込むようになった。それが、地球と宇宙をつなぐための聖なる力が降り注ぐ地に蓋をしてしまうことになったのだ。その蓋こそが人の念だ。さらにそこへ新たな念が押しつけられ、ついにはがんじがらめの呪縛となって聖なる地と聖なる力が封印されてしまったのだ』

（けど、人が願いを持ってお参りするのは当たり前だろ。それとも願い事をしてはいけないというのか……まあ、そんなことを言う人もいるようだけどね）

『愚かだな、お前。何をおこがましいことを言っているんだ。人が一切の願い望みを持ち込まずの信仰ができると思っているのか、なあ。

そんなものは余裕のあるときだからこそできるママゴトだ。苦しみのドン底にいるときにもそれできるか。

日照りが百日続いても雨を願わぬか。

雨が百日降り続いても何も願わずおれるのか。

我が子が死に直面しているときに願い事はいけません。ああ、そうですか。ならば仕方ないとあきらめるのか』

（いや、強く願う）

『だろ。けど今はそんなことではない。自身の努力一切せずしての安易な欲望・願いが呪縛になると言っているんだ。判るか』

（んー、判るといえば判るんだけど……）

『もしお前が己れの玉し霊活かすためにこのようなことをやってまいります、との思いを持ってきたならば。

もしお前が地の浄化のためにこのような祭りを行います。ついてはそのために必要な縁と場を与えていただきたいとの願いを持って来たなら神動くぞ。

人が活かされ、世を活かすその思いこそ、神々願う国造りなのだから。

己れの身活かさずして、あれくれこれくれでは、神動いても人が育たぬであろう。

四国めぐりの呪縛、どれほどのものだと思う』

（一人ではとても無理ですね）

『今となっては一人どころか人では無理だ。神がやる』

（どうやって）

『………お前はとにかく己れに祈ることを身につけよ。頭では判っているはずだぞ。吉野で教わった通りだ。

あとはな、本気でやるつもりがあるのか否かだけの問題だ。しっかりお役、果たせよ。じゃあな』

（おい、おいって。持ってくれってば……あーあ、行っちゃった）

山の仲間は帰り際、社の中に風を吹かせ、ドーンと空中から太鼓をひとつ鳴らして去って行った。

＊

ずいぶんと高度が下がってきた。陸地がかなり近づいている。機体は一旦海の上に出ると大きく旋回し、いよいよ着陸態勢に入った。言納と健太は胸躍らせて窓から外を眺めている。二人を乗せた飛行機は、間もなく仙台空港に着陸するのだから。

実はここで、

〝本日は天候不良につき着陸が不可能と思われますので、当機は中部国際空港に引き返します〟

とのアナウンスを入れたらこの後の展開はどうなるだろうかしらんと考えていたら、ジイが出てきて思いっきり頭をぶん殴られたのでやめにした。

本日の天気は上々。風もなし。中部国際空港発仙台行きのＡＮＡ３６５便は無事仙台空港に着陸した。めでたしめでたし。

到着出口には旅行会社やツアーの名の入った旗を持つツアーコンダクターたちが大勢並んでいたが、その中でひときわ目を引く女性がいた。生田の従姉妹《いとこ》、こころだ。今回二人の案内役を引き受けてくれたのだ。

言納が急に顔を赤らめ立ち止まった。

「どうしたの、急に」

「あれ」

言納が指をさした先に、健太にもひと目でこころと判る女性がこちらに向かって手を振っている。健太も恥ずかしさから思わずクルリと背中を向けてしまった。

何と、こころは、大きな画用紙にこれまた大きく相合い傘を描き、その下に〝ケンタくん〟〝コトノちゃん〟と名前を入れていたのだ。ご丁寧にも傘の上にはピンク色でハートマークまで描いてある。これならば否応無しに目に入る。他の客もそれを見て、ニヤニヤしながら通りすぎて行った。

「さあ、荷物はここね。それも入れようか」

「いえ、これはいいんです」

言納は剣山の御神水が入った手さげだけは抱きかかえたまま離そうとはしなかった。

「さあ、乗って。うしろは少し狭いけど我慢してね」

こころが運転席のシートを前に倒した。2ドアのため後部座席への乗り降りには手間がかかる。

「あれ、こころさん。どうしてこの車、ハンドルがこちら側にあるんですか」

そりゃ、輸入車だからだ。言納は左ハンドルの車に乗るのは初めてのようだ。

「すごい車に乗ってるんですね。こころさんは」

健太は興味津々といった様子で中をのぞきこんでいる。

「これね、ヨーロッパにいたころから憧れていたの。だからね、日本に帰ってきてから買っちゃったわ。じゃあ、行きましょ」

イタリア製なのにフレンチブルーを纏ったマセラティーのアクセルを、こころは勢いよく踏み込んだ。

生田は〝こころちゃんが運転する車で居眠りできたらお寿司をごちそうするよ〟と言っていたが、無理だ。寿司なんてナシでいいから命が惜しい。

「こころさん、青麻《あおそ》神社まではどれぐらいかかるんですか」

言納が後部座席から身を乗り出すようにして聞いた。

バックミラーでチラリとうしろを覗いたこころは
「三十分ぐらいかしらね。けど青麻様は明日の朝に行きます。今日は仙台を楽しんで下さい。素敵なところへ案内しますわ」

と、蔵王へ向かった。

言納は、動じることのない物言いをするこころに、少しずつ魅力を感じ始めていた。言納自身が身につけたいものをこころは持っているのだろう。

「あれが蔵王よ」

前方に雄大な姿が見えてきた。

「あれー、木曽の御嶽山に似てます。山の雰囲気もまわりの景色も。なあ、言」

健太がふり返ると言納はニヤけた口を手で覆った。

「どうかした？」

言納は黙ってうなずいた。

二人の仙台行きに合わせて、実際木曽御嶽の天狗が一緒に蔵王に向かっていたのだ。言納には車と並行して飛ぶその姿が見えていたのだが、しかしそんなことを初対面のこころの前で言う訳にもいかず黙っていた。

蔵王の町の中へ入った。温泉街かと思われる通りの途中でこころが車を停めた。

「ここへ寄って行きましょ。おいで」

言納のために運転席のシートを前へ倒すと、さっさと道路の向かい側にある豆腐屋の中へ入って行った。言納も観光バスが通りすぎるのを待ってから後を追って行くと、こころが豆乳ソフトを手渡してくれた。

「わー、うれしい」

これで完全に言納はこころの支配下に入った。そしてその後は健太を後部座席に追いやり、言納が助手席に座るようになったのだ。

安く済む娘だ。

*

エコーラインの終着、山頂駐車場にはすでに何台もの車が停まっていた。ナンバーを見ると他県から来ているものが多い。ここからは歩いて頂上の蔵王刈田嶺《かったみね》神社まで歩く。ここはハイヒールで行っても許す。

「わー、綺麗。こころさん、あれ何ですか?」

「おカマよ」

「おーかーまー?」

「そう。お釜みたいな形をしているでしょ」

深い青緑を湛《たた》えた蔵王の火口〝お釜〟はいよいよ動き出す仙台開き、いや東北開きに向け準備は万端に整っていた。あとはその時を待つばかりである。

お釜のまわりには木曽御嶽からだけではなく全国から天狗たちが集結し、風を起こしていた。いよいよ明日、光の都仙台が開く。

蔵王刈田嶺神社に着くと、ゴロゴロと天が鳴った。雷だ。

「出たぞー」

健太は小さな声でそうつぶやくと天を見上げた。時、来たりて、神が鳴ったのだ。エセ救世主の〝我《わ》れ神ナリ〟とは違う。本物の神鳴りだ。

どうしたことだろう、言納はパンパンと柏手《かしわで》を打つと、合わせた手の間にフッと息を吹き込み、その手を神殿に向かって押しやるように広げた。体が勝手にそうしたのだ。健太も同じだった。訳も判らず体がそうした。

これは神のもとへ息吹を届けたのだ。自身を神のもとへ向かわせることで一体となる。

『あせらずともよい』

真っ先に青麻神社へ向かうべきだと思っていた言納は、まるっきり見透かされているようで恥ずかしかったが、同時に安心もした。

（すべて段取りの中のことなのね………）

と。

『明日は身を清めてまいりなさい

強い衝撃を受けるでしょうから

清まってない分、飛ばされます』

御言葉はそれだけだった。だがその後、言納の意識が突然宇宙空間へと飛んだ。

太陽系が目の前に広がっている。木星がゆったりと浮かんでいる。土星も生命活動を絶やすことなく太古からの運行を続けている。実際に太陽系全体を見渡せるようなところに位置したとしても、遠くにいる惑星は他の星と同じように点にしか見えない。だが言納にはひとつひとつの惑星の姿がはっきりと大きく見えている。

そして各惑星が通った後にはそれぞれの気が残るため、軌道が長い帯のようになってまたたいていた。どの惑星がどこを通って太陽系が生き続けているのかがよく判る。

それらの惑星たちが今、共通したある意識を持っていることに言納は気付いた。

惑星とそれを回る衛星たちが、いよいよ開かれようとしている地球人類の未来を暖かな思いで見護っているのだ。冥王星は惑星の仲間から外されてしまったが、その思いには何ら変わるところなくやはり地球を守護しようと小さな体から必死で気を発している。

（ありがとうございます、皆さん。大切な大切な兄弟なのね……）

言納は人知を越えたスケールの愛に触れ、胸が締めつけられる思いがした。

山つながりのかつての行仲間が今でも健太を見護るように、太陽系つながりの惑星たちも人類の行く末を案じ、精一杯見護ろうとしているのだ。ここに大きな家族愛を見た。

目覚めよ、地球人類たちよ。

一方健太は目の前に日本列島が現れた。龍体日之本を上空から見ているかたちだ。

何かが光った。人の玉し霊だ。大きな気付きを持った人はそのように見えるのだ。また光った。またた。小さな三つの光の点が見える。それら点同士が結ばれて光の三角形ができた。あっ、また光った。

すると新たな光の点が、すでに光っている点と結ばれて二つ目の三角形ができた。すぐに光る点が現れ、同じように三角形ができる。そんなことが次々とくり返され、やがては日本中が光の三角形で埋め尽くされた。

すると目の前の映像が世界地図にまで広がった。大きなユーラシア大陸がそこにある。南米大陸もオーストラリア大陸も。小さな島々だってもちろんそこにある。

光った。あちこちで光った。ハワイで光りヨーロッパで光り、アフリカで光った。それら世界各地に起こった気付きによる光の点に向けて日本から光のスジが伸びた。そして大きな三角形がいくつもできあがった。その瞬間だった。大きな三角形の内部にも外側にも無数の光の点が現れ、やがては全世界を小さな光の三角形が覆ってしまった。光の点は十四万四千。

そうなのだ。人類が危機を迎えたとき、生き残るのが十四万四千なのではなく、大いなる気付きによって玉し霊の殻を破った光の存在が十四万四千に達したとき、地球はひとつ上の精神次元へと上昇できるのだ。十四万四千とはそんな数霊なのである。

『人類が77に達した瞬間だ

人々を導け』

(77に達したら……人類が自分たちの気付きによって人類を救う瞬間……それが77……)

『天狗の思い　忘れては成せぬぞ』

二人が参拝を終えるのを待っていたこころが社の外から声をかけてきた。

「さあ、そろそろ行きましょうか」

「今日のあなたたちの仕事はこれで終わり。今からは本当に楽しんでもらいますからね。さあ、おいしいもの食べに行くから車に戻りましょ」

さすがは生田の従姉妹《いとこ》。言納たち二人にとってどこまでがお役で、どこからは楽しむべきかをちゃんと心得ている。

その毅然とした態度を目の当たりにした言納は、こころがかつてエジプトの女王であった姿をはっきりと見て取った。お飾りのお姫様ではなく、実際に人と国を動かす女王であったのだと。だから度胸のよさ、腹の座り方は並の人間では持ち得ないものを身に付けているのだ。そんなこころに言納はますます憧れを抱くのであった。

＊

いよいよ〝光の都の青き麻〟青麻神社へ玉置神社で授かった玉と剣山の御神水を届ける日の朝を迎えた。食事の前に二人はそれぞれの部屋に付いている シャワーで身を清めている。実際の滝行も厳しいが、チョロチョロ流れ出る冷水シャワーも案外こたえるものだ。しかし今朝はそんなことを言っている場合ではない。

着替えを済ませ地下のレストランへ向かうころにはすでに言納の顔にキンチョーの夏、ではなく、緊張の色が見て取れた。そのためか、食事もほとんど手を付けていない。健太はそれに気付いていたが、なるべく触れぬようにして、こころに仙台のことについてをあれこれと話していた。でないと自分も感化されてしまうからだ。

「……といういわけで、仙台は光の都なんですよ」

「へー、すごいわね。だから姉妹都市も光州なのかしら」

そうなのだ。仙台は韓国の光州と姉妹都市になっている。なるほど、光つながりか。

「健太君たち、次はぜひ七夕にいらっしゃいよ。仙台は七夕まつりも有名なのよ」

「はい。ありがとうございます……（えっ、七夕……七月七日……織姫……瀬織津姫……まさか）」

こころが発した〝七夕〟という言葉に健太の体内の細胞が反応した。

（そうだったのか。織姫って瀬織津姫だったのか。……ということは彦星は誰だろう。……サルタヒコ……それとも長髄彦《ナガスネヒコ》……）

まあ、〝彦〟というのは男性を表しているのだから誰でも当てはまる。彦星とは一体誰なのだろう。

このとき健太の頭の中には、ある計画が浮かび上がりつつあったのだが、本人はまだそれを意識してはいなかった。

朝食後、荷物をまとめ支払いを済ませるとフレンチブルーのマセラティは蔵王のリゾートホテルを後にした。

＊

「あれを青麻山っていうのよ。ホテルの向かい側にも青麻山ってあったでしょ。けどこちらが本家よ」

こころが説明しながら細い路地へと左折すると上り坂になった。ここは桜の季節になるとそれはそれは見事に山が桜色に染まる。

急なカーブが連続する山道も、こころは相変わらずタイヤを鳴らしながらブッ飛ばしたのですぐに着いた。

「さあ、着きましたわよ。……あら、雨が降ってきちゃったわ」

ホテルを出るころはまだ青空が広がっていたので突然の雨だ。

（ほーら来た。おいでなすったぞ）

健太はまたまた一人秘かに空を見上げた。

（そのうち雷も来るだろうよ）

と。

こころは二人を社務所へ連れて行き宮司に紹介した。名古屋から来たというと大層喜んでくれ、参拝する前から記念のみやげを手渡してくれた。

本殿へは社務所脇から中へ入り、渡り廊下を通って向かった。

言納は足が震えうまく歩けない。健太は後ろから言納が抱きかかえる御神水入りの袋を取り上げようとしたが、奪われないようにと健太の腕を肩で振り払った。何が何でも自分で持って行くつもりのようだ。健気でもあり強情でもある。

手入れのゆき届いた神殿は気持ちがよかった。が、激しい雨音に振り返ると外はドシャ降りになっていた。おかげで参拝客は誰もいないのだが、福井県勝山市の平泉寺白山神社でのことが思い出される。あのときは二人共、本気で命を取られると思った。

ピカッ。光った。ほーらね。だから言わんこっちゃないって。また来るかもよ。

言納は半紙を三角に折り剣山の御神水を並べた。健太は持参した御神酒をその横に置き、栓を抜くといよいよ準備は整った。

「わたくしは社務所で宮司様のお手伝いをしておりますので、どうぞごゆっくりと御参拝下さいませ」

こころが気をきかせその場を退いてくれた。

（落ちついて。大丈夫よ。落ちついて）

言納は自分に言いきかせた。

すでに地底からはグォーッと地鳴りのようなものが伝わってくる。

（ちょっとヤバイかも……）

言納が不安気に健太を見た。

「さあ、言。お参りしよう。玉は大丈夫だな」

「わかんない。だって……」

健太は無言で頭を床につけるほどに深々と二礼をした。言納もあわててそれに習った。

パンー、パン。二拍手《はくしゅ》し、そこへ息を吹き込むと自身の息吹を神の元へ押しやった。

ついにその時が来た。もういかなる勢力であろうが彼らを阻止することはできない。

その2　瀬織津姫　封印解除

仙台市宮城野区に鎮座する青麻神社の御祭神は天《アメ》之《ノ》御中主《ミナカヌシ》・天照大御神《アマテラスオホミカミ》・月読神《ツキヨミノカミ》の三柱であり、瀬織津姫の名はどこにもない。

しかし、それは大きな問題とはならないのだ。なぜならニギハヤヒ尊も瀬織津姫本人もここでいいと指定しているのだから。御祭神三柱の名の裏に瀬織津姫が隠されているのかもしれないし、そうでなければ青麻山のどこかに封じられ、龍の道と共に閉ざされたままになっているのかもしれない。とにかく〝光の都の青き麻〟に瀬織津姫のエネルギーが眠っている。それを表に出すために二人はやって来た。

言納は玉置神社で授かった見えない玉を両手に載せ、そっと前へ差し出した。ズシリと重みを感じている。

何かの意識がすぐ前に出現したのを感じた。

手が軽くなった。

（瀬織津姫様かしら。玉置の玉をお届けにまいりました。長い間待たせてしまいましたことを心よりお詫び申し上げます。それに四国では………）

歌が流れている。いや、これは歌ではない。祝詞だ。言納が〝静なる祭り〟に用いる祝詞である。神倉神社にて言納が受けた

『…………………
しとやかな　音無しき霊《ひ》のゆらう舞い
静かに語る　藤祭り
…………………

〝静〟なるゆらぎの聖なる祭り

……………………

藤姫望むは　静の舞い

……………………』

というのが〝静なる祭り〟であり、言納は天の数歌やひふみ祝詞と共にこの歌を祝詞として龍の道を通していく。

清らかな歌声だ。四国で助けてくれた、あの〝お姉さん〟の声に間違いない。

『マハリテメグル
マハリテメグル
マハリテメグルハアメノミチ

まわりてめぐるは天の道
地下の水脈　龍の道
清めて歩むが人の道
これでぐるりと気がめぐり

御星《みほし》の生命《いのち》のよみがえり

龍体日之本　あけぼのを
千歳幾《ちとせいく》とせ　待ちわびて
揃うた御柱《みはしら》　寄り添う日
金色《こんじき》の龍が天を舞う
架けよ御橋《みはし》を天の川

ヒフミヨイムナヤコト
ヒフミヨイムナヤコト
ヒフミヨイムナヤコト

御星の御心　高天《たかあま》の原《はら》
龍体日之本　神降地《かみこうち》
銀河の夜明けの幕開き
日之本開闢　尾張始まり
ヲワリ清める　言《こと》の玉《たま》
響かせめぐるは言納霊《ことのたま》

銀河の秩序を保ちたもう
銀河の秩序を保ちたもう

ヒタフタミイヨ　イツムユナナヤ　ココノタリ
ヒタフタミイヨ　イツムユナナヤ　ココノタリ
ヒタフタミイヨ　イツムユナナヤ　ココノタリ
モモチヨロズ
⊕』

瀬織津姫が姿を見せた。言納が運んだ玉を持っている。

『またお会いできましたね
玉、たしかに受け取りました』

（お姉さん……失礼しました。瀬織津姫様………）

『あなたはわたし
わたしはあなた
あなたは渡《わた》しになりました
おめでとうございます』

（………ありがとう………ございます………）

それ以上は言葉にならなかった。

先ほどの瀬織津祝詞に出てきた〝御星《みほし》〟とはもちろん我らが母星〝地球〟のことだ。

また『日之本開闢　尾張始まり』の〝尾張〟は愛知県の尾張地方のこと。だが、ここでいう〝尾張〟は尾張地方だけでなく、同じ愛知県の三河、お隣り岐阜県の美濃も含んだ意味合いとして捉えてよいと思う。

〝美濃・尾張〟が開かねば〝身の終わり〟、〝三河〟の玉し霊抜けたらば〝身皮〟だけ。

この三国から始めよ、世の立て替え立て直し、ということなのだ。

もうひとつ〝ヲワリ〟が出てきた。言納や健太にとっては〝尾張〟の意味も含むが、ただそれだけのことではない。

今回の立て替え立て直しで色々なものが反転する

……そうだ。鏡写しになる……という。そんな意味合いもあっての〝ヲワリ〟なのだ。

イロハニホヘトチリヌルヲ……のいろは歌は四十七字。

ヒフミヨイムナヤコトモチロラネ………のひふみ祝詞も四十七字。〝ン〟を含まずでの話だ。

これと同じように、アオウエイ・カコクケキ・サソスセシ……と続き、ラロルレリ・ワヲで終わるものもやはり四十七字。これを終わりから逆さまに読むと〝ヲワリ〟から始まるのだ。たどってきた道をヲワリから遡《さかのぼ》って正していかなければ清まらないのであろう。したがって〝ヲワリ〟は尾張だけではなく日之本全体についてのことだ。うまいことできているなあ。


ついでなので付け加えておくと、〝アイウエオ・カキクケコ・サシスセソ……〟と〝アオウエイ・カコクケキ・サソスセシ……〟。一体どちらが正しいんですか。

はい。両方正しいでございます。日本はいつも二本立て。一般的には〝アイウエオ〟でよろしいでしょう。これはまあ暦でいえば太陽暦のようなもの。通常はこれで事足りる。

ところが〝マツリゴト〟というのは今でも旧暦を使いますやろ。太陰暦のことですね。太陰暦といっても日本の場合は季節のズレを調整する〝太陰太陽暦〟仕様だ。イスラムで使っているものは純陰暦。

この旧暦こそが実は味のある暦でして、ですから神事・マツリゴトにはこれを使うのですが、〝アオウエイ・カコクケキ〟は旧暦のようなもの。神々に向けてはこちらの方がよろしい。なぜ〝イ〟と〝オ〟がひっくり返ってるのかって。

それはですね、

『〝イ〟は〝オ〟となりて
　苔の生《む》すまで』

なのだ。

というわけで、〝アイウエオ〟と〝アオウエイ〟、どちらも大切なんです。どちらか一方が正しく、もう一方はよくないなんていう決めつけ方が一番愚かしい。

瀬織津祝詞に戻る。

『ヲワリ清める　言《こと》の霊《たま》』の〝言の霊〟とは〝言葉の玉し霊〟、つまり言霊だ。祝詞そのもののことを指す。

次の『響かせめぐるは言納霊《ことのたま》』の〝言納霊〟は言納の玉し霊のことで、彼女のお役を表している。言・霊を納める玉し霊、ということで〝言納霊〟なのだ。

前作『日之本開闢』を書き始めたのがちょうど二年前。主人公の名前をどうするかと悩んでいたら熊本の言納ちゃんを思い出したので、そのままいただきってしたらこんな展開になってしまった。誰が書かせているんだろう。そんなことはいいってか。では青麻神社に戻る。

言納が無言で瀬織津姫と向かい合っていると、瀬織津姫の持つ玉の中で何かがゆらいだ。

すると次の瞬間だった。

グラグラグラ、大地が揺れた。言納たちは一瞬怯《ひる》んだが、すぐに気を取り直しそのままの姿勢を保った。

仙台を震度４の地震が襲ったのだ。震源地は青麻山地下数百メートルのところ。ついに動き出した。

グウォー、再び地底から突き上げるものがある。今度は地震ではない。光だ。直径五〇〇メートルはあろうかと思われる青い光の柱が天に向かって噴出した。言納たち二人の肉体はその衝撃で瞬間的だが空中に浮かび上がった。が、清めていた分飛ばされずに済んだ。〝清めておけ〟とはこのためだったのだ。

目を閉じたまま意識を上空に向けると、ずんずんと青の御柱が天へと伸びて行く。

するとどうだろう。天からも同じく先が丸みをおびた青い御柱が地に向かって降って来る。もの凄い迫力だ。

地からの御柱と天からのそれが衝突する。ドッシーン。今度は天が揺れた。その衝撃が空気中を伝わり風圧となって地上に届いた。それは仙台のみならず東北地方全体にまで響いていった。

こういうのは何と言えばいいんだ。地震というのは地面が震動するので地震という。今のは天が振動したので天震か。天震。何だか中華料理屋の天津飯みたいなのでちょっとカッコ悪い。空震にしておこう。

この空震は青の御柱が立った合図だったのだ。見事龍体日之本に、赤の御柱と青の御柱二本が立った。これで日之本が開く。

赤の御柱、青の御柱は地球を覆う成層圏を突き抜けると少しずつ寄り添いつつ伸び、太陽系外に達するころにはひとつに合わさった。赤と青が相和《あいわ》して紫色になった御柱は銀河の中心へ向かうために天の川を貫いた。

今から六百五十数万年前のこと。銀河を司る、質量の高いある星からひとつの意識に司令が出た。地球開きのため働けと。途中幾度となく道を外れるであろう人類を正し、守護し続けよと。

受けたのはサナートクマラと名付けられたミタマである。金星にしばらくとどまった彼は銀河全体から地球を守護するミタマを呼び寄せ、そして京都は鞍馬の地に神々として天降《あまくだ》った。同時に木曽御嶽をはじめとし、日本各地の山々にも多くが神々として降り立ったのだが、それは、今の、この瞬間のためにだ。

紫となった光の御柱が、銀河を司る星に到着したことで、サナートクマラが役を達成したことを知った。

これにて地球人類の次なる時代の方向付けだけは正されることになるであろう。と同時に、そろそろ名の付けられた神々に対し、銀河の中心の大いなる意志から引き上げの司令が出されることになるはずである。

地球人類は、名の付けられた個の神々を通り越し、宇宙の根元と個人個人がダイレクトに意思の疎通を図ることが求められる時代へと突入するのだから。

＊

出羽三山で行を積む山伏・小関は先ほどの地震がただ事ではないことを感じ取っていた。

彼は出羽三山の一大イベント、八朔祭《はっさくさい》のため龍神を運ぶ役をかれこれ十年続けている。それだけ信頼があるということだ。

毎年八朔祭が近づくと彼は険しい山道を登り、あるいは地の底まで落ちて行くような崖を下り月山は東《ひがし》補陀落《ふだらく》にある小浜ケ池へと向かう。ここで龍神を祈り出す。

太く長い灯明を立て、池に向かって祈ること数日、やがてサワサワサワサワと水面が波立ってくる。その波が大きくうねりを持ってこちちに向かってくるようになると、いよいよ龍神の出現だ。

小関はなお祈り続ける。するとどうだろう、池の中からピンポン玉大の白い玉がポーンと飛び立つと、こちらに向かって飛んでくる。灯明目がけ龍神のミタマが飛ぶのだ。小関はその白い玉が灯明に入った瞬間にサーッと火を消す。これで龍神のミタマがその蝋燭《ろうそく》に封じられるのだ。それを丁寧にくるみ、背負った籠に入れると崖をよじ登り山を越えて戻って行く。

祭りの日までは神前に祀り、いよいよ八朔祭当日になると三神合祭殿《さんじんごうさいでん》にて灯明に火を入れ、他のすべての火種にする。すると、いるわいるわ、あたりは龍神だらけになるのだ。

そんなお役を長く務める小関が、先ほどの地震でただならぬものを感じたため、その場で祈りだした。天に向かって何かに祈っている。その先には地震によって地へと姿を現した見事な龍神の姿があった。

月山小浜ケ池から出現した白龍だ。

そのころ蔵王山頂付近のお釜からも姿を現し天に昇る龍神がいた。青龍だ。月山からの白龍、蔵王からの青龍は示し合わせたように仙台上空へと向かった。

すでに雨は止んでいた。仙台上空では遺伝子が螺旋をえがくように二体の龍神が並行して渦を巻きながら舞っている。

青麻神社の神殿に座る言納たちも上空の様子を感じ取っていた。

（おー、すごい）

健太は感激しつつその様子を感じ取っていたが、言納には気にかかることがあった。

（〝揃うた御柱　寄り添う日、金色《こんじき》の龍が空を舞う〟……瀬織津姫様はたしかそうおっしゃったわ。なのに金龍の姿が見えない。これから現れるのかしら……）

確かにそうだ。今のところはまだ金龍の姿はどこにも見えない。

美しくからみ合いながら天を舞う二体の龍神が激しく回転しはじめた。その回転速度はみるみる加速し、今や色の見分けさえもつかない。白と青が混ざり合い激しく回転する様はまるで竜巻だ。あー、そうか。だから〝竜巻〟というのか。いやはや、感心してる場合じゃなかった。

龍神が変化《へんげ》した渦に陽の光が反射し、キラキラと光るものがある。鱗《うろこ》か。いやそんなはずはない。では何だ。

龍体竜巻がさらに回転を速めた。

（あれ、見えなくなっちゃった。消えたのかしら……そんなわけは……何か吹き出てる。何？　あのキラキラするもの……）

竜巻から無数の粉のようなものが吹き出ている。金粉だ。竜巻から金粉が飛び散っているのだ。

バーン！　何かが爆発したような爆音が天空に轟いた。一面は金粉と白い煙が立ち込め何も見えない。

（えー、どうなっちゃったの？……）

空には静寂が戻り、時と共にたち込めた煙も消え始めた。もやが晴れるようにゆっくりと。

（何かしら、あの光……）

（あれっ、何が光ってるんだ……）

煙の中の様子が窺《うかが》えるようになってくると、キラリと輝くふたつの光が見える。

だんだんと見えてきたぞ……あれは……。

「わ――っ」

「わ――っ」

二人揃って大声をあげ、健太にいたっては驚きついでにうしろへひっくり返ってしまった。すぐ目の前で巨大な金龍がこちらをジーッと見ていたのだ。ふたつの光は金龍の目だ。鋭い眼光を以て睨むように二人を見据えており、その威圧感たるや半端ではない。

しかし二人は不思議と恐怖を感じることはなかった。鋭い眼光の奥に人々を慈しむ思いを感じたからだ。

（これが龍心なのか……）

その目はすべてを見抜く。限りない慈しみが生みだす智恵が洞察力となり、何ぴとたりともその思い、行いを誤魔化すことなどできないのだ。

（うっ……それが龍眼か……）

健太は己れの非力を痛切に感じた。しかし、まだ登り始めたばかりだ。致し方あるまい。

どれほどの時が流れたのだろう。二人の正面に対峙していた金龍が動いた。静かに目を閉じたかと思うとゆっくり上空を見上げ、うねりながら天へと昇って行った。

金龍は東北地方を大きく一周した後に四国へ向かう。が、その前に寄るところがあった。諏訪湖だ。ここは日本龍神界の拠点のひとつであるため、生まれたての金龍はエネルギーを充電しに諏訪湖に潜る。凍《い》てつく冬の最中《さなか》、湖面に現れる御神渡《おみわた》りは本当に龍神のエネルギー作用があるんだぞ。

出羽三山から様子を伺っていた小関は、去り行く金龍を追い、大きく法螺貝を吹いた。

*

社務所で宮司の仕事を手伝っていたこころが神殿へと向かった。地震後も戻らぬ二人の様子を見に行ったのだ。中を覗いてみると何事もなかったかのように座る二人の後ろ姿が目に入ったが、まわりに漂う空気がいつもと違う。何か緊迫感があるのだ。そこでこころも二人のうしろに座り、心落ちつかせ手を合わせた。

（あら、何かしら）

目を閉じ座っているこころのほほを何かが触れた。次は肩に、頭に、ひざにと何かが軽く触れる。はじめは小さな紙切れか何かが風で飛んできたのかと思っていたのだが、いつまでも収まらない。そこでそーっと目を開けてみた。

（えー、どうして？）

天井から留《とど》まることなく藤の花が降っているのだ。神殿じゅう藤の花だらけ。言納たちの頭や肩にも雪のように小さなうす紫色の藤の花が積もっている。こころはただただそんな光景を見つめていた。

*

『厳しき教えに背かずして
激しき流れに怯《ひる》まずして
よくぞここまで神々と
共に歩んで下さいました

剣山での触れ合いも
とても幸せに感じておりました』

（ありがとうございます。私もこれ以上の喜びを感じたことがありません）

『ご覧になりましたね
青の御柱立ちし瞬間
これでわたくしの封印が完全に解かれました
心より深く感謝いたします

いよいよ天が開かれました
あとは地にてあなたたちが
こころざし同じくする者同士で
77に至るのみです』
（あの…………）
『全体意識を高め、次なる高次元へとつながるこ
とができる臨界点へと到達させるのです
大勢の人々が動いていています
新たなる次元は
神々の世界まで人々の⊕エネルギーが到着する
ことで扉が開かれます
その接点が臨界点なのです
古くから岩戸開きと呼ぶところ
それが77　臨界点です

姿勢を正しなさい
歪《ゆが》んだ姿勢では眠っている細胞を呼び覚ます
ことができません
歪《ひず》んだ姿勢では学びが正しく消化できません
降りそそぐ神々からの神光線が受けられないの
です

天の数歌と共に人々に伝えて下さい
あなたのお役です

背に降りつしは　秘めたる力
歪みがありては　秘めたまま
背折りつ姿勢は　閉ざした姿勢
背すじそらせば　道すじそれず

天の気通る　背降りつ姿勢
　人々至る　臨界点』

（77は臨界点のことだったんですね）

『そう。それには女性性を開放することが絶対条件になってきます』

（女性性の開放……ですか）

『女性原理といってもいいでしょう。

男性と女性が交わり、女性が頂上に達したとき、女性と宇宙との間にある扉が開かれます。

女性は宇宙の神秘をヴィジョンとして感じ取ることができるのです。

ですが、男性は長く続かぬ絶頂期を不満に思い、やがて女性性への妬みとしてしまいました。

与えるのは男性側。女性は受ける側にも関わらず、男性には得られぬその継続性に嫉妬をしたのです。

しかも、女性の絶頂期がいよいよ臨界点に達したときに開かれる扉の向こうには、神々の姿があり、宇宙の神秘を見ることができるのですが、男性はそれを恐れ封じ込めてしまいました。

理屈では説明のできない真理を知ることが恐かったのです。

それで女性が降ろした神秘なる言葉やヴィジョンを認めようとせずに封印してしまいました。

罪悪感という感情を利用して。

それを開放するときがやってまいりました。

臨界点に挑むことに恐れはいりません。

罪悪感も必要ないのです。

臨界点のもうひとつの意味するもの、

それがいまお話した通りです。

77にブロックを掛けたのもそのため。

人々の⊕エネルギーが高まることで達するといった意味での臨界点だけならば隠す必要はありません。

ですがもうひとつの意味、女性性の開放については赤の御柱、青の御柱共に立ち、金色の龍が出てからでないと危険があったからです』

（危険？）

『そうです。今までそれを世に訴えた人はことごとく潰されてしまいました』

（どうしてなんですか）

『反転するからです。

鏡写しの世となるからです。

それを男性は許せなかった。

受け入れる勇気を持つことができなかったのです』

そうなのだ。

今まで、男性は女性よりも精神的に高度な生き物と位置付け、女性には悟れぬ宗教的真理も男性には得ることが可能としてきた。

父からは精神を授かり、母からは肉体をもらったといった表現もあるように、男性は精神的であり女性は肉体的であると。

火が男性、水は女性というのもそうだ。火は霊につながるため男性は精神的。水は肉体であるから女性はやはり肉体的な生き物であるとしてきた。

たしかにそれも間違いではなく、それぞれの特性でもある。

だがしかし、女性が絶頂期のなか臨界点に達すると、人と神々との間にあった扉が開放され、女性はダイレクトに宇宙神秘とつながる。男性にはできぬことなのだ。

するとどうだろう。今までは精神的、科学的に優位に立っていた男性は女性にその立場をひっくり返され、また、真理であるにも拘《かか》わらず男性の理論的思考パターンでは理解できないものを女性が受けるため、男性は自らの存在価値を保つのに力で押さえ潰すしかなかったのだ。意気地無し。

自分の方が優れていると思っていたのに、実は男は女の下にいた。それを認められないか。

オレが判らないことをナゼ男よりも劣る女が判る

のか。それが許せないのだろう。

それで女性が受けたものを立証できないとしてすべてを否定した。了見の狭い科学者によく似ている。

しかし、女性が受けるそれは、現代社会の理論・理屈から外れたことであってもそこには真理が秘められており、男性にとっては理外であっても宇宙の神秘からは〝理〟そのものだ。これを〝理外の理〟という。

〝理外の理〟なんだから、判ろうとしない奴はいつまでたっても判んないし、判りたがってない奴に判らせようとしても判らない。

*

近い将来ヨーロッパのある国からすべてをセットアップされた救世主が現れることになるであろう。準備は着々とすすんでいる。

彼は戦争なんかを止めたりもするだろうし、いっぱいいっぱい奇蹟なんかも起こしちゃったりするであろう。そのように段取りが組まれているのだから。そして世界中で彼に帰依する者が続出し、その宗教は益々栄えることになる。

そこで彼らは罪悪感というものを利用して女性性の持つ神秘能力に蓋をする。腕力、そして権力によって牛耳ることができる世界のままにしておきたいがために。

だからこそ反転の作用、今までとは鏡写しとなる崇高な性的能力の封印を解かなければ新たな次元を降ろせないのだ。

今までの
〝左《ヒダリ》＝火足《ヒダ》り＝男性性〟と
〝右《ミギリ》＝水極《ミギ》り＝女性性〟

も反転し、左＝女性性、右＝男性性となる瞬間を持《も》つ世になる。開化だ。

もしかしたら、今までこれらが男性の恐怖心やその他、負の感情によって封印されてきたのは、宇宙の大いなる意志によってプログラムされていただけのことかもしれない。解放すべき適切な時期が来るまでの。

男性は女性性の持つ能力を信じること。たとえ反転作用が起きたとしても男性は何も卑下する必要などない。上下の関係で考えるとそうなるが、違う。左右の関係で考えるのだ。支え合い、尊び合うのだ。

女性性が降ろした神秘は、ただそれだけでは三次元社会に作用させられない。それをカタチにしていくのが男性性の働きなので、共に活かし合いが必要なのだ。

今まで上下で考えられていた男性女性の関係が、左右＝対等になることを認めたくないか。女性に負けたと考えてしまうのか。それはいけない。そうなると今度は男性性が萎縮する。

女性性の神秘能力の高さを認めると、男性は女性から見下されるとお思いですか。そうではないのですよ。むしろ認めることによって、より信頼を得られるのです。そして、そしてね、今までよりもちょっとモテたりもする。いんでねえかい。えー、いんでねえかい。

くり返しになってしまうが、このたび神々が〝赤の御柱〟と〝青の御柱〟を〝火の御柱〟〝水の御柱〟だとか〝太陽の御柱〟〝月の御柱〟と呼ばなかったのもここにある。反転するからだ。

おそらく三十年前ならば神々も〝火〟と〝水〟で、あるいは〝太陽〟と〝月〟の名で御柱を呼んだことであろう。まだ時期ではなかったのだから。

天のとき、来たる。

〝⊕〟で〝＋〟と〝○〟が交わる四つの点は赤の御柱の持つ〝火〟と〝血〟、青の御柱の持つ〝水〟と〝霊〟を表しているものでもあり、縦と横が交わった中心点こそが人。つまり自分だ。

うしろの正面が誰なのかということで特定する神の名を示させられたが、言納にしても健太にしてもそれはプロセスだった。最終的に神々が伝えたいこと、それは〝⊕〟の中心が自分であり、そして……
……うしろの正面こそが本当のワレであるということ。

個々の神々を越え、宇宙の中心のわずか一点、すべての始まりのその一点こそがワレであるという真理。籠の中の鳥は他ならぬ自分自身なのだ。その籠、心地いいでしょ。だから出ないのね、不足を口にしながらも。

けどね、そろそろ出ましょうか。

いよいよ玉し霊も解放するときのようですね。過去のしがらみと罪悪感は今日でおしまい。もう過去生を持ち出すな。うしろ向きで進むでない。ころぶぞ。いや、すでにころんでいるか。前を見てないからだ。

*

金龍が下降しはじめた。めざすは四国の剣山。金龍のまわりには全国から集まった龍神たちが同じく剣山を目ざす。どれだけかは諏訪から共にやって来ている龍神たちだ。

四国が近づいてくると、まわりの龍神たちが金龍に体を寄せはじめた。

（あー、ぶつかっちゃう）

映像を見せられている言納が危惧したが、それは無駄だった。

金龍の体は次々と他の龍体を吸い込むようにして一体と化してしまったのだ。半霊半物質だからか分子構造が違うからなのか、三次元的肉体では成せぬ業だ。

（すごいエネルギーだ。うっわー）

健太にもそれは感じられた。

これほどのエネルギーだと小さな彗星ぐらいは木っ端微塵に吹き飛ばすであろう。

金龍は四国上空に達すると、島全体を囲むように大きく旋回しはじめた。空から見ると反時計回りに、地上から見上げれば時計回りに回っている。蛇口を緩める方向へ空から回っているのだ。反対だと閉まる。するとさらに呪縛強まり封印解けぬ。

地上では黒く固まった邪気に振動が起こり小さな亀裂が無数にできつつあった。

金龍はここぞとばかりに持てる気を発しながら旋回する。亀裂が大きくなった。地上に無数ある黒い固まりが割れはじめたのだ。もとはといえばこの固まり、人が持ち込んだ身勝手な念だ。それが次々と重なり、さらに吹き込まれこのようになった。

金龍が最大限の気を地上にぶつけた。次の瞬間、島中の黒い邪気の固まりが爆発したように吹き飛び霧散した。細かな黒い粒は金龍の気に浄化され空中へと消えていった。

剣山を覆っていたバリアが外れた。

ここでも地震だ。大地がグラグラと揺れている。が、何か違う。通常の地震は揺れが震源地から外へ伝わって行く。いま四国で起こっているそれは、まわりから一点へと揺れが集まって来ているのだ。八十八の点から発せられたエネルギーが大地の揺れとなりある一点へと。

剣山全体が赤く光った。山頂では夜明けの番人をしていた鶴石と亀石の乗る山肌が滑り出した。鶴と亀が滑ったのだ。互いが吸い寄せるように山肌が移動し、ほどなく番人同士がドーンという音と共に統《す》べった。

ググググググ………ググググググ………

剣山山頂の扉に鍵がはめられた。番人同士がひとつになることで鍵になったのだ。

鏡石が沈みはじめた。言納がヴィジョンとして見せられた宝蔵石がそれだ。

じわりじわり、ゆっくりと地中に埋まってゆく。そして消えた。

姿が完全に山の中へと呑み込まれてしまうとそこには大きな穴が開いた。

（あれ、何が噴き出てる。わー、綺麗。虹色の玉だ）

言納が感激するのも無理はない。剣山山頂にできた火口のような穴から噴き出したのは虹色に輝くしゃぼん玉のような玉だった。

山頂から吐き出されたそれらは勢いよく天に向かうと、上空の風に身をまかせ全国へ散らばって行った。そして地上に落ちてそれがはじけるとき、その一帯は清らかな気に包まれるであろう。


金龍の動きが止まった。剣山上空にて大きな体を輪にしたまま動かない。これですべての準備が整った。金龍の体から再び金粉が噴き出た。体温も上昇している。極限まで達するつもりだ。たとえ我が身滅ぼうとも全身全霊を以て日之本を守護するのだ。

（これが自ら龍体となるための心構えなのか……）

健太は畏れ多く、その場で金龍に向かってひれ伏した。


地球全体がぶれた。全体がぶれるのだから地震でも空震でもない。こういう場合は何といえばいいのだ。名前を知らない現象が起きるのでいちいち困る。

剣山山頂から噴き出す虹の玉が白っぽい光に変わった。強烈な光だ。その光に包まれるようにして何かが浮上した。

（何かが現れたわ…………）

（何だろう…………………）

その姿は少し赤味をおびた灰色をしており、卵のように体を丸くしている。

金龍がそれに近づき周りをそっとくるんだ。そして生まれたばかりの胎児のようなその体に息を吹き込んだ。

風が起こった。

すると金龍に囲まれたその体から熱が冷めるように赤みが消えていき、丸まった体をゆっくりと広げはじめた。体には大きな翼がついている。その翼の中に隠れるようにしていた頭が持ち上がった。

（鳳凰だわ。あの鳳凰に間違いない）

言納が見せられていたあの鳳凰がついに籠の中から出ることができたのだ。

頭を持ち上げた鳳凰は大きく翼を広げると金龍の中から飛び立った。そして最初は小さく輪を描き、徐々にその大きさを広げていった。灰色の体はやがて内側から輝き出すと、見る見るうちに美しい銀色へと変化した。

大空に金龍と銀鳳が舞っている。

瀬織津姫にひき続き、籠の中の鳥・銀鳳も封印解除。

日之本開闢。


空中で金龍と銀鳳の姿が交わった。霊体同士なのでぶつかることなく互いの体をすり抜けたのだが、たしかに一瞬交わった瞬間があったように見えた。

すると次の瞬間、銀鳳の胸のあたりから何かが産み落とされて流れ星のように輝きながらどこかへ飛んで行った。

（えっ、何かしら。あたたかいわ）

言納が合わせている左右の掌の中に何かが突然現れた。恐る恐るのぞいてみると、掌の中には美しい勾玉が入っていた。半透明のそれには中央に金と銀で☯のような模様が入っていた。間違いなく金龍と銀鳳からの贈り物だ。

言納は勾玉の中に浮かぶ〝☯〟の模様こそが瀬織津姫が伝えてきた男性性と女性性の融合と鏡写しの姿、つまり表と裏の関係と調和を表していることを理解した。勾玉を裏から見たら、模様は反転して〝☯〟になっていたのだから。

『天の数歌にて
龍の道　お清め下さい
背降りつ姿勢にて
人の身に天の気お通し下さい

それがあなたの龍の道

藤の舞いは言納の言霊

マハリテメグル　天の数歌』

言納が勾玉について尋ねようとした。

『玉届けて下さいましたお礼です

あなたを守護する天の御力

金龍と銀鳳の御子でございます

ヒトフタミイヨ　イツムユナナヤ

ココノタリ

ヒトフタミイヨ………………』

瀬織津姫の姿は歌とともに消えていった。

がしかし、言納たちにはしばらくのあいだ、神々の気が降り注いでいた。

（ありがとうございました。生涯大切にいたします）

言納は瀬織津姫から受けた恩を忘れまいと授かった勾玉をギュッと強く握った。

すると勾玉からなのか、瀬織津姫からか、言納の脳裏に二つの数字が現れた。286と429だ。

ロバートが持ってきた13を発展させた数のうち、この二つだけはまだ答えが出ていなかった。裕子は残る二つを自分たちで調べなさいと言っていたのだが……。

（しまった。忘れてた。あら、三つ巴……）

勾玉三つが輪になった三つ巴が現れた。それぞれに22という数字が入っている。

22は52のうしろの正面で、52は名古屋のみならずＥａｒｔｈ、地球全体も指していた。

また、〝22までに77に達せよ〞というのもあった。平成二十二年までに人々の⊕エネルギーを臨界点にまで至らしめよというものだ。他にも鞍馬山空中神殿での〝二二、一二、九　降臨〞というもの。平成二十二年十二月九日に何が降臨するのだろうか。

22の入った勾玉のひとつが浮かび上がると言納の方へ寄って来た。そして22という数字が消え藤の花になった。２２《フジ》だ。それは瀬織津姫のことに違いない。言納がそう思うと藤の花は〝セオリツ〟の言霊数79へと変化した。

ふたつ目の勾玉が言納に寄った。言納にはこの22がニギハヤヒ尊を表していることがすぐに理解できた。すると同じく〝ニギハヤヒ尊〟の言霊数172に勾玉の数字が変化した。

最後の勾玉が浮かび上がった。

（えっ、夫婦？……夫婦って読むんですか？）

残るひとつの22は夫婦のようだ。車のナンバーで〝１１２２〟は最も人気のあるナンバーのひとつだが、意味するところはもちろん〝いい夫婦《1122》〟である。関係ないかもしれないがニギハヤヒ尊の命日は11月22日だ。

（瀬織津姫とニギハヤヒ尊が夫婦だぞってことなのかしら……）

『結ばれし魂』

言納の脳細胞が動いた。

（結ばれし魂……結魂《ケッコン》……ケ＝9　ツ＝18　コ＝7　ン＝1　……35……えーっ！）

今度は言納がひっくり返りそうになってしまった。

（瀬織津＝79）＋（ニギハヤヒ＝172）＋（結魂＝35）が286になるのだ。

286を日本の守護にするには歴史上潰されてしまった瀬織津姫とニギハヤヒ尊を世に出し、魂の持つエネルギーを結べばいいということだったのだ。

このたび瀬織津姫が表に出た。ニギハヤヒ尊は二〇〇五年愛知万博にて封印が解かれている。あとはそのエネルギーをどう合わせるかだ。金龍と銀鳳も世に出た今となってはさほど困難なことでもあるまい。

ひょっとすると瀬織津姫とニギハヤヒ尊のようないい夫婦が日本中にあふれることで数霊力286が日之

本を暗黒軍団から護ってくれるのかもしれない。

次には勾玉に替わり三本の光の御柱が現れた。日本列島に立つその御柱は、見ていると場を移動している。あるときは大雪山、富士山、阿蘇山にそれらは立ち、またあるときは国後島《クナシリ》、淡路島、沖縄島に御柱が立った。出雲、大和、尾張に立ったこともあった。これにもそれぞれ訳があるのだろうが、言納がいま知るべきことはそれではなかった。

三本の光の御柱にそれぞれ文字が浮き出ているのだ。そして驚くことに、それらの文字を言霊数に変換した言納の脳は、そのままを健太の脳へと送りこんだ。健太の頭の中で間脳と呼ばれるところ、それはまあ頭のまん中あたりにある脳幹の一部分のことで、視床下部《ししょうかぶ》なんていうのがあるところなのだが、ここが言納の脳が発した微電流を受け取り、言納が理解したことをそのまま感じ取ることができた。それで健太は気を失いかけたが、必死でこらえていた。

一本の御柱に瀬織津姫の名がある。言納はその名を見て少し嬉しくなった。すると瀬織津姫の名が〝天道日女《あめのみちひめ》〟の名に進化した。

天道日女は東谷山《とうごくさん》山頂尾張戸《おわりべ》神社に天火明命《あめのほあかりのみこと》と共に祀られている。以前、健太と言納がその正体を調べ、それが瀬織津姫であるという結論に至った。

アメノミチヒメは176だ。

次の御柱には先ほどと同じニギハヤヒ尊。

ニギハヤヒは172。

そして三本目の御柱に〝光〟とある。

81だ。

国際電話で日本の国番号が81なのは、日本こそが光の国であるということ。ウルトラマンはM78星雲の光の国からやって来たが、やって来た先も光の国だったのだ。

さて、(天道日女＝176)＋(ニギハヤヒ＝172)＋(光＝81)が429になるではないか。

瀬織津姫もニギハヤヒ尊もすでに光になってい

る。13×33の429も日之本にあり。

御柱が移動した。

三本の御柱にそれぞれ〝天道日女〟〝天火明〟〝御《み》柱《はしら》〟と浮かんでいる。

ニギハヤヒ尊が天火明に進化している。

（天道日女＝176）＋（天火明＝136）＋（御柱＝117）も429だ。

ちゃんと立っているから大丈夫だ。瀬織津姫の御柱もニギハヤヒ尊の御柱も。

三本の御柱が近づいた。寄り添うようにしつつ移動している。そうすることで列島各地を浄化しているのであろう。

やはり一本に出ている〝天道日女〟はそのままで、次の〝天火明〟が最終段階である〝天照大御神〟にまで達した。

アマテラスオホミカミ、210だ。

そして残る柱には十一面観音の姿がある。瀬織津姫、ニギハヤヒ尊、菊理媛《くくりひめ》の三柱といえばニギハヤヒ尊がオホトシ時代、白山の高句麗姫を訪ねたときに出会ったところから始まる日之本の正当な神々だ。

十一面観音の姿が消えた。そして〝十一〟の文字がそこに残っている。

（十一って何のことかしら……）

言納が疑問に思っていると〝十一〟が〝統一〟に変化した。この場合は十一《とういつ》と読むのだ。（天道日女＝176）＋（天照大御神＝210）＋（統一＝43）で、やはり429だ。すごい。

太陽アマテラスニギハヤヒ尊とアマテラスの通る道すじ天道日女瀬織津姫が立つことで、いよいよ統一されることになる。

何が統一されるのか。

分断されていた縄文と弥生、天津神と国津神、南朝と北朝、それに大化の改新や壬申《じんしん》の乱、戦国時代、明治維新などで理解し合えなかった人と人との思いが統一される。三本の御柱が合わさったのは〝現在〟

〝過去〟〝未来〟をも思いを統一するという意味合いがあるのだ。

　このようなことを目の当たりにした健太は、昨日思いついたことを行動に移すことにした。いつの日にか必ずやってやろうと。

　こころは座ったまま夢を観ていた。
　時間の流れ、それが日月《ヒツク》という小さな規則正しい波になり、こころを乗せて流れている。その波は大きな螺旋を描きつつ天高くまで上昇していた。下を見ると見覚えのある岬が目に映った。エジプトのどこかのそれだ。
　その岬から螺旋状に昇る波が、
『日月《ひつく》整った
　祝いの日月だ』
と語りかけてきた。
　そして最後に〝愛嬌〟こそがその名の示す56であると。

　こころは何のことかさっぱり判らずにいたのだが、夢から覚めても状況を鮮明に憶えていたので後に言納に聞いてみた。

「すごいですよ、こころさん。56はね、こころさんの名前が持つ言霊数なんです。それでね、今の話に出てきた〝波〟〝螺旋〟〝岬〟〝日月〟〝祝い〟〝愛嬌〟って全部56になるんです。きっとこころさんの玉し霊のお役にリンクする言葉ばかりなはずですよ。いよいよその時が来たということなんだと思います。おめでとうございます」

　言納は感じるままにこころに解説をした。あとは安全運転で我が道歩めばいいのではなかろうか。

＊

　四国を離れた金龍と銀鳳が向かった先は琵琶湖である。今、最も急な浄化を要するのがここ琵琶湖なのだ。

　鳴門で発生し、淡路島から放出されたエネルギーがいくら力強いものであっても、子宮たる琵琶湖が穢れていては新たな生命が育たない。そこで金龍・銀鳳が千数百年ぶりかに和合して行ったふたつ目の仕事が琵琶湖の浄化だった。ひとつ目は言納へと送られた玉産みだ。

　金龍・銀鳳が琵琶湖へと潜って行ったところですべての映像は消えた。

　最後、言納には

『名古屋の蓬萊島《ほうらいじま》で待っております』

と。そして健太には

『尾張の亀に建つ社　訪ねて来なさい
　身土不二とは地とつながることとなり』

と伝わった。

　終わった。

　平成一《イ》八《ワ》年一〇《ト》月八《ビラキ》日の岩戸開きで人々の秘戸が開き始め、

　平成二〇年二月二六日、日之本開闢の時期に合わせて赤の御柱と青の御柱が立った。

　あとは人々の全体意識を高め、⊕エネルギーを臨界点にまで持っていくだけだ。

　平成二二年一二月九日、何が降臨するのだろうか。

　謎だったかごめ歌も、神事《かみごと》的解釈やら内なるところのものまでが解明でき、うしろの正面にしてもマハリテメグらせる龍の道も結局最終的には自分自身によるものであるということが判った。

　緊迫していた社の空気もおだやかなものへと変わり、ちょうどガヤガヤと他の参拝客がやってきたので、三人は神殿から退くことにした。

　言納が握りしめる金龍・銀鳳の御子宿る勾玉はいまだに暖かだった。

「お昼ごはん食べにまいりましょう」

と、こころに連れて来られた店は静かな住宅街にある南フランス風の小洒落たレストランだった。

　店へ入るなりスタッフの一人がこころに向かって

話しかけてきた。

「こころさん、お電話がありましてすぐに折り返し……」

こころが店の奥へと入って行った。

（あらっ、こころさんってこの店の人と友達なのかしら）

健太も同じことを考えていたのでスタッフに尋ねてみると、

「オーナーです。この店の」

「えー、オーナー！」

二人とも驚いてしまった。

しばらくして「お待たせしました」と出て来たこころは愛嬌たっぷりの笑顔で前菜のサラダを運んできた。

自分の店だなんてことをひと言も言わないのがかってのエジプトの女王らしい。

よっぽど腹が減っていたのか、ただでさえボリュームのある具だくさんのスープを健太は二杯たいらげた。

「ねぇ、言納ちゃんたち、来年は七夕祭りのときにいらっしゃいよ」

「はい、ぜひ」

言納は元気よく返事をしていたが、健太は心の中で詫びていた。

＊

帰りの飛行機の中、窓からぼんやり外を眺めながら言納がボツリとつぶやいた。

「本当にこれでよかったのかしら」

そして大きく息を吸い込み、フーッと吐くと隣に座る健太に体を向けた。

「ねえ、どう思う？」

「どうして？」

「だって私、何もしてないんだもん。ただお参りしながら旅行してるだけみたい。なのにたくさんご褒美ばかりいただいちゃってさ」

健太は何も答えなかった。言納の疑問は彼女以上に健太も自身に対して持っている疑問なのだ。

「札幌にいるころには考えられなかったわ、今のこの生活」

「52から始まったんだったね」

「そう。札幌かあ。いつかは帰らなきゃいけないのかしら……」

「…………」

それを言うなって。今どうしようか考えてるんだから。

「札幌ってね、143なのよ」

「へー。で、143って何だったっけ」

「瀬織津姫の言霊数よ、やーね。きっと札幌か北海道のどこかに今でも封じられてるはずよ、北の大地の瀬織津姫様は」

「じゃあ、言《こと》が出しに行くか」

「そうね…………けど、それは私のお役じゃないわ」

そうだ。判ってるじゃん。人のお役には勝手に手を出さない方がいい。

「なあ、言。仮にだよ。瀬織津姫がどこかに隠されているとしたら、どこにいると思う?」

「そうねー」

しばらく窓から雲を眺めていた言納が、ふと思いついた場所があった。

「シリベシ」

「んー、どこ?　それ」

「羊蹄山よ。後方羊蹄山って書いてシリベシって読むの。蝦夷富士とも言ってね、富士山に似た美しい山よ。あの山はね、美しい女神様がいるって子供のころからずーっと思ってたの。大雪山系は男の神様って感じだけどね」

「へー、そうなの」

「見てみたい?」

「う、うん。そりゃ見てみたいけど」

「ねえ、健太。今度の冬休み、札幌へ来ない?　まだ一度も来てないじゃない」

健太が初めて札幌へ誘われたのは昨年の夏だった。その後も数度チャンスはあったのだが、金銭的な問題や言納の家族に会うことへのためらいなどで結局は先のばしにしていたのだ。

遠くの土地へ一人で行った娘をお前は取りやがったな、と思われるのではないかと。

あのね、罪悪感は持たなくてもいいって。

「うん。行ってみようかな」

自然に出てきた。そうそう、それでいい。詰まらせるな。人々の内側に詰まりができるので大地を流れる龍の道にも詰まりができるのだ。

言納は逸《はや》る気持ちを押さえつつ、窓の外に声を殺して叫んだ。

「やったー」

「♪いつかふーたーりーで　行きたいね

雪がつーもーるこーろに

生まれた街のあの白さを

あなたにーもー見せたいー………」

言納と健太が雪の鞍馬山で出逢った翌日、車の中で言納が口ずさんだのがこの曲だった。

冬のある日のことだった。

あれから約二年。あわただしい二年だった。

けれども、本当に充実した、そしてとても幸せな二年だった。

「ねえ、そしたらニセコのスキー場へ行きましょ」

「ニセコへ？」

「そう。スキーしながら正面に羊蹄山が見えるの。その麓が私の生まれ育った街。小学校に入る前までだけどね。お父さんには何て紹介しようかな」

「えっ………」

「そうそう、美由紀おばさまもきっと喜ぶわ、それにね、一番の親友のくるみちゃんにも………」

第七章　祈り

その1　戸隠から

仙台から帰り、ひと月ほどが過ぎたある日、健太に生田から電話が入った。鬼無里《きなさ》の家の修復がほぼ済んだので、雪に閉ざされる前に一度遊びに来ないかとの誘いだった。

仙台での報告もあるし他に尋ねたいことがいくつかある。なので週末を利用して言納と出かけることにした。

「長いわねー、このトンネル。もう飽きちゃったわ」

「まあそう言うなって。恵那山トンネルは二つのトンネルがあるんだけど、長さが一九四〇《いくよー》メートルと八四九〇《はよくれ》メートルなんだよ」

「へー、〝いくよー《一九四〇》〟〝はよくれ《八四九〇》〟だなんて面白いわね。わざわざ合わせて掘ったの？」

な訳ないだろう。

完成した当初はそれを対面通行で通っていたが、現在は上り、下りが別々になっており、〝いくよー〟〝はよくれ〟は下り線が使っている。

「そうそう。話変わるけどね、ゆうべ裕子さんと会ってたの」

「お寺行ったの」

「ううん。ゆうべは一緒にお豆腐料理のお店行ったの。ごちそうになっちゃった。でね、そんなことじゃないの。調べてって頼んでおいたこと、判ったのよ」

「んー、何だったっけ」

「〝名古屋の蓬莱島〟と〝尾張の亀に立つ社〟のことよ。どこだと思う？　知ってるところよ」

「えー、全然判んない」

「あのね、熱田さん。熱田神宮よ」

「どっちが」

「両方よ。どっちも熱田神宮のことだったのよ。また行かなきゃね」

「うん。……けどさあ、熱田神宮だったら最初からそう言えばいいのに何でだろう。〝名古屋の蓬莱島〟だの〝尾張の亀〟だのって」

「それはね、多分………」

「多分、何?」

「多分だけど、本殿ではないからよ。もし初めから熱田神宮って言われれば当然本殿へ行くでしょ。どこか違うところよ」

「けどさ、たくさんあるよ、社《やしろ》」

「行ってみなきゃ判んないけど、ひょっとしたら社じゃないのかもしれない」

　裕子によると熱田神宮は古来から〝蓬莱島〟と呼ばれていたという。そして蓬莱島自体が巨大な亀の甲羅とされていたらしい。かつては海岸線が神宮のすぐ先にあり、海から見るとそのように見えたのであろう。ゆえに神宮界隈には亀の名が入る寺院がたくさん存在している。

　神々に向けての大仕事が終わった彼らが次に目を向ける先は自分たちが暮らす地域。その地域の拠点となるのがここ亀の上に立つ蓬莱島、熱田神宮なのであろう。詳しくは行けば判る。

　長野方面へと接続する中央自動車道を一旦伊那で降りた健太は、桜の名所高遠を抜け国道１５２号を北上した。

「ねえ、健太。この道路１５２号でしょ」

「そうだよ」

「熱田神宮も152よ。それにヤマトタケルも。それとね、三輪山大神《オホミワ》神社の前の交差点は県道１５２号なの。あとね、素戔嗚尊《スサノヲノミコト》のお祭り〝祇園祭り〟も152って知ってる?」

　健太は助手席に座る言納をジロリと見た。

「すごいな、次々と」

「この道も熱田神宮に何か関係あるのかしら」

さあ、どうでしょうねえ。確かに熱田神宮の天照大御神とは大神神社の主祭神ニギハヤヒ尊と考えてよさそうだし、ヤマトタケル尊も素戔嗚尊も熱田神宮の御祭神ではあるが。

「ところで今からどこ行くの？」

「まずは杖突峠《つえつきとうげ》」

「笛吹き峠って何があるの？」

「違う。杖突き。行ってみれば判るよ。もうすぐ着く」

ここから見る八ヶ岳と諏訪湖は絶景かな、絶景かな。

車を停め、ドライブインの二階にある喫茶店へ入っていくとストーブが赤々と燃えている。

「今週でここは終わりなんですよ。雪が溶けて暖かくなるまではお休みなの」

店の人がコーヒーを運びつつ、そんな話を二人にした。

峠を越えると、あとはひたすら下り坂が続き、山を降りきるころ諏訪大社の前宮に着く。

特に呼ばれた訳ではないが、金龍は四国へ向かう途中、諏訪湖に寄っているし、健太の住む地区の鎮守の杜の神様が諏訪神社なので前宮だけは挨拶に行くことにしたのだ。

神話に出てくる諏訪大社の御祭神建御名方神《タケミナカタノカミ》の話は全く出鱈目なため、氏子の健太としては納得いかないが、ヤマトタケル尊からも聖徳太子からも〃もう（歴史を）あばかずともよい〃と言われているため、そのことには触れないことにした。

駐車場からのどかな田舎道をとぼとぼ登って行くと、ひっそりとした佇《たたず》まいの前宮が見えてくる。

御神酒を供え参拝すると、

『ここでひと幕降ろす
これからは自ら歩め

ことあるごとに触れるのは終わった』

健太はそのように受け取った。

毎回毎回あれこれと叱られたり教わったりするのはこれでおしまい。今後は自らの考えで歩んでいけということなのだろう。

その後、蔵王刈田嶺神社で見せられた、三角が世界を覆い尽くす図が出てきた。あのときは三角の大きさカタチがてんでバラバラのまま十四万四千の点が結ばれて世界中に広がっていった。が、いまここに現れたそれは、三角の大きさカタチがだんだんと均一化されていき、最後にはすべてが同じ正三角形になった。そしてひとつひとつの三角が丸みを帯び、ドームの屋根のように立体化した。

人々の⊕エネルギーが臨界点に達したときの状態だという。

『この状態にて降臨可能となる』

一方、言納は駐車場からずっと天の数歌言納バージョンと仙台で教えられた瀬織津祝詞をくり返しながら歩いていた。龍の道が通るようにと祈りながら。

天の数歌言納バージョンとは〝人が堅く誓い立て二見の浦から　世に向け出づれば……………〟のあれで、瀬織津祝詞は〝まわりてめぐるは天の道　地下の水脈龍の道　清めて歩むが人の道……………〟のそれだ。

『奪う者には得となり
　与う者には徳となる
　やがて積んだ徳によりて
　望み叶うる天《あめ》の摂理
　マハリテメグル徳の道』

言納にこれの意味するところはまだ知る由もなく、今はただただ言霊を地に与えて歩むが龍の道なのだ。

気が付くと首から下げている勾玉が震動している。言納はセーターの上からギュッと握ると今までは見えなかった神々からの神光線が空から降り注いでいるのが判った。自分たちもその中にいる。いや、その場所だけでなくすべての地域、すべての人々にそれは降り注いでいたのだ。いつでもどこでもすべての人は宇宙からやって来る神のエネルギーの中にいるのだ。

それをキャッチし、自身をそのエネルギーで満たせば眠っている細胞が目覚め、秘めたる力が発揮されるのだ。ではどうやったらキャッチすることができ、どうやれば満たせるのか。

それが、

『背に降りつしは　秘めたる力
　歪みがありては　秘めたまま』

そう、姿勢なのだ。

瀬織津姫がくり返し言納に伝えてきたのはそんな訳だったのだ。

まずは心に芯を持つこと。生きる姿勢を正す。すると背すじが伸びる。呼吸整えればあとは次々とその身に受けるぞ神光線。

＊

諏訪インターから再び高速道路に乗り、今度こそ生田の〝一竹庵《いっちくあん》〟を目ざす。生田が鬼無里の古びた民家に付けた名前だ。一路〝一竹庵〟。

なのに長野市内で善光寺に寄ったり参道のみやげ物屋をぶらついていたので、戸隠村へ入ったのはもう夕方近かった。

日之本潰しをたくらむ軍団が使う数のひとつ、〝91〟は戸隠でもある。ここを開けば益々日之本が護られるわけだ。戸隠神社へは明日、生田と一緒に参拝する。

さて、あとはトンネルを抜ければ鬼無里村だが、ここからが判りづらかった。

「本当にこの道で大丈夫なの？」

「判らない。けどその地図だとこの道のはずなんだけどなあ」

「何だかタヌキとイノシシと山姥《やまんば》しか住んでなさそ

うよ」

民家が跡切《とぎ》れた細い山道を登って行くと、大きな木の向こうに古びた民家が一軒だけ建っていた。

「あれ見て」

民家の屋根からこちらに向かって手を振る人の姿がある。

「あれ生田さんじゃないかしら」

「そうだ。生田さんだ」

生田がアンテナの修理をしているところへちょうど健太たちがやって来たのだった。

「へー、思ったより綺麗ですね」

玄関を入り中をキョロキョロ見回しながら健太は土産に持ってきた酒を生田に手渡した。

「おお、これはすごい」

大きなビニール袋の中にはビール、焼酎、日本酒が入っていた。

生田が造った石狩鍋が残り少なくなったころ、言納が生田作のテラスへと出て行った。

酔って火照った体に夜風が気持ちいい。

その間、健太は仙台での出来事を詳しく報告していた。

「そうだったのか。その日だよ。こちらでも九頭龍が現れ、しばらく天を舞った後、戸隠の天狗を連れて南西の方へ向かって行ったんだ。あれは四国へ行ったのか。なるほどね。あ、おーい言納ちゃーん。手すりがまだ半分しかできてないから落ちないようにね」

「わー、けっこう高さありますね。落ちたら痛そう」

「先週酔っ払った女の子が一人落ちた」

「えー、それでどうしたんですか、その人」

「肋骨折った。ったくさあ。言納ちゃんはあんなおてんばじゃないから大丈夫だとは思うけど」

言納は恐くなったのか寒かったからなのか、二度とテラスへは出て行かなかった。

「そうだ、生田さん。教えてもらいたいことがあるんですけどいいですか。家の近所にチベット寺院がありまして、そこへ行ったときのことなんですけど……」

健太の自宅から車で五分程のところにチャンバリンというチベット寺院がある。円空仏馬頭観音像を有する龍泉寺のすぐ近くだ。チャンバはチベット語で弥勒菩薩、リンは寺を意味し、正式なチベット寺院としては日本で唯一というタルチョたなびく本格的な寺院である。

健太は以前からチベットにひかれるものがあったが、お前の答えここにありと言われ続けていたので結局訪れるのをあきらめていたらチベットが健太のそばにやって来た。

言納も鞍馬の五月満月祭《ウエサクサイ》と同じルーツの祭りがチベットにあると裕子から聞いていたので気になっていた。

そこは龍泉寺から東谷山へと続く龍の道の真上に位置しており、龍の道を通すためにも一度寄ってみる必要があった。

風になびく色とりどりのタルチョを見上げながら正面の階段を登って行くと、大勢の女性が音楽に合わせて舞っていた。二十一人もいる。ターラ菩薩の舞いなのだそうだ。そこで二十一人の舞姫を前にライアを奏でる女性こそが、言納が求めてやまない人であった。

四国で気を失った言納に菊理媛が〝琵琶湖を音霊と言霊にて清める者とやがて縁になる〟と言っていたのは彼女のことであり、〝マハリテメグルハアメノミチ〟を歌う本人だったのだ。裕子が持って来たCDの声の主がいま目の前にいる。言納は踊りと演奏が終わるのを待ってからライアの女性に話しかけてみたが、まわりが女の人だらけのため健太は一旦門の外へ出た。

空を見上げると月が浮かんでいる。新月から数えて五日目ぐらいだろうか、上弦よりも少し手前の月がまだ明るさの残る空に輝いていた。

その月を目にしたときだった。
『チベットから見る月と
　今、お前の目にする月
　何も違わぬこと判るか

　ポタラの宮殿から見上げる月は
　尾張の地から見上げる月と
　同じであることを知るは悟りぞ』

（なぬ…………）

　健太は何のことかさっぱり判らなかった。それを生田に尋ねたのだ。

「そうかそうか。で、健太君なりに答えは出したのかい」

「ええ、一応は」

「だったら答えはもう判ってるはずだよ。チベットまで出かけて行き、そこで気付いたことと、日本にいながらにして気付くことには違いがない。ポタラ宮殿にて悟るものも尾張の地にて悟るものも同じ。結局行きつくところは同じなんだってことだよ。外に探すな、内にあるだね」

「やっぱりそうだったんだ」

「そう。けど間違っちゃ駄目だよ。チベットに行くなってことではないんだ。行きたければ行けばいい。内側にある答えを持ってね。すると、それが正しかったと確信が持てるし深みも増すんだな、これが」

　健太は何度もうなずいた。

「ところで健太君って四年生だろ、今」

「はい」

「どうするの、卒業後」

「いま迷ってます。どうしようか」

　生田は大きめの盃になみなみと酒をつぐと半分ほどを飲み床に置いた。

「健太君は何のプロになるつもりなの」

「えっ、プロですか」

「そうだよ。それを生業《なりわい》とする以上はみんなその道のプロだ。板前さんやシェフは料理のプロだ。タクシー、トラック、バスの運転手は職業ドライバーとして運転のプロだ。主婦だってそうだよ。家事のプロだ。もし主婦が主婦業をしなければ誰がやる？　家政婦を雇わなければいけないだろ。けど主婦が家事をこなせば家政婦に支払う代金を払わなくて済む。つまり主婦だってそれだけの額を稼いでるのと同じだからね。健太君は何のプロを目ざしているんだい」

「…………」

健太は返答につまってしまった。自分が本当にやりたいこととは何かと模索はしていたが、プロになるという意識は持ったことがなかったからだ。

「いいかい。君たちはお金を稼ぐために仕事を選んではいけないんだ。いや、いけないというよりも、自分自身がそれでは納得しないし満足もしない。言納ちゃんだってそうなんだよ。君たちが目ざすのは人間のプロだ」

「人間のプロですか」

「そう、人間のプロ。先生のお宅で見せてくれたノートに書いてあったはずだよ。〝何も持っていなくとも、すべてが足りている自分をつくりなさい〟だったかな」

「それ木曽御嶽の田の原大黒天さんからです。ちょっと待って下さい。ノート出しますから」

言納が気を利かせて健太のバッグから緑色のバインダーを取り出し渡した。

「えー、どこだどこだ、このあたりにっと……あった、ありました」

ちょうど一年前の十一月だった。健太は田の原大黒天より教えを受けていた。

『何も持っておらずとも
　すべてが足りている自分をつくりなされ

　手ぶらであっても
　何も足りないものがない自分でいなされ

ただそのままで
　全部の力を出しきれる自分になりなされ
　どんなときでも困りはせんぞよ
　どこへ行っても安泰ぞよ』

　ほとんどの職業には必ずといっていいほど道具や材料というものが要る。料理人でも医師でも床屋でも大工でも。だが大黒天は健太に何も持つなと伝えた。

「なるほど。生田さん、自分がどうあるべきかが少し見えてきました」

「大黒天さんの教えなんだから間違いないよ。君の進むべき道、それは人間のプロになること。肉体についても内面についても、それに玉し霊もそう。それらをよく知ったうえで人を読む。それが君のテーマでもある〝龍眼〟につながるんだよ」

「すごいわ。絶対そうすべきよ」


言納も赤い顔をして納得している。

「厳龍さんからもっと学んでおけばよかった。今さら言っても遅いけど」

「健太君の家から尾張旭《オワリアサヒ》市ってところは遠いの？」

「尾張旭市ならすぐ隣です。車で五分、自転車だと十五分……かな」

「なんだ、そんなに近いのか。実はそこに僕の仲間がいるんだけどね、若くて霊格の高い子を探してるんだ。紹介するから一度会ってみないかい。あらゆる面から人を観る。プロだよ、人間の」

　そんな話に熱が入っていると電話が鳴った。時計を見ると十一時を過ぎている。

「めずらしいなあ、こんな時間にうちの電話が鳴るなんて」

　少しふらつきながら立ち上がった生田は、部屋の隅っこに無造作に置かれている電話の受話器を取った。

「はい、生田です。……はい。……はい。えー、そうです。……ああ……ええ、今いますよ、ここに。替わりますから少しお待ち下さい……いいえ、かまいませんよ……はい、ちょっとお待ち下さい。健太君、山口さんていう女性からだよ」

「山口さんって……」

健太は不可解な顔付きで受話器を受け取った。

「もしもし。はい。……なーんだ、琴可さんですか」

健太が言納に目で合図を送った。

「はい、大丈夫です。少し酔っぱらってますけど。……………ええ……………」

健太の顔から笑みが消えた。

「どうしたの？」

言納が声をかけたがそれには笑えなかった。

「判りました。はい。こちらでも相談してみます。ええ……そうです。ここの生田さんはそういった方面にも詳しいですので。はい。……こちらからも電話を入れますので。はい……はい、ではお休みなさい」


受話器を置いた健太は琴可の話を頭の中で整理していた。

「ねえ、琴可さん、赤ちゃんに何かあったの？」

言納が心配そうに尋ねた。

「赤ちゃん？……あっ、そっか。赤ちゃんいたんだったな、お腹に。けどそのことじゃない。和也さんが行方不明になった」

「行方不明って？　ねえ、健太。いま和也さんどこにいるの？」

「それが判んないから行方不明なんだろ」

健太は思わず怒鳴ってしまった。無理もないけど。

「健太君、ちゃんと話してくれないか」

「はい。山口さんのご主人で国際ジャーナリストの和也さんって方がノルウェーで行方が判らなくなったらしいんです。何かの情報の実態をつかむための取材途中に。危険な仕事のときはいつも八時間ごとに連絡が入るらしいんですが、もう四十時間以上連絡が来ないって」

「そういうことか。ジャーナリスト……どこかで拘束されているんだろうか。……けどなあ、ロシアや中国ならともかくノルウェーだろ。もし政府による拘束なら外務省に連絡が入るはずだしなあ」

「生田さん。いまの僕たちにできることはあるんでしょうか」

　実はこのとき生田にはある目論見があった。

「…………ある。できるかどうか判らないけど、可能性はある。明日早朝に戸隠神社の九頭龍社へ行こう。力が借りられるかもしれない」


　戸隠神社は宝光社、中社、奥社など五社から成っており、九頭龍社は奥社と並んで一番山の奥に鎮座している。一応五社を巡る順番というものもあるが、生田の目的は九頭龍社のみ。

　杉の巨木が左右に規則正しく並ぶ参道はひたすらまっすぐ伸びている。この日はすでに冬の訪れを感じさせるような冷たい風が吹いていたが、一刻も早く目的地にたどり着きたいがため小走りに突き進んだので、風格ある随神門をくぐるころには寒さも気にならなくなっていた。

　紅葉が美しい。だが彼らの目には色づいた木々も映らない。

　奥社にはすでに何人かの参拝客がいた。生田はかまわず九頭龍社に向かったが、健太は一応奥社にも挨拶しておこうと社の前に立つと〝九頭龍社に行け〟という。それが誰からかは判らないが言納の手を引き急いで生田を追った。

　生田は有り合わせの供え物を社の前に供えると何やら印を切り経文のようなものを唱えた。それから再び両手で印を結んだ後、右手を胸に当て口笛を鳴らし始めた。誰かを呼び出しているのか。

　健太はゆうべから迷っていることがあった。和也を助けてもらうことを己れに祈るにはどうしたらいいのだろうかと。

　すると例の山の仲間が現れた。さすが修験道の山。

つながっている。

『お前が人を動かすんだ』

（…………誰だろう）

『オレだ』

振り込め詐欺ではない。

（どうしてここに…………それはいいか。それよりも、今の判らない。何のことだ）

『お前が友を救い出せ』

（どうやって）

『友を救う人を動かす』

（だからどうやって）

『お前の確固たる信念が相手に気分として伝わる。完全なまでの創造が幾多の偶然を奇蹟に変える』

（本当にできるのか）

『お前次第だ』

（方法が判らない）

『今から友を救い出すことを創造しろ。集中するんだ。

それで、一番はじめに思い浮かんだ人物に全身全霊を以てお前の思いを送れ』

（一番最初に浮かんだ人だな）

『そうだ。やれ』

（それが誰であってもか）

『…………』

（判った。やる。やってみる）

健太は体の中の空気をすべて吐き切ると、次に大きく吸い込み念じ始めた。自分が和也を救い出すための完全な創造を生むために。

（『ワォー、この茶碗蒸し、ギンナンが4つも入ってるぜ』…………ロ、ロバートかあ、おい）

健太はどうしたものかと思い、隣りで祈る言納の肩をつっつき訳を話した。

「判んないけど信じてやってみるしかないじゃない。私もやるわ。一緒に送りましょ、ロバートに私たちの思いを」

颪が起こった。

生田が呼び出したのはやはり天狗であった。

昨日ノルウェーの名を聞いたときから生田は天狗の力を借りようと目論んでいたのだ。

ここ日本の天狗界はスカンジナビア半島と密接なつながりを持っており、双方の天狗が互いに行き来している。したがって当然ノルウェーにも影響を及ぼすことはできる。

日本人の場合、人種的に近い民族といえばアジアのいくつかの民族であったり、イヌイットや北米の先住民、あるいは南米各地に暮らすインディオの末裔などにそれを感じる。

だが、つながりというものは肉体人種的な部分とは関係なく、国家間にもそういったものがあるのだ。ヨーロッパではイタリアやトルコが日本と深いつながりを持っているし、西アジアではイラクやヨルダンよりも明らかにイランの方が近い。別の意味ではエジプトや南米大陸のいくつかの国と太古からのエネルギーを共有している。やがて判明するであろうが、エジプトとのつながりはユダヤと日本の関係以上のものがある。また、スカンジナビア半島のノルウェーや北太平洋に浮かぶ島アイスランドもまた日本と共有するものがあるのだ。端的なところをひとつだけあげれば、日本もノルウェーもアイスランドも先人たちは鯨を食して生きてきた。その是非についてはともかく、今でも天狗界のパイプは通じているのだ。

それで生田は天狗と取り引きをした。力を貸してもらう代わりに、天狗界に対し何か行をするということで。何をするかは他言すべきではないため、行者生田は決してそれを口にすることはなかった。

スウェーデン首都・ストックホルム。

「やあ、ヨハンセン。おはよう」

「あれ、ボス。おはようございます。いらしてたんですか。連絡して下さればお迎えにあがりましたのに」

「いや、いいんだ。気にせず仕事を続けてくれ。急に君たちの顔が見たくなったんでね、ちょっと寄っただけだ」

　だが、そんな言葉を真に受ける者は誰もいなかった。ロバートが部下とランチを食べるためだけにチューリッヒからわざわざスカンジナビアくんだりまでやって来るような男でないことは誰もが知ることだ。

　ロバートはアメリカ合衆国政府機関を辞めてからはしばらくモロッコやチュニジアあたりをぶらついていた。が、それまでは激動する国際情勢を敏速に分析し、国家の方針に少なからず影響を与えるような仕事をしてきた男がそれで満足するはずがない。

　やがて彼はそれまでとは逆の、つまり政府として情報を集めるのではなく、各国政府機関に情報を売りつける情報屋に転身した。合衆国時代培《つちか》ってきたネットワークがものを言い、商売はすぐに軌道に乗った。それで今ではストックホルムにまで支社を持つようになったのだ。貿易会社という表向きで。したがって実際に貿易も行っており、情報屋であることをすべての従業員が知っているわけではない。

　だがこのときロバートが急にストックホルムへ向かったのは、本当に気分がそうしたのだ。急に湧き上がってきた〝どうしても行きたい〟という気持ち、それが彼を動かしたのだ。

　これこそが祈りの力というものだ。

　健太、言納、生田ら三人の強い思いと陰で動いた天狗の力だ。

　祈りは通ずる。

「ヨハンセン。何か新しい動きは出ていないか」

社長用の椅子に深くもたれ、出されたコーヒーをすすりながらロバートが聞いた。

「相変わらずロシアはウクライナやベラルーシに圧力をかけ続けてますね。あれじゃまるで弱い者いじめですよ。サハリンの資源開発でも好き勝手なことを言って相手国を苦しめてますが、その言いぐさが環境保護のためだっていうから笑わせてくれますよ。オホーツク海だか日本海とやらに古くなった原子力潜水艦をさんざん沈めておきながら」

「まあ、それだけ切羽詰まった経済状況なんだろう。合衆国に対する防衛策でもあるがな。他には?」

「あとはそうですね、大したことではないんですが、オスロのフレドリックからの情報で、日本人が一人セイフハウスに連れ込まれて出て来ないとのことです。ジャーナリストらしいですが」

「どこのセイフハウスだ」

ヨハンセンがニヤリと笑った。

「ボスの古巣ですよ」

セイフハウスとは各国諜報機関が持つ、まあいわゆる隠れ家だ。アジトと言うべきか。都会のマンションの一室がそれに使われたりするのだが、防音壁が施されているため拷問による叫び声も外へは漏れない。

「名前は」

「判っていません」

「年齢は」

「それもよく判らないのですが……」

ロバートがなんだという顔をした。そんな程度では価値ある情報、ハードインテリジェンスにはなり得ない。どうせフリージャーナリストがスクープ欲しさに身の程知らずなことをしでかして捕まったんだろう。

「東洋人は年のわりに若く見えますからねえ、三十前か少し過ぎたところって感じでしょうかね、この写真を見る限りでは」

「おい、写真があるのか」

「ええ、ありますよ。これです」

ヨハンセンが三枚の写真をロバートに渡した。

（この顔……確かに見覚えがある。誰だ……）

ロバートは必死で記憶の糸をたどった。

＊

ロバートは今年四月、健太たちと龍泉寺で出会った後、一応彼らのバックグラウンドを調べた。別に彼らが疑わしい人物だからというわけではなく、合衆国政府及び闇の勢力が企てる陰謀を伝えるのに相応《ふさわ》しいかどうかを確認するためだ。すでにこのときロバートは政府機関がやらかす世界戦略のための蛮行に愛想を尽かしていたのだ。そして六月に再び日本を訪れ、13を元にした数の戦略を伝えた。

健太と言納は、ロバートと出会った翌月、琴可と和也の結婚式のため東京へ向かった。東京こそスパイ天国で、これほど自由にスパイ活動を行える大都市は他にない。ロバートの持つネットワークも東京が拠点になっており、一人のエージェントが健太たちを尾行した。その報告の中に和也の写真が複数入っていたのだ。当然といえば当然だ。和也たちの結婚式のために東京へ行ったのだから。

報告を受けたロバートは和也の職業が国際ジャーナリスト及びフォトグラファーとあったためその顔を脳裏にインプットしていた。さすがは合衆国政府のシンクタンクの元メンバー、一度憶えた顔は忘れないのだ。


「健太だ、思い出したぞ」

「どうしたんですか、ボス。突然大きな声出して」

「おい、ヨハンセン。たしかダックの写真が金庫にあったな。すぐに出してくれ。ネガもだ。それと今からすぐにオスロに行くので手配してくれ。あとオスロのダックに連絡して、いや、いい。それは自分でやる。君はフレドリックにセイフハウスを監視するよう伝えるんだ。もし日本人が連れ出されたら後を追え。絶対に見失うなとな。頼んだぞ」

その2　蓬莱島

ノルウェー首都・オスロ。

「ダック、呼び出してスマン。元気そうで何よりだ」

「ああ、お前もな。それよりもめずらしいじゃないか、チューリッヒのお忙しい実業家がこんな寂しい街までやって来て。キャビアの買い付けか」

二人はがっしりと握手を交わした。

「ワインでもどうだい」

「いや、今日はアルコールはなしだ」

ダックの誘いをロバートはきっぱり断り、パスタだけを注文した。

いくつかの世間話を持ち出したが、二人とも心ここにあらずだ。明らかにダックはロバートの腹を探っている。ダックは元同僚。ロバートがキャビアの買い付けなんぞでここまでやって来たわけでないことぐらいは初めから承知のうえだ。

そこでロバートはパスタが運ばれてくる前から本題に入ることにした。

「なあ、ダック。オレと取り引きしないか。悪い話じゃないと思うぜ」

「取り引き？　お前とか。だめだだめだ。押し売りはやめてくれ。ただでさえ予算削られてるこのご時世に冗談じゃないぜ」

ダックは大きく首を横に振ると、背もたれによりかかり天井を仰いだ。

「そんな話じゃない。この男を解放してほしいんだ」

ロバートが三枚の写真をテーブルに並べた。和也の横にはダックが写っている。セイフハウスに入るときに撮られたものだ。

ダックとは本名ではなくニックネームだ。ちゃんとジェームス・シモンズという名前があるのだが、前へ突き出た唇がドナルド・ダックによく似ているため学校でも職場でもその名を付けられてしまうのだ。ダックと呼ばれて二十数年。本人もそれが本当の名前のように感じており、たまにジェームスと呼ばれても自分のこととは気付かないことがあるらしい。

ホウェッホウェー。

「お前、この男を知ってるのか」

「ああ、知ってる。日本の友人が親しくしている男だ。ジャーナリストだが叩いても埃は出ないぜ、この男からは」

ダックがロバートの目をしばらく見つめた。こいつはどこまで知っているんだ、この日本人を…………。

「奴はトロムセに向かった。観光旅行でないことだけは確かだ」

「トロムセ。…………あー、ハープ計画を探っていたのか。あれなら今さら調べられたところでペンタゴンに不都合があるわけでもないじゃないか」

ペンタゴンとは合衆国の国防総省だ。

HAARP《ハープ》計画

国防総省が行う地球上空の電離層をコントロールして気象を司るというもので、高周波活用オーロラ調査プログラムと訳されている。

が、その実態は。

専門家によると北半球八ヶ所とオーストラリアにあるパラボラアンテナから電離層めがけて電磁波をぶつける。すると電離層の中にある電子や陽子といった荷電粒子がぶつかり合って熱が発生するという。電子レンジと同じ仕組みらしい。するとどうなるか。ジェット気流に変化が起こり、それが異常気象をもたらす。現在世界中で起こっている熱波、寒波、豪雨、ハリケーンはそのせいなのだそうだ。

二〇〇三年八月十四日、ニューヨークやカナダのトロントなど北米東部で大規模な停電が発生し、五〇〇〇万人以上が被害を受けた。実はこの停電もハープ計画を完成させるための実験だったといわれている。

なぜそんなことをする必要があるのだろうか。混乱のためだ。混乱と対立により世界征服を企む連中の戦術なのだ。

それを今の異常気象は温暖化によるものであるとか太陽活動の影響であるとしているのだ。もちろんそれもあるだろう。だが陰ではこのようなことが平然と行われている現実がある。やがてはフォトンベルトもその原因のひとつとして利用しだすことであろうよ。フォトンベルトのせいじゃないぞ、その竜巻。フォトンベルト突入という状況を利用した合衆国政府の陰謀だ。だまされるな、日本国民よ。政府はすでに奴等のコントロール下に入ったぞ。大切な地球にお前ら一体何をする気だ。

北半球八ヶ所の基地のうち、最も大きなものはアラスカにあり、パラボラアンテナ五百基を有しているそうだ。他にもカリブ海やアジアにも基地があり、そのうちのひとつが日本にあるって。悲しくなる。スカンジナビア半島にも二ヶ所の基地があり、一つが和也の向かったノルウェーのトロムセにあるのだ。

和也はそれがどれほどの規模なのかを探りに行った。人類と地球の将来を守るために。

ダックはロバートに無茶を言うなよという仕草をした。

「だからといって、はいどうぞと解放するわけにはいかないことぐらいは判ってるだろう」

「日本では今ごろ大さわぎだぞ。外交問題にまでなればあんただって面倒だろ」

「おいボブ、よしてくれ。奴がフリーであることは調べがついている。外務省は動かんよ、すぐにはな。それにいま日本政府はわれわれの言いなりだ。疑おうともしない。たとえ北朝鮮にミサイルを打ち込ませても、まさかわれわれの差し金だとは思わんだろ。

おめでたい連中だ。それにだ、コイズミに引き続きアベも二十六日に政権を発足させてるじゃないか。われわれには逆らいませんという忠誠のしるしさ」

　そうなのだ。小泉政権発足は二〇〇一年四月二六日。安倍のそれは二〇〇六年九月二六日。

　私たちはアメリカ合衆国の奴隷であることを誓います、というメッセージ……かもしれないぜ、ベイビー。
　※後の福田政権発足も二〇〇七年九月二六日。
　ロバートが胸のポケットから封筒を取り出しダックの前に投げた。

「それと交換でどうだ」

　ダックが中身を出し確認した。

「ボブ、貴様……」

　封筒にはダックと金髪娘が抱き合う写真が数枚入っていた。

「残念だがボブ。うちのカミさんはオレには興味がないんでね。こんなもんでは脅しにならんよ。あいつは金さえあればそれでいいのさ」

　ロバートは〝おや？〟という顔をした。

「誰がカミさんに送りつけるなんて言った？」

「じゃあ、どうするつもりだ」

「本部に決まってるじゃないか」

「本部だと？　素人女と少々仲良くなった程度じゃ、本部もいちいち取り上げたりはせんよ。彼女はシロだ。きれいなもんさ。それよりボブ、もういい加減にしないか。せっかくのパスタもまずくなっちまうぜ」

　ダックは手付かずになっていたパスタをフォークにからめ、突き出た口へと運んだ。

　ロバートは三度、四度とうなずいた。

「そうだ。彼女はシロ……だった。あんたが調べたときには、まだな」

「……」

　ダックの手が止まった。

「今じゃ、立派な情報屋だよ。ある男のな」

ダックがロバートを睨みつけた。

「誰だ」

「聞きたいか。お前との仲だ。特別に今日のランチ代だけで教えてやろう。………クレムリンから来た友人だ」

ダックは飲みかけたミネラルウォーターを吹き出してしまった。

クレムリンから来た友人とはロシア大使館員であるとか領事館の職員に他ならない。たいていの国の大使館員はスパイであるぞ。

「所属はどこだ」

「SVRだ」

最悪の事態だ。

SVRとはロシアの諜報機関で、かつてのKGBに相当する。泣く子も黙るKGBだ。いや、逆らう国民は消してしまうKGBだった。それが今のSVRなのだ。

旧KGBは現在SVR（連邦対外情報局）やFSB（連邦保安局）等に分かれており、ポロニウム210を使ってリトビネンコ氏を殺害したのはFSBの方だ。彼自身、かつてFSBの中佐だったのだが、英国に亡命してからはロシア政府にとって不都合極まりない存在になったので消されたのだ。ジャーナリストも政敵も気に入らなければジャンジャン殺す。それが国連常任理事国ロシアの得意技なのだ。

だがここで懸念することがある。英国の追究の仕方だ。あれほど大げさに表面化させればロシアは必ず報復をしてくる。モスクワにいる英国のスパイを二人か三人闇に葬るというような。それを判っていての英国の対応だ。また何かを企んでいるぞ。〝混乱〟と〝対立〟を世に起こすための何かを。

「局長のあんたがクレムリンから小使いを貰う女に熱をあげていたとなると笑い話だけじゃ済まないいんじゃないか」

うん。絶対に済まない。

まずダブルと見なされるか脳ナシとの烙印を押されれ、本国に呼び戻される。ダブルと判断されれば身の保証はなくなってしまい、そこで人生は終わるのだ。

ダブルというのはある国の諜報機関員や情報提供者でありながら敵対する国のスパイになり、そちらに情報を流す二重スパイのことだ。ウイスキーを注文しているのではない。宅配ピザのチーズの量のことでもない。

「ダック。簡単なことだ。オレはこの写真をネガと一緒にあんたに渡す。あんたはこの日本人を放してくれればいい。観光用のパンフレットに使う写真を撮りに来ただけのフォトグラファーだったことにしてな」

ロバートは和也の写る写真をダックの目の前に差し出した。

*

大通りから一本西へ入った静かな通り沿いにある小さな雑貨屋の前にダックの車は停まっていた。後部座席には和也が不安気に座っている。

午後六時三十分ちょうど。

三十メートルほど先、通りの反対側にロバートの運転する車が停止した。助手席のフレドリックが車から降りるとゆっくりダックの車へ向かった。手には例の封筒を持っている。

ダックが窓を開けそれを奪おうとしたがフレドリックは咄嗟に引っ込めた。

「彼がボスの車に乗ってからだ」

ダックは振り返ることもせず、バックミラー越しのまま和也に降りるよう指示した。

だが和也はすぐには従わなかった。

ダックは何も説明していない。和也にしてみれば自分がどうなるのか判ったもんじゃなく、第三国へ連れて行かれて人質にされることだって考えられるからだ。

フレドリックが笑顔で和也に手招きをし、外側から後部座席のドアを開けた。

「ボスからこれをあなたに見せるよう言われています」

フレドリックから一枚の写真を手渡された和也は我が目を疑った。

それには外国人を真ん中に、健太と言納が写っているではないか。星宮神社で撮ったものだ。本殿を掃除していた宮司が気を利かせて写してくれたものが思わぬところで役に立った。ひょっとすると虚空蔵菩薩がこのことを見越して宮司にそうさせたのかもしれない。

仏の力、偉大なり。

「これは?」

和也が聞いた。

フレドリックがロバートの車をアゴで指し、

「ボスはこの二人の友人です。助けに来ました。さあ、あの車に乗って」

それを聞くや否や、和也はロバートの車に向かって一目散に走って行った。

＊

「もしもし、琴可。オレだよ」

「和也、和也なの? 大丈夫? 今どこ? ねえ今までどこにいたのよ。どれだけ心配したと思ってるの、もう。ねえ、一人なの? 誰かそばにいるから話せないの?」

さて、いま琴可はいくつの質問をしたでしょイテテテ。判った判った。ちゃんとやるってば。

「ごめん。心配かけた。けどもう大丈夫だ。今フランクフルトの空港に着いた。すぐに東京行きの便に乗るから明日の夜には……」

琴可は気を失いそうになっていた。ここ数日間は生きた心地がしなかったが、赤ん坊のことを考えとにかく気丈に振る舞っていたため、和也の声を聞いたとたんに全身の力が抜けてしまったのだ。

「おい、もしもし。琴可、聞いてるのか」

「うん、うん……聞いてる……聞いてるよ………」

もう言葉なんて出てこない。よかった。本当によかった。この子が父親のいない子にならなくて……

……琴可は涙を必死でこらえながらお腹を何度も何度もさすった。

和也はそんなことも知らず受話器の向こうでしゃべり続けた。

「それと、帰った次の日、たぶん日本時間であさってになると思うんだけど、名古屋へ行く。琴可も一緒に行ってくれないか。お腹大丈夫だろ。だから新幹線のチケット取っておいてくれないか。グリーン車だろうがかまわないから。それで、健太君と言納ちゃんに連絡して何が何でもその日の夜は空けておくように頼んでほしいんだ。待ち合わせの場所や時間はまかせる」

言納と健太は尾張の亀上、名古屋の蓬莱島熱田神宮で学校帰りに落ち合った。琴可たちが来る前に神宮内で何カ所か回っておきたいところがある。

「健太、こっち来て」

言納が健太の袖を引っ張り正面参道から左へ逸れた。向かったのは本殿ではなく、別宮八剣宮。参道はたくさんの人の往来があるが、ここは誰もいない。

言納は仙台での出来事と、これで体も気持ちも名古屋へ戻って来たことを報告した。

『よくやって下さいました』

(その声は、えっ、言依姫様?)

『これからはこの地を清めて下さい

これからがあなたの龍の道です

わたくしたちにはそろそろあなたたちの元から引き上げるようにと指示が出ました』

(どうしてです。どうして引き上げなきゃならないんですか。どこへ行ってしまうんです)

『すでに知らせてあるはずです

一人一人が宇宙の根元と意識を合わせることができればわたくしたちのお役は終わります

もう神の名を呼ばずともよろしい

根元に名前はありませんので

名を付けることで個のものになります

どうしても名を呼びたければ自分の名を呼びなさい

渡しになれたあなたたなら判るはずです

根元はあなた

あなたこそ根元

すべての人も同じこと

気付くかどうかだけです

気付かせなさい　人々に

しばらくは見護っています』

（あっ、待って。いつの日にか私が肉体を離れたら、ひとつになれますか、言依姫様と）

『すでにひとつです
　ひとつなのですからもうわたくしの名を
　呼ぶ必要もありません』

（あなたが………言依姫様）

言依姫が言納の前に初めて姿を現わした。そして両手を合わせ言納を拝んでいた。

健太は、

『この地で生きよ
　身土不二
　この地とつながりこの地を育てよ』

とのことだった。

これにて二人の各地巡礼の行が終わりとなった。

これからは地に足を着け、縁ある地に生きることで二人の龍の道が始まる。

健太は答えてもらえないだろうと思いつつも、ひとつだけ質問をしてみた。

（もし人々の⊕エネルギーが臨界点に達したとしたら、平成二二年一二月九日、どなたが降臨なされるのでしょうか）

『降臨するのは名のある神ではない
　精神的高次元が降りる
　臨界点に至れば降りる
　至らねば降りぬ
　富士火噴く《二二一二九》までだ』

（降臨するのは神ではなく次元………）

『そうだ　新たな次元が降臨する
　それ自体　今の人類にとっては神だ
　神の思いがそのまま人々の次元になる
　人々はそのまま神の思いを体現する
　それが次なる次元だ
　内　開かねば至らぬ臨界点
　開けよ　秘戸
　高めよ　⊕エネルギー』

名の付いた神を呼ぶなというが、習慣というものがある。消化するにはもうしばらく時間を要することであろう。大昔からそうしてきているんだから、そんなこと急に言われたって……。

琴可たちとの待ち合わせまでにまだ三十分以上あった。どうしようかと考えながら歩いていたら引っ張られた先が孫若御子《ひこわかみこ》神社であった。御祭神は天火明命《アメノホアカリノミコト》。

ところが言納は、
「ごめん。私ちょっと行って来る。ここにいて、戻って来るから」
と言い残してどこかへ行ってしまった。

ここも誰もいない。人が来ない分、気が良い。だから清い。

言納がいつ帰ってくるか判らないので健太は一人で参拝した。

『中和合一
起点尾張
次元降臨
亀上熱田
祝四〇〇年
名古屋開府』
（中和合一が尾張から広まり新たな次元がまずここに降りるということなのか……次元なんて全体へ一度に降りるもんだと思っていたのに……）

確かにそう思う。

後半の〝祝四〇〇年　名古屋開府〟というのは、徳川家康が尾張藩を遷府して、名古屋城の築城を開始したいわゆる〝名古屋開府〟というのが間もなく四〇〇年を迎える。それが西暦二〇一〇年。つまり平成二十二年なのだ。ちょうど次元降臨と重なる。

したがって〝次元降臨　亀上熱田〟というのは、節目のときなんだからしっかりした気持ちでやれ、と考えておけばよかろう……と思う。違うかもしれないけど。

　言納は別宮八剣宮の裏手にある森の中にいた。特に社があるわけではない。

（どうしてこんなところに来てしまったんだろう……）

　そんなことを思っていると、森が話しかけるように何かが伝わってきた。

（ここが蓬莱島の中心地なんだ…………何か強いエネルギーを感じる…………あっ、楠だわ。楠が鍵になってる………）

　熱田神宮には楠の巨木が七本あるとされており、言納が感じたのもそのうちの一本だ。

　しかし、その楠は立入禁止区域にあるので、一般人には入ることができない。今では神宮関係者も立入が禁止されているらしく、入ることが許されるのは皇族のみだとか。

（あら、高いところ、楠のすぐ横に穴が開いている。空間に何で穴が開いてるんだろう……少し黄色っぽい穴……窓みたいな……えっ、次元のトンネルっ？）

　そう。その黄色い窓はアセンションできるスポットらしい。どうぞやってみてはいかがか。アセンション・プリーズ。

　ひょっとすると、〝次元降臨　亀上熱田〟というのは、楠の横の窓を通って異次元空間から降臨するのかもしれないぞ。名古屋の蓬莱島とはどえりゃーところだったのだ。あー、おそが。

＊

「言納ちゃーん」

　楠の前で待つ琴可が手を振っている。

　先ほどの楠の木とは別の楠で、熱田神宮境内の最も北に位置する清水社横の楠だ。

　言納と琴可が初めて出会ったのがこの場所だった。友人の結婚式に出席するために福岡から来ていた琴可が、楠を見上げてたたずんでいる言納に声をかけたのだきっかけだった。今は二人共よきパートナーが一緒だ。

「健太君、言納ちゃん、本当にありがとう」

和也がそれぞれの手で二人に握手を求めた。

「君たちは命の恩人だよ。もし君たちと出会ってなければ今ごろ僕はどうなってることやら。特に健太君にはこれで二度目だね、助けてもらったのは」

和也の目に光るものがある。

昨年の夏、それまでは迷っていた琴可との結婚を、健太からのひと言で決意した。飛騨高山での夜のことだった。和也はそのことを言っているのだ。

「とにかくお帰りなさいですね」

「一体何があったんですか?」

健太と言納が口々に話しかけたが、和也は〝うんうん〟とだけ答え、二人を食事に誘った。

「どこか座れるところへ行こうか。そこでゆっくり話すから。何が食べたい?　何でも御馳走するよ。名古屋で一番高級なお店でもかまわないからね」

「えー、そんなこと言われても行ったことないから知らないですよ。だって私たち、いつも予算が二人で三〇〇〇円なんですから。ねえ」

最後に健太に同意を求めたため、皆が笑った。

琴可と始めて出会ったときの楠は〝77は苦しいものだ〟と伝えてきた。生まれ変わる前に通り抜ける〝産道〟のことだ。

しかし今は〝77は喜びに満ちる〟とささやいていることを言納は感じていた。この77はもちろん臨界点のことだ。女としての意味を含めた二つの臨界点である。

＊

二人で三万円ぐらいは必要な和食処はコース料理だけのためか、客は他に一組しかいなかった。そのため、通された個室は名古屋の夜景が美しい特等席だ。

「まずは改めて二人にお礼を言わなきゃ。本当にありがとう。この恩は生涯忘れないからね」

「そうね。命を救ってもらったんだもの、感謝してもしきれないわ」

和也に続き琴可も二人に頭を下げた。

「いえ、僕たちは少し祈っただけです。戸隠っていうところで」

健太と言納は無事を祈ったことに礼を言われてると思っていた。

それに気付いた和也が事の一部始終を話すと、やっと大げさな礼に納得できた。

「もし君たちがリチャード君と知り合いじゃなかったら……」

「リチャード君？」

ロバートはちょっと悪い男のため、健太たちと二度目に会った六月以降はロバートの名前のパスポートを使っていない。

「そんな人知りませんよ」

「そんなことないよ。一緒に写ってる写真見せてもらったんだから」

健太と言納が顔を見合わせた。

「リチャードだけどディックだ。RichardなのにDick、そう言えば判るって言ってたよ」

「もしかして」

「ロバート」

再び二人が顔を見合わせた。だが先ほどと違って二人とも嬉しそうな顔をしている。

戸隠神社で一番最初に思い浮かんだロバートが本当に和也を救ってくれたのかも………。

「そうだ、手紙を預かってたんだ」

和也が脇に置いたジャケットの内ポケットから小さく折りたたんだ紙を出した。手紙というよりメモ書きだ。

「これを渡してくれって」

そこには英語で小さな文字がびっしり書かれていたが、癖のある文字のため読めない。

「どれどれ」

琴可がヒョイと取り上げて訳し始めた。さすが四カ国語を操る女。

「いくわよ。親愛なるケンタ、そしてコトノさん、お元気ですか。あれから僕はカサブランカという街へ行き……」

食前酒と美しく盛られた前菜が運ばれてきたが、皆静かに聞き入っている。

「……それと、またエンクサ、ん?、エンクサン……かしら」

「それ、円空さんのことです。通《つう》はエンクさんって縮めて言うんです」

「間違いないわ、ロバートね」

「うん」

健太と言納はこれで確信を持った。

「エンクさんが見たくなったので、来年の夏日本に行く予定です。今から楽しみだって書いてあるわ」

天狗の思い、〝神仏の力　信じろよ〟がこれほどのものだったとは。そして〝己れに祈る〟ということ。判っていたようで実はちっとも判っちゃいなかった。学ぶことはまだたくさんある。

「で、結局調べようとしてたことの実態はつかめたんですか」

「いや、その前に捕まった。けどリチャード君が、じゃないか。ロバート君がそれ以上のネタをくれた。やがては日本が産油国になるであろうこと。核兵器を持たない国々に対して国連常任理事の5カ国が次々と戦争の種をまいているということ。通常兵器での戦争を今後は増やすというんだ。それと、ハープ計画にしてもさらにその奥があることも含めてね」

「異常気象を意図的に起こすということだけでなく……ですか」

健太の問いに和也が答えた。

「そうなんだ。パラボラアンテナから放たれた電磁波は電離層の粒子にぶつかった後、地上に落ちてくるっていうんだ。それが16Hzの波長になり人々に降り注ぐんだって」

「16Hzって？」

言納が聞いた。

「一般的に人が喜びや心地良さを感じたり、仕事がはかどるときの脳波はα波っていわれているだろ。θ波は4Hz～7Hz、α波は7Hz～14Hz。逆に不快感を覚えたり仕事で計算ミスをするようなときはβ波といわれる領域で、16Hzはそこに入るんだ。具体的に言えば〝イライラ感〟や〝不安〟といったものが助長される。老化や癌の原因にもなり、神経細胞が衰えるため〝そううつ〟にもなりやすくなる。間脳にダメージを与えるのでどんどん人が人らしくなくなってしまうんだよ。それが四六時中降って来る」

「じゃあ、毎日のように起こる凶悪犯罪もその影響があるんでしょうか」

運ばれてくる料理はとびっきりおいしいのだが、健太は箸がすすまない。言納はちゃっかり食べながら聞いているが。

「そうだと思うよ。けどね、それだけじゃないんだ。その程度ではまだまだ人の脳を破壊できないもんだから、人工衛星から直接地上に向けて16HZってやつをぶつけてきてるんだ」

「えー！」

「毎晩真夜中に三時間か四時間程、空から日本の国土に向けて16Hzを照射している。大量殺人に等しい横暴だろ。ゆうべ東京に帰ってから調べたら、ある情報筋がそれはVLFISシステムだって教えてくれたよ」

「それに対する対処法を日本政府は取ってるんですか」

「健太君はどう思う」

「何もしてなかったりして」

健太の答えに和也は何も答えなかったが、笑みを浮かべてグラスのビールを飲み干した。

「じゃあ、僕たちはどうすればいいんですか。何もせずこのまま日本は破壊されてしまうんですか」

「それは判らない。僕は調べたことを報道するのが仕事だからね。むしろ健太君たちの方が良く知ってるんじゃないのかな、ミスター16Ｈｚから悪影響を受けなくするためにどうしたらいいのかを。食事はジャンクフードや肉類を極力減らし、野菜の煮物や豆を多くするとかさ」

「えー、判んないですよ」

するとと夢中になって食べることに集中していた言納が突然しゃべり出した。

「簡単よ」

すべての視線が言納に集まった。

「ボブが答えをくれてるわ。16Ｈｚでしょ。そんなの〝嬉しい〟〝楽しい〟〝大好き〟〝愛してる〟で生きていれば大丈夫なんだけど、それでも足りないと思うんだったら円空さんに護ってもらえばいいのよ」

「円空さん？」

隣に座る健太が言納の顔をのぞきこんだ。

「そうよ。エンクウって16なの。みんなであれを彫ればいいいわ。円空さんはそのために生涯で十二万体も彫ったの。円空仏を日本各地に残すことでこの国を護ろうとしたのよ。けどいま残ってるのは五千体ほどでしょ。だからみんなで彫るの、思いを込めてね。そうすれば地球上に現れる16が持つ力は、円空さんの数霊力16が全部無害にしてしまうわ。それぐらい力があるのよ、円空仏って。荒削りだけど。ねぇ、和也さん。今度ね、〝日本全土円空仏化大作戦〟っていう記事書いて下さいよ」

琴可は笑っているが、和也と健太は妙に納得している。いやいや、そうかもしれない。

話し終わるや否や、言納は新しく運ばれて来た料理を早速味見した。男二人は考え込んでいるというのに。

「わー、このイカ、歯ごたえがあっておいしーい」

「イカー？」

琴可が自分の前に置かれた皿の中身を凝視した。

「ねー、言納ちゃん。これアワビよ」

今度は皆が爆笑した。

言納はスライスされた鮑《アワビ》を烏賊《イカ》と間違えたのだ。


言納がさも当たり前のように口走った突拍子もない作戦は、効果の程が疑われるかもしれないが、実は的を得ている。

素人であっても自分に対する祝福の思いを込めて彫った円空仏ならば、そこには喜びに満ちた念が宿る。それを部屋に置いて寝れば、真夜中降り注ぐサタン16Hzでもきっと浄化してくれるであろう。それを広めてゆくことも二人に課せられた龍の道なのかもしれない。

「おい」


これで日之本は護られる。

「なあ、おいって」

「あらら、ジイか。めずらしい」

「ちょっと冥王星まで行っておったんじゃ。惑星から外されたんでな。久しぶりに来てみたら、若い二人、随分成長したなあ」

「まあな」

「心強い限りだな、おい」

「ああ」

「ところであの二人、出会ってから丸二年になるが、どうなんじゃ」

「…………」

「そろそろあれか、おい」

「…………」

「聞いておるのかって。あっ、何だ。どうしたんだ、おい。剣なんか持ち出して。危ない、やめろ。早くしまえ」

「ジイ。残念だが死んでいただく。ああ、もう死んでるのか。ならば消滅していただく。覚悟しろ、ヤーッ」

終章　木曽御嶽に集う

その1　山頂へ

健太が犬山のお屋敷へ言納を迎えに行ったのが、旧暦七月六日午後十時。今から木曽御嶽山へ行く。まずは早朝に山頂をめざす。そして山を降りてからは健太が仙台で思いついた企《くわだ》てを実行に移すために。

ワゴン車の後部座席及びトランクルームには登山用具の他に家出をするぐらいの荷物が詰め込まれており、バックミラーを覗いてみても後方は見えない。

言納屋敷からちょうど二時間、木曽福島の街の手前を左へ折れた。ここまでの国道１９号線では行き交うトラックにペースを乱されイライラさせられることもしばしばあったが、この先はトラックが恋しくなるほどひっそりとしており、闇の世界に突入する心境になる。それでも夏の盛りとあってか山頂を目ざす登山客であろう、ときおり勢いよく追い抜いて行く車もあった。

「あっ、里宮だ。寄っていくの？」

「寄らない。恐いもん」

健太は〝こんばんわ〟と軽く頭を下げて通り過ぎた。

星空が美しい。そこにゆったりと横たわる天の川は巨大な龍体のごとき姿で、善も悪もすべてを許容する懐の深さを有している。

七合目、田の原の駐車場には思いの外《ほか》たくさんの車が停まっていた。テントも幾張りか見える。健太は先客を起こさぬようライトを消して駐車場の最も奥まで進み、エンジンを切った。午前一時だ。今から二時間ほど仮眠を取る。

*

ヘッドライトの明かりを頼りに歩き出して数分、右手に田の原大黒天を祀る社があり、健太は以前受けた教えを活かすことができそうだと報告をした。

今年の春、大学を卒業した健太は、生田から紹介された尾張旭《おわりあさひ》市の人物と何度か会っているうちに、この人だったら自分を育ててくれるだろうことを強く感じたため、彼の助手として雇ってもらうことにした。

人を知るうえであらゆる方面から学ぶことができ、学生時代には得られなかった充実ぶりが確実に一歩一歩人間のプロへと健太を導いてくれている。が、言納は迷いが益々大きくなるばかりで最近はささいなことで口論になることもしばしば。したがって、言霊にて清める龍の道も〝気〟が入らない。

環境が変わることによって価値観が変化し別れるカップルは多い。振り返ってみると、そのような状況になったときは必ずといっていいほどフラれていたことを思いだアイテ。判った判った。痛いなあ。

満点の星空といえども足元までは照らしてくれない。頭にゴムベルトで取り付けたヘッドランプは少し先を照らしながら歩くので、時おり石につまずく。それに真夏といえども標高二千数百メートルではこの時間肌寒く、〝暗い〟〝寒い〟〝恐い〟の三悪魔が二人を襲う。特に〝恐怖〟との戦いが最も苦しく、自身でつくりあげた恐怖に自分で怯えているのだ。その恐怖が魔物と化し、足首をひっぱり背後から覆い被さり牙を剥く。

そんな恐怖にさいなまれていると、思うことは普段おろそかにしてしまっている身内のありがたさばかりであった。

離れてみて、そして孤独を感じてみてはじめて判るのだ。本当に大切な人は誰なのか。誰が自分を愛してくれているのか。自分を本気で心配してくれているのは誰なのかが。

一番世話をしてくれている人を一番後回しにしていたことが悔やまれる。


八合目を過ぎたあたりから斜面が険しくなってきた。登山道には山岳信仰の山らしく、いたるところに神仏が祀ってあった。

健太が時計を確認した。高度計付きの腕時計は二五〇五メートルと出ている。

「ねぇ、ねぇってば。白山と全然違うじゃん。こんな岩場なかったのに、あっちは」

「白山は女の神様の山、水の山。こっちは男の神様の山で火の山。荒々しいのさ。よし、ちょっと休憩しよう。スープ作るから待っててて」

健太はザックからガスストーブとコッヘルを出し、お湯を沸かし始めた。標高が高いため低地よりも早く沸く。マグカップに固形スープを放り込みお湯を注ぐと、あたりに食欲をそそる香りが漂った。

東の空が白み始めている。気が付くと天の川は姿を隠し、いくつかの明るい星だけがかろうじて輝きを放っていた。

雲はどこにも見あたらない。すばらしい日の出が拝めそうだ。

明るさが増すにつれ恐怖心は消え、寒さもやわらいできたため言納も張り切って健太の後を追った。

休憩後、健太の脳裏には名古屋の中心部にそびえるテレビ塔と空中浮港オアシス21が鮮明に現れていた。三種の神器の剣と鏡だ。

勾玉は自分自身の玉し霊。一人の人が玉し霊開眼させ、自分らしさを発揮して生きることができれば三種の神器がひとセット揃うことになる。各自がひとセット揃えることで例の地球を覆う三角がひとつ誕生するので、それを数十セット、数百セット揃えろというのだ。それが健太の龍の道。他の地域はそこに暮らす者が開ける。健太は尾張に三角を充分なだけつくるための山登りであることを悟った。山登り自体が目的ではないのだと。

　九合目に近づいたあたりで背後から暖かみを感じた。健太は不思議に思い振り返ると、真うしろに見事な御来光。うしろの正面アマテラス、だった。

「おい、あれ」

　顔を上げた言納も健太の見つめる先に目をやった。

「わー、素敵」

　大昔から先人たちがそうしてきたように、二人もお天道様に手を合わせた。

　朝日に照らされた二人のそんな姿はまるで観音像のように神々しい。人として最も美しい姿ではなかろうか。

　苦労が報われる。山頂は近い。

「ほら、あれ。あそこが頂上かしら」

　先に社が見えてきた。下からだとここが頂上のように見える。それで喜んで登って行くと実はまだ先がある。

「あれはね、頂上奥社。頂上は頂上本社。あそこからはあと二十分ね」

「フゥー」

　が、ともかく頂上奥社までは何とかたどり着いた。

　御祭神は国常立尊《クニトコタチノミコト》、大己貴命《オホナムチノミコト》、少彦名命《スクナヒコナノミコト》。

　二人にはなじみ深い神ばかりだ。

　昨年秋、戸隠へ行く途中に寄った諏訪大社前宮で
『ことあるごとに触れるのは終わった』

と告げられて以来は、教えやお叱りを受けることが少なくなっており、ここでも挨拶だけ済ませるといよいよ山頂の御嶽神社頂上本社へ向けて出発した。

　ここからは傾斜がゆるくなるが、酸素が薄いのと疲れとでなかなかきつい。健太の腕時計が三千メートルを越えた。頂上までの標高差、あと六十メートル。

　このとき言納に思いもよらぬことが起きた。

『なぜ龍の道を閉ざすのです』

（…………えっ？）

『龍の道を通すのがあなたのお役、なぜ閉ざして歩くのです』

（何のこと？………誰？………あれっ、その声はひょっとして言依姫様。そうですよね。もう出てきてくださらないかと思ってました）

『そのつもりでした』

（龍の道を閉ざしてるって、何のことをおっしゃってるんですか）

『意識を流しなさい

あなたの意識に詰まりがあります

それが龍の道を詰まらせてしまうのです

意識を流すということ

これ　すなわち

地脈・水脈を流すということ

あなたの意識の、いえ、あなただけでなく、人々の意識の詰まりがそれほどまで地球生命体に影響を及ぼすということを自覚しなさい』

言納には言依姫が何のことを言っているのか、すぐに判った。進路についてだ。このまま尾張の地で健太と生きてゆきたい。今までのように、第二の故郷《ふるさと》となった名古屋や犬山に居続けたい。

しかし言納には北の大地で出雲の神々を護るお役がある。名のある神々はもういいのだろうか。けど訳あって生まれた北の大地。名古屋へは玉し霊の成長のためにやって来たのであって、学んだものを持って帰り自分の居るべきところで活かさなければ目的がずれる。

もしそのようなことを何も知らなければ……もし他のクラスメートのように神々の声など聞こえなければ……このまま犬山で祖母と暮らすことにためらいは感じないであろう。しかし、考えてみれば名古屋へ来ることになったのは北海道神宮で見せられた〝52〟のおかげ。あれがなければ名古屋に来ることなんてなかった。やっぱり宿命に逆らうことはできないのか、それとも覚悟を決めてすべてを捨ててしまおうか……。そんなことで思いを詰まらせていたのだ。

『あなたの想いは判っています
その望み　わたくしの望みでもあるのですから
ですが　意識を詰まらせることは別
流すようにしなさい

決して悲観してはいけません
運気の流れまでも詰まらせてしまうことになるのですから』

「おーい、言《こと》」

少し遅れをとってしまった言納に向かって健太が大きな声で叫んだ。

「この階段登ったらてっぺんだぞ」

「う、うん」

「どうした。大丈夫か」

「うん、平気。大丈夫よ」

精一杯元気そうに振る舞うところが健気《けなげ》でいじらしい。神々はこのような姿をやさしく包む。

先ほど追い抜いて行ったグループが二人に〝お疲れさま〟と声をかけてきた。どの顔もいきいきとした顔をしている。いい顔だ。

言納はそんな彼らの喜びに満ちた笑顔によって、残っていた詰まりの最後のひとぬぐいができた。

（この人たち、今を生きている。家へ帰れば何か頭を抱えたくなるような問題だってあるかもしれない。けどこの瞬間はみんな輝いている。笑顔を見せるだけで人を幸せにしてしまっている。そうよ。そけだけでいいじゃない。今、私は幸せなんだから……）

〝今〟にいながら〝未来〟に生きていた。しかも〝夢〟と〝希望〟を持ってではなく、〝不安〟と〝いらだち〟に支配されつつ。

（あーあ、これじゃあ私が16Ｈｚだわ。ごめんなさ

い。よし、明るくいこ）

「ケーンター、本当に来たんだね。御嶽山の頂上まで。うれしーい」

そう呼びながら他の登山客が見ている前で健太に抱きついた。健太はおろおろしている。まわりの目が気になってしまうのだ。このあたり、男は駄目だな。世間体というものがエキサイティングな生きざまを封じ込め、退屈な人生を世に送り出す。

＊

『人々よ
万生《ばんしょう》万物出会うたび
深き謝罪と感謝をの
日々の勤めとなす姿
まことうれしきことなるが
一歩進んで祝福を
すべてに授けよ　それこそが
神の思いを人々に

いさや万生万物に
伝えしことと知りたもう

〝ごめんなさい
ありがとう（ございます）
あなたに祝福ありますように〟

己れの言葉で日々唱え
祈り心で歩まれよ
すべての生を心より
讃えて生きよということじゃ

それこそ今ここ生受けて
命つなげし人々の
あるべき姿よ　神なる姿
祈りて歩むるその姿
まこと美し神なる姿
歩みし道のうしろには

蓮の華《はな》咲く　累々《るいるい》と
遙かな山のふもとまで
蓮華つらなり咲きつづく

人々の
幸《さち》を願いて日々祈り
この世に生きとし生けるもの
すべてが輝く楽園を
心に描き暮らしたもう

清き願いは祈りとなりて
御国に届かんすぐさまに
日々の暮らしのその中で
すべて祈りに変えうることを
心に留めて暮らしたもう

祭壇のみが祈りの場
人よ思うておらるるが
いずこに居りても祈りの場
一歩一歩の歩みさえ
祈りとなりておることを
知りてお暮らし下されよ

心に発する思いのすべて
清き祈りとなすように
日々精進を願いたし』

すばらしい御言葉が降りた。これは人々への教えと共にすべての人を祝福するものでもある。〝ごめんなさい〟〝ありがとう（ございます）〟から一歩進み、万生万物出会う人々を祝福せよというのだ。それが神なる姿であると。つまり神々はいつもすべての人々に対し祝福をしているということでもある。

もし、人が万生万物に祝福を与えて歩むならば、その人のうしろには〝蓮の華咲く　累々と〟ですぞ。ふり返ると蓮の華が累々と咲き続いているなんて、すばらしいことではないか。ただし、〝ごめんなさい〟と〝ありがとう（ございます）〟の順序は、〝ごめんなさい〟が先だそうだ。まず詫びる。それからでないと始まらないという。

〝祭壇のみが祈りの場　人よ思うておらるるが　いずこに居りても祈りの場〟も判っているつもりでも区別してしまっている。どこにいようが神社仏閣の境内なのだ。

　考えてみれば日之本全土が龍の体、日本全国どこであっても聖域なんだから、祈るのにふさわしくない場所なんてどこにもない。特に平成一《イ》八《ワ》年一〇《ト》月八《ビラキ》日の岩戸が開いてからは、神々の降りる社と人々の暮らしを隔てていた岩戸も開かれたため、今ここにいながらにして北海道神宮でも弊立神社でも参拝できてしまうのだ。けど、それよりも普段の生活の中で触れ合う人々を祝福し、その場こそが祈りの場、それを〝知りてお暮らし下されよ〟なのだ。

　さらに続く。

『人々よ
日々の暮らしのその中で
己《おの》れを活かし　他を活かし
魂《たま》の弥栄《いやさか》祈りては
一歩一歩と歩まれよ
歩むる道々置かれたる
貴珠の宝珠に福徳宝珠
己れ気づけば手に取りて
撫でてさすりて歩まれよ

光失《う》せたる宝珠あり
石くれと
見えしよごれた珠《たま》もあり
いずれなりとも貴珠宝珠
我が掌中の珠なるぞ
磨けば光る魂《たま》なるぞ
そを知りたれば　どれもみな

愛《いと》しいとしと撫で育て
慈愛の光で包みたれ

人々よ
置かれしその場で為すことの
ひとつひとつに光を当てよ
光の道をつなげつつ
還り来たれよ　我がもとへ』

なんとまあ…。言葉を失う。〝還り来たれよ　我がもとへ〟となっ。涙が出そうだ。

光を失ってしまった玉し霊。石ころに見える汚れた玉し霊であっても本来は貴珠宝珠。

〝我が掌中の珠《たま》なるぞ〟なのだ。ありがたいことだ。普段発する不平不満や悪想念を思い返すと身につまされる。

陽が昇るにつれ少しずつ風と雲が出てきた。見上げると鷹が雲になって大空を優雅に流れている。先ほどまでは雲に鷹が宿っていたため鋭い〝目〟が山頂の二人を見据えていたが、すでに本体は離れたため残っているのは雲だけ。やがて形はくずれ消えていくであろう。

言納は雲の流れを見つめながらおにぎりを頬張っていた。

「健太のお母さんのおにぎり美味しい。絶妙な塩加減ね。今度健太ん家《ち》に行ったとき教えてもらお」

一昨年の十一月には果たせなかった木曽御嶽登頂をやっと達成することができ、健太は肩の荷がおりた思いだった。厳龍に言われてからはいつも心のどこかに引っ掛かっていたのだ。

（厳龍さん。言納と二人、山頂までやって来ましたよ………）

健太は頂上本社上空に向かいそんなことを思っていた。そしておにぎりを夢中で食べる言納の横顔を見つめ、いまいちど気持ちを整理していた。

（どうするべきなんだ……いや、どうしたいんだ、オレは……）

が、そんなことは露知らず、言納は小ぶりのおにぎりを四つもたいらげた。

山頂でのおにぎりは日本人にとって最高の御馳走となる。お米さん、ありがとうなのだ。

そもそも、言霊数が41だもの、米って。コ＝7、メ＝34で41。

けど、思い出した。もうひとつある。

以前、とある山の山頂で休んでいたときのこと、乱れた呼吸が整ってくると腹が減っていることに気付いた。それでザックの中をあさってみると、他の荷物に押し潰されてぺしゃんこになったジャムパンがひとつ出てきた。

他にも非常食が少々入っていたが、非常食は非常時のためのもので今は手を付けるわけにはいかない。子どものころならいざ知らず、歳がいってからのジャムパンなどそう喜ばしいものではなかった。

（チェッ、ジャムパンだけか）

仕方なしに封を開け、ひと口かぶりついて驚いた。

（う、うまい。メッチャうまいぞ、お前）

あれから十年。今でもあの旨さは憶えている。

ごめん、ジャムパン。あのときは悪かった。許してくれ。罪ほろぼしの代わりとして今ここで世に伝えておこう。

〝山登りは、おにぎりとジャムパンを持って行け〟。

だったら言納に山頂でジャムパンを食べさせて、〝おーいしー、これ最高ね〟とか言わせればいいのにってか。たしかにな。けど、彼らが途中で寄ったコンビニでは売り切れてたんだよ、ジャムパンが。

＊

下りはリズムを保って降りれば楽ちんだ。ヒザが〝笑って〟しまうこと以外は。

笑い始めると、登りのしんどさとは違った辛さが発生する。一歩一歩全体重を片ヒザで支えなければいけないので、足の付き方が悪いとヒザを痛めてしまうのだ。

ジャムパン登山をしたとき、ビニール袋片手にゴミを拾いながら登った。どこへ行くにも入場料などお金がかかるというのに山登りはそれが必要ない。タダで楽しませてもらうのだからこちらも何かお返しをしようと考えたのだ。

空き缶、タバコの吸い殻、ガムの包みなどを片っ端から拾った。ところがヒザが〝笑って〟くるといちいちしゃがむことができない。無理にしゃがむと今度は立てない。

ああ、もう止め。途中で止めてしまった。やれるだけのことはやったのでそれはいいんだ。志半ばで止めてしまっても。

ところがだ、人が近付いて来るとその人の見ている前ではゴミを拾っている自分がいる。誰も見てないと拾わない。神仏はいつでも〝見てござる〟のにだ。

あっ、また人が来た。すると張り切って拾う。行ってしまうともう止める。偽善者かお前は、と自身に問う。情けなかった。〝立派な人だ〟と思ってもらいたかったのだろう。それを何度もくり返すのだ。バッカみたい。

「やっと気付いたか」

「……あれ、ジイ。まだ存在してたのか」

「己れの愚かさに気付いた者はもう愚かではない、と言いたいところだがそうでもないか、お前の場合」

「……また切るぞ、例の剣で、なあ……あっ、逃げた」

さて、ずっと下界に見えていた田の原の駐車場や山荘がぐっと近くに見えるようになった。もうあとひと頑張りだ。

言納は先ほどの御言葉にリズムを付けながら鼻歌のように口ずさんでいる。

♪歩みし道のうしろには

ルイルイルイと華が咲く
蓮の華咲く　累々と
ルイルイルイと蓮が咲く
遙かな山のふもとまで
ルイルイルイ
蓮華つらなり咲きつづく…………

その2　天の架け橋

七合目田の原に法螺貝が響き渡った。山伏が三笠《みかさ》山入口の階段途中に立ち〝一番法螺〟をあたりに響かせたのだ。着ている羽織が白と藍の市松模様なので一目で出羽三山の山伏と判る。小関だ。仙台上空に出現した金龍に祝福の法螺を吹いた男、小関がやって来ている。

山伏の世界では、早朝山々に響く一番法螺は〝起床〟〝始まるぞ〟との意味を持つ。その後しばらくしてからの二番法螺は〝準備しろよ〟というような合図らしい。そして三番法螺で〝出発しろ〟〝集合〟と招集をかける。音の出し方が一番、二番、三番では微妙に違うらしいのだが、素人が聞いても区別はつかなかった。

いま田の原に響いた一番法螺は、まあ〝準備はすんだか〟というようなことであろう。

田の原山荘で眠っていた言納が小関の一法螺で目を覚ました。ちょうどそこへ健太がやって来て、

「おい、そろそろ起きろ。あっ、起きてたのか」

と、目覚めたばかりの言納に声をかけた。

「いま何時なのかしら」

言納が自分の腕時計を見るより先に健太が答えた。

「五時十分」

「えー、どうして起こしてくれなかったのよー」

「起こしたよ、三回も。けど起きなかったもん」

「あれ………」

急にトーンが下がり言納がしぼんだ。

昼前に山頂から田の原に戻った二人はその日の宿となる田の原山荘にてひと眠りすることにした。山荘の食堂では健太に付き合いビールを飲んだ。山登りの後のビールは旨い。気が高ぶっていたのだろう。たくさん飲んだ。

午後からは祭りの参加者が続々と集まって来るはずなので、健太はアラームを三時にセットし畳の上で横になった。言納は部屋の隅で毛布にくるまりすでに寝息をたてている。

そして三時。アラーム音に起こされた健太は言納の体を何度か揺すってみたが起きない。それでそのまま寝かせておいたのだ。途中二度様子を見に来たがやっぱり反応がなかった。

「準備に行かなくっちゃ」

「もう大体済んだ。あとは細かなところを最後にチェックすればいいよ。生田さんたちがほとんどやってくれたから実はオレも何もしてないけどね。それより着替えろよ。そろそろ暗くなるぞ」

旧暦七月七日、大空に天の川の流れが映し出されるころ、祭りは始まる。健太が仙台で思いついた織姫瀬織津の復活祭だ。ついでに彦星との仲も取り持つ。

この祭りが天まで届けば、今後織姫と彦星は七夕だけでなく年中自由に行き来できるようになる…………かもしれない。無理矢理引き裂かれた歴史をここで戻す。

もともとは古代中国で生まれた物語。

働き者のおりひめ〝織女《しょくじょ》〟とひこぼし〝牽牛《けんぎゅう》〟は天帝によって結婚をさせてもらったが、遊びほうけて仕事をしなかったため怒った天帝が二人を引き離したという。それで年に一度だけ会うことが許可されたというお話。

ウソだ。どちらか一方がワルだったのならもう一方も感化されることもあるであろうが、もともとおりひめ〝織女〟もひこぼし〝牽牛〟も働き者だったのだ。そしたら結婚したって働くに決まっている。

まあそれはいいんだけども、この話が少しずつ形を変えてアジア各地に伝わった。

願い事を短冊に書いて笹竹につるす七夕祭りは奈良時代、宮中の儀式として行われるようになったらしく、それが江戸時代になると庶民にまで広がったという。

中国ではいざ知らず、健太は織姫を瀬織津姫、彦星をニギハヤヒ尊としてこのたびの祭りを思いついた。不当な理由で引き裂かれているところなどそっくりだ。

したがって七夕の夜、離ればなれにさせられた二人の玉し霊を結ぶ。結魂式として。

健太と言納はこの式で司会を務める。

が、しかし結魂式というような契約こそが神々への呪縛になってしまうのではないかと考えた健太は、密かに内容の一部を変更していた。

そろそろ時間だ。

健太はシャツに蝶ネクタイを付け、借りもののタキシードに身を包んだ。少々袖が長い。けどまあいいや。いずれにしても山小屋には似つかわしくない出で立ちなのだから。

「先に行くよ。下で待ってるから」

健太が山荘入り口でプログラムを確認していると、化粧をほどこしラベンダーのドレスを身にまとった言納が階段を降りて来た。

（えっ）

健太は言納を一目見た瞬間我が目を疑った。

（これがあの言《こと》なのか）

「ごめん、待たせちゃって……どうしたの？　顔に何かついてる？」

「つ、ついてないよ」

見違えるほどの美しさについつい見入ってしまっ

たのだ。もう完全に大人だ。こうなると並んで歩くのがはずかしい。

山荘入り口の階段を先に降りて行くと、そこには生田をはじめ大勢の参加者が集まっていた。準備は整ったようだ。

皆が一斉に言納に注目した。一緒に参加してくれることになった同級生たちは〝ステキー〟〝カッワイー〟と着飾った言納を冷やかしている。その中でひと際《きわ》大きな声で叫ぶ女性がいた。

「言納ちゃーん」

言納が声の出所を探した。こちらに大きく手を振っている女性からだ。

「えー、どうしてー？　うれしいです。ねー、ケーンタ。ケーンタってば。こころさんよ」

仙台からこころが駆けつけていた。

「ひとりで来て下さったんですか」

「違うわよ。あの人について来たの」

こころはそう言い、大鳥居の前に立つ山伏を指した。そこには小関が立っていた。

すると言納のすぐ脇にいた生田が驚いた。

「えっ、小関と一緒に来たのか、こころちゃん」

「そうよ」

「なんだ、二人はつながってたのか」

生田と小関は若かりしころの行仲間で、今でも親交が深い。今回小関を信州まで呼び寄せたのは、他ならぬ生田だったのだ。

「何だ小関、女性同伴だなんてひと言も言ってなかったのに。めずらしいこともあるもんだ」

すると言納が、

「あら、生田さんだってどなたかお連れになってるんじゃないんですか。うしろのお美しい方とかを」

そう言って生田のうしろに立つ女性に軽く会釈した。

「ああ、言納ちゃんに紹介するよ。彼女がうちのテラスから落ちて肋骨を折った那川さん。照明と音響は彼女が全部セッティングしてくれたんで助かったよ」

「那川と申します。このたびはおめでとうございます」

言納は顔から火が出る思いだった。本来ならば自分たちが中心になってやるべき仕事。なのに何もせず眠り続けていたのだから。

「本当に本当にありがとうございます。あの、私、あーもうバカバカバカバカ」

出た。山登りで疲れたため充電切れらしい。体のどこかでインジケーターランプが点滅しているかもしれない。

こころと健太はその様子を見て、ゲラゲラと腹をかかえて笑っていた。

それにしても大勢が集まった。当初は二十人かせいぜい三十人ほどでこじんまりとやるつもりであったが、ここにいるだけでその倍はいる。駐車場で待っている人も含めると確実に百人を越す。にぎやかな晩になりそうだ。

と、そこへ小関の吹く〝一番法螺〟が響いた。

〝みんな集まれー〟の合図だ。

＊

東京から一人で参加した奈々子が笙《しょう》を奏でながら会場となっている駐車場をぐるりと一周した。こうすることで場の気を整えたのだ。

祭壇前に戻り深々と二礼すると、再び奈々子の笙から美しい音色が流れ出た。平調《ひょうじょう》の音取《ねとり》、つまりこれから演奏いたしますという合図である。彼女は普段から結婚式や神々の祭りなどでも笙を奉納している、いわば雅楽のプロなので、その音色の美しさは聴く人の心を打つ。それまでざわついていた会場が静まった。

引き続き越殿楽《えてんらく》が演奏されると、いよいよ祭りの始まりだ。

奈々子が祭壇前から下がると、合わせたように小関の〝三番法螺〟が響いた。那川が一斉に照明を入れる。

ドンドコドコドコ、ドンドコドコドコ、ドンドコドンドコドンドコ……和太鼓の激しい震動とリズムがあたり一面に轟く。

御嶽山頂にも届くであろう和太鼓は、岐阜県側の入口、小坂の厳立《がんだて》太鼓である。見事なチームワークだ。この震動の中に身を置けば否が応にも気持ちは高ぶってくる。

参加者はもちろん、ものめずらしそうに遠巻きに見ていた登山客もリズムに合わせて体を揺らしている。脇に出て踊る者、鈴を振る者、酒を呷《あお》る者、端《はな》から直会《なおらい》のような祭りだ。けど、これでいいのだ。

ドンドコドンドコ　ドンドン。

厳立太鼓が終わるとあたりに静粛が戻った。と同時にライトが落とされ、祭壇脇に立つ健太と言納だけが照らし出された。ラベンダーのドレスをまとった言納は藤の花の房のようだ。

二人はまず祭壇に向かい一礼すると、次に参加者に向かって同じことをした。

「それでは只今より……もう始まってますけれど、彦星天照国照彦《アマテルクニテルヒコ》と織姫瀬織津姫の〝橋渡しの儀〟を始めます」

一斉に拍手と歓声があがった。すでに酔っぱらってるのが十人ぐらいいる。が、それもよし。それに今夜は特別だ。大いに神の名を呼ぼう。

言納が一人祭壇の前に立った。天を仰いでいる。そして天の川に心を込めて一礼した。祭壇は方角としては御嶽山山頂を向いているが、実は天に向けてのものなのだ。

次は言納の晴れ舞台だ。

以前大和の国の大神《おほみわ》神社で
『用意しておるぞ
晴れの舞台を』

と言われていたのはこのことなのであろう。

『ヒトフタミイヨ　イツムユナナヤ

ココノタリ

人が堅く誓い立て
二見の浦から
世に向け出づれば
慈しむ　愛が人々
結ゆ絆
七重のひざを
八重に折り
個々の直霊《なおひ》が迎える夜明けは
足りぬ慈悲なき世となれる

一人の誓い
百の玉に智恵を授け
千の玉に勇気を与える
万の玉に共鳴すれば
⊕の力　至るぞ臨界点

ヒトフタミイヨ　イツムユナナヤ
ココノタリ』

天の数歌言納バージョンに続き、瀬織津祝詞をあげた。ほんの一部分だけ信州仕様にして。

『マハリテメグル
マハリテメグル
マハリテメグルハアメノミチ

まわりてめぐるは天の道
地下の水脈　龍の道
清めて歩むが人の道
これでぐるりと気がめぐり
御星《みほし》の生命《いのち》のよみがえり

龍体日之本　あけぼのを
千歳幾《ちとせいく》とせ　待ちわびて
揃うた御柱《みはしら》　寄り添う日

金色《こんじき》の龍が天を舞う
架けよ御橋を天の川

ヒフミヨイムナヤコト
ヒフミヨイムナヤコト
ヒフミヨイムナヤコト

御星《みほし》の御心《みこころ》　高天《たかあま》の原《はら》
龍体日之本　神降地《かみこうち》
銀河の夜明けの幕開き
日之本開闢《かいびゃく》　尾張始まり
信州清める　言《こと》の霊《たま》
響かせめぐるは言納霊
木曽御嶽にて橋渡しの儀
銀河の秩序を保ちたもう
銀河の秩序を保ちたもう

ヒタフタミイヨ　イツムユナナヤ　ココノタリ
ヒタフタミイヨ　イツムユナナヤ　ココノタリ
ヒタフタミイヨ　イツムユナナヤ　ココノタリ
モモチヨロズ

⊕

心よりお祝い申し上げます』

言納が再度、天の川に向かって一礼した。

静かに聞き入っていた参加者の中には感激のあまり涙を流しつつ天を仰ぐ者もいる。

やがて一人、二人、三人と言納に拍手を送り始めると、次の瞬間には天まで届くほどの盛大なものになっていた。

ドンドコドンドコ　ドンドンドドドン
ドドンドドンドド　ドンドンドドドン
再び厳立太鼓が轟いた。これでまた歌えや躍れやが始まり、あとは盛り上がる一方だ。

厳立太鼓の後も各地から集まったアーティストや奇人たちが芸を披露した。

「ねえねえ」

言納が健太をそっとつついた。

「彦星はニギハヤヒ尊なんだから、どうして〝彦火《ヒコホ》明《アカリ》〟って言わなかったの？　織姫瀬織津姫と彦星彦《ヒコ》火《ホ》明 命《アカリノミコト》って」

「この祭りは日之本開闢を祝っての祭りなわけじゃん」

「そうね」

「ヒノモトカイビャク。これで226。アマテルクニテルヒコ。同じく226なんだ。ピッタリだろ」

「すっごーい」

「それにね、セオリツヒメの143とアマテルクニテルヒコの226を合わせると……」

「合わせると？」

「369。ミロクになるんだな、これが。人類の⊕エネルギーが臨界点に達したときに降りてくる高度精神次元こそが、ミロクの世をこの世に体現させるものなんだからバッチリだろ」

「ニギハヤヒ尊と瀬織津姫が揃うことでミロクの世なんて素敵すぎる。よく気付いたわね」

「まあね。けどまだあるよ。七夕（タナバタ＝119）に天（テン＝20）で織姫（オリヒメ＝111）と彦星（ヒコボシ＝119）が出会う。全部合わせて369。すごいだろう」

「………なんだか涙出てきちゃう。じゃあ祭壇の両端の鶴と亀の置き物も意味あるんでしょ？」

「判った？　ツルは61、カメは40。統《す》べらせて、というか和合させて101。その和合がワゴウで101。〝中和合一〟の真ん中に101があるってこと。ではこのたびの立て替え立て直しで世界の真ん中にあるのは………日之本だろ。ヒノモト、これが101。日之本は〝鶴＋亀〟だったってこと。あっ、ほら終わる。次の人の紹介だぞ」

言納は祭壇横まで出て行き、マイクを手にした。

「ありがとうございました。名古屋から来て下さったお二人でした。………はい、では次の方なんですけど、またまた魅力的なお客様です。沖縄からいらしたんですよ、わざわざこの日のために。紹介します。チーコさんです。チーコさんはですね………」

チベット寺院チャンバリンで出会ったライアの女性がチーコだ。言納はあの日以来、時おり電話でやり取りをしており、今回の参加は言納の方から依頼したのだった。


言納がチーコを祭壇前に呼び、いくつかの質問をしている間、健太は言納のうしろ姿を見つめながらいよいよ覚悟を決めようとしている。

実は健太も苦しんでいた。言納が健太から遠く離れることを拒んでいたように、健太も言納を札幌へ帰さずにすむ方法を探しつつ悩み続けていた。

しかし、もしそうするための名案が見つかれば札幌に暮らす言納の家族はどれほどがっかりすることか。今年の正月、札幌の家で言納の両親と顔を会わせているので、よりその悲しみを察してしまう。それにだ。仮に家族は説得できたとしても玉し霊のお役はどうなる。放棄させるわけにはいかないし、無理にそうさせる勇気もない。

何年か経ってから迎えに行こうか。それとも人生のいっときだけのパートナーなのか………と。

ところが本日夕方、そんな思いをぶち壊す出来事が起きた。言納が山荘で眠っている間のことだ。

健太は会場作りの準備で祭壇の飾りつけと供え物の用意ができあがると、あとは何もやることがなくなってしまった。電気を必要とするものは生田と那川にまかせてあったし、受け付けや食事の用意も人手は足りていた。

そこで健太は一人三笠山まで参拝に行ってくることにしたのだ。途中役行者も神変大菩薩《ジンベンダイボサツ》として祀られているし、六五〇万年前に南無天満大慈紫須天神《ナムテンマンダイジシステンジン》サナートクマラと共に金星より飛来した神々は、御嶽山頂よりもむしろ三笠山に多くが降りていたのだから。

厳かだった。

御嶽山山頂での神と同じか。白髪の老翁の姿が幽《かす》かに見えたような気がした。

『世に誓願《せいがん》を立ておろう
知らぬと云うても己れの魂《たま》は
しかと覚えておるわいの
何故に出会《でお》うておるのかも
魂《たま》の地図には印《しる》されて
己れの誓願それぞれが
果たさんがための導きを
受けて今ここ生きおろう

不思議偶然なきことを
今や知りたる魂《たま》なれば
出会いの謎も解けおろう

何をかの
悩みておるか今ここで
そなたも己れを信頼し
そろそろ不惑となりぬべし』

健太にはこれも少し難しかった。〝誓願を立ておろう〟からして恐ろしげだ。

しかしこの中で健太の心にグサリと刺さる御言葉があった。

〝何故に出会うておるのかも　魂の地図には印されて〟〝出会いの謎も解けおろう〟そして〝そろそろ不惑となりぬべし〟だ。

どちらとも解釈できる。言納とは学びのためにいっときパートナーとして縁があったのだとも、生涯を通じてのよき伴侶だとも。

しかし健太は都合よく考えることにした。要するに誓願を立て、それを果たせばいいんだろ、と。そうするためには言納が必要なんだ、そろそろ不惑となりぬべし。

ちょーっと違うような気もするが、いいぞいいぞ。

それでいよいよ健太は覚悟を決めるために言納のうしろ姿に誓いを立てていた。

（言納が北の大地に戻らず、玉し霊のお役を果たさなかったことへの報いはすべてオレが背負う。だから絶対に札幌へは帰さない。すべてオレの責任でそうする。よし、決めた）

今日の言納は美しい。人前では緊張するであろうと思っていたが、大勢を前にして堂々と司会も務めている。そんな魅力的な姿が健太に決意をもたらしたのだ。

「それではチーコさん、お願いします」

ライアから放たれるまろやかな音色が夜風に乗って人々の心に響いている。心地よい音だ。

♪ナームー　カンノンボーサアライー

ナームー　カンノンボーサアライー

観音ンーボサーツーノ　慈悲ノータメー

言納は参加者たち全員がスポットライトの当たるチーコに注目していることを確認すると、暗がりのなか健太のもとへやって来た。そして、何も言わずに健太の頬にそっとキスをした。

それはまるで健太の心中をすべて見抜いているようだった。

*

木曽御嶽上空。

ここでも数多くの神々が集い、地上の祭りの様子を窺《うかが》っていた。もちろん酒あり踊りありの天界の宴を繰り広げつつ。

　集った神々の中心に国常立尊《クニトコタチノミコト》がいる。まわりには乗鞍岳、白山、八ヶ岳などからやって来た神々もいた。三笠山側には役行者が多数の神仏、天狗を引き連れて祭りを楽しんでいた。

　国常立尊のまわりの神々に混じり、地上で活躍する我がミタマ持ち言納を見護る言依姫の姿もあった。晴れの日、晴れの姿の晴れ舞台を誇らしげな思いで見ている。

　ニギハヤヒ尊と瀬織津姫は今回の祭りの主役。五色の布に縁取られた雛壇に乗っていた。

　そこへふいにサナートクマラが現れた。

　国常立尊らにとっては六五〇万年前、金星より共に降臨した仲間であり、西・鞍馬三六神、東・御嶽四八神、計八四神と大勢の眷属から成る御主穂《ミスホ》の霊団のボスである。

　当時はサナートクマラの名ではなく、南無天満大《ナムテンマンダイ》慈紫須天神《ジシステンジン》として。そして、共にやって来た霊団の仲間には、こと座のベガとわし座のアルタイルからの神もいた。ベガは織姫、アルタイルは彦星だ。

　サナートクマラが言依姫のもとに来た。緊張感が漂う。御主穂の霊団の仲間はともかくとして、言依姫にとってサナートクマラはおいそれと近寄れるような存在ではないのだ。

「あの娘がミタマ持ちか」

「はっ、はい」

「北の大地にて出雲の神々を護るお役であったな」

「その通りでございます」

　サナートクマラは瞬間的に地上の言納に目をやると、言依姫に伝えた。

「本日をもってそのお役を解く」

「えっ…………」

　あまりに突然のことなので言依姫はおろおろするばかりだ。

「あ、あの、お言葉ですがそれはいかなる理由によるものでございましょうか」

「…………」

「もし至らぬところがあれば、わたくしが責任をもって育ててまいります。どうかそのような処置はお許し下さいませ……」

それでもサナートクマラは何も語らない。

言依姫はニギハヤヒ尊に助けを求めた。しかしニギハヤヒ尊は察することがあり、言依姫に向かって黙ったまま小さくうなずいた。

言依姫はもうどうしていいのか判らない。

そこへサナートクマラが語った。

「本日より尾張の地を起点に閉ざされた龍の道を通すお役をあの娘に命ずる。この先もその道を歩め。日之本が再び閉ざされぬよう。大きなお役だ。……

……銀河の秩序を保つ力にもなる」

「うっ………」

言依姫はサナートクマラの配慮に涙を抑えられなかった。

「申し訳ございません、おはずかしいところを……
……。あの、お聞きしたいのですが、なぜそれほどまでのお心遣いを……」
「馬頭観音からの直訴だ」
馬頭観音も紫須天神サナートクマラと共に地球にやって来た御主穂の霊団の一員だ。金星へはオリオン座の馬頭星雲から飛来した。
馬頭観音は龍泉寺で言納にこう伝えていた。
『77をめざせ
人類を77まで引き上げる
それがお前のお役ぞ
向かえば望み叶えてやるぞ』
サナートクマラが続けた。
「あの者からも願い出があった」
言依姫がそちらを向いた。
「建御名方《タケミナカタ》様………」
諏訪大社前宮でも建御名方神は、

『奪う者には得となり
与う者には徳となる
やがて積んだ徳によりて
望み叶うる天《アメ》の摂理
マハリテメグル徳の道』

と。

言納は精一杯努力した。望みを訴えることなく神の意に乗り自らを活かした。それで望みを叶えてもらえることになったのだ。

神仏はその人の望みを知っている。何を欲しているのかを。人はそれを訴えることなく辛抱しながらもやるべきことに目を向ければ、成した分だけはちゃんと望み叶えてもらえるのだ。

一昨年、ここ御嶽の七合目遙拝所で言納は国常立尊からこんな教えを受けていた。

『神が支え　神を支えの　神と人
支えに気付いて下されよ
支えになっても下されよ
火足《ヒダ》りと水極《ミギ》りで　神と人
交互に支えておるのだぞ』

神の思いを知り地上で働く言納。言納の望みを知り天界で根回しする神。これが火足《ヒダ》りと水極《ミギ》りの関係。つまり左足が前へ出るときは右足が支えになり、右足が一歩進むときは左足が支えるように、神と人、互いが支え合って尊び合う。これがミロクの世だ。

これで言納は卒業後も尾張の地に留まる正当な理由ができた。

おめでとうございます。

「もうしばらく見護る必要があるな」

サナートクマラが言依姫に向けた言葉だ。

「………ありがとうございます」

今度は言依姫もその意味するところを察した。つまり、今後もしばらくは言納を見護る必要があるため、引き揚げ命令を延期するということだ。

「このたびは大いなる……」

言依姫が改めて礼を述べようとしたが、サナートクマラの姿はもうなかった。

そしてそこには〝101〟の数字だけが残った。
101、これを〝祝い〟と読む。101《イワイ》だ。

*

地上の宴もいよいよ佳境に入ろうとしていた。大取りを務めるチーコのステージも残すところあとわずか。

ライアにのせた歌声に人々はゆったりと体を揺らしている。

♪マハリテメグルハアメノミチ

赤と青の御柱立ちて
開く開くよ日之本が
金の龍が籠の鳥出し
女夫《めおと》揃うためでたき日
藤の花が咲きほこり
出《い》でた出《い》でたは織姫よ
すでに出でたる彦星が
姫を迎える橋渡し

突然参加者の一部がどよめき立った。何人かは天を指さしている。

「あれ何？」

「げっ、すっげー」

彼らにつられ他の者も次々と天を仰いだ。すでに全員がそうしている。

健太と言納も、そしてチーコもライアを弾く手を止め天を見上げた。

「どうしてなの」

「何で夜に虹が出るんだ」

そう、天の川に虹が架かっていたのだ。短く淡い虹だがはっきりと見える。

虹は天の川をまたぐとすぐに消えているが、よく見ると虹の両端にはひときわ明るく輝く星がひとつずつまたたいている。

ひとつは大空で最も明るく光る青白い星、ベガ織姫で、もうひとつはベガに続き二番目に明るく輝く黄色っぽい星、アルタイル彦星だ。

見事、織姫と彦星を結ぶ橋が天の川に架かった。

橋渡しの儀、完了。

またまたおめでとうございます。


一九九八年、太陽暦での七月七日だが、日本が打ち上げた衛星「おりひめ」と「ひこぼし」が宇宙空間でドッキングに成功した。すでに人々の記憶からは薄れてしまっているであろうが、無人衛星のドッキングとしては世界初のこととして当時はニュースでも大々的に取り上げられたものだ。

いま、ここで天の川に架かった虹の橋についてはは百数十人の目撃者しかいないが、いつまでも彼らの記憶の中に残り続け、そして人々に語り継がれることであろう。

こうして、各地で沸き起こった〝神と人を結ぶ祭り〟がいよいよ人々の意識を高め、やがて人類の㊉エネルギーは臨界点に達することになる。

人類と銀河よ、弥栄《いやさか》。

♪カントリーロードゥ
テイクミーホーム
トゥーザプレイス
アーイビローング

エンディングテーマが流れてまいりました。曲はカントリーロード。ジョン・デンバーよりもオリビア・ニュートン・ジョンの方が日本では馴染みがあると思われますので、そちらで。

♪ウェストヴァージニア
マウンテンママーア
テイクミーホーム
カントリーロードゥ

円空仏ってどんなのかしらと思ったから調べてみたら、うちの近くにもあったのでびっくりしちゃった。それですぐに見に行ったらとっても可愛かった。

それにしてもすごいわね、生涯で十二万体も彫ったなんて。いつかは私も星宮神社や高賀神社へ円空さん見に行ってみたいな。誰か連れてってくれないかしら。私には円空さんの悟りなんて判りっこないけどね。

東谷山《とうごく》っていうところで出た〝十五〆九三〟ってすごいことだったのね。あんなふうに解明する言納ちゃんってあこがれちゃう。

そうそう、一番驚いたのは玉置神社で龍に乗っちゃったこと。すごすぎるう。それに鞍馬山の空中神殿もびっくり。目には見えないけど、本当にそんなことってあるのね。夢の中でもいいから私も行きたい。神様、まじめに学校行きますから、私にも一度そんな世界見せて下さい。〝もったいない〟もちゃんと実践していきますから、お願いっ。

ロバートがやって来たと思ったら大変なことにな

っちゃった。ニューヨークのテロが自作自演なんてショックが強すぎていまだに信じられないわ。世界中であんなことが行われてるのかしら。もし本当だとしたら絶対に許せない。けど〝礼儀〟とか〝ありがとう〟が日本を救ってくれるんだったら、私も大切にしていかなきゃね。それから、ケータイもあんまり使わないようにして、これからはなるべく家電《いえでん》使おっと。

白山行きたーい。私もエネルギー感じるかしら。天狗さんにも会いたいし。今まで天狗ってもっと恐ろしいのかと思ってたけど、そうじゃないのね。

平泉寺の白山神社のところは読んでてこっちまで緊張しちゃった。だって激しい雨は降るわ雷は落ちるわなんだもん。でも神様から祝いの宴をしてもらうなんてすごいことね。

私はそんなことにならないから大丈夫だと思うけど、まいたたけの天ぷら定食は食べに行かなきゃね。

それまでに天の数歌の言納ちゃんバージョンを憶えておこっと。そうすればお参りのときにどうしていいのかって迷わなくて済みそうだから。人が堅く誓い立て……あれっ、次何だっけ。

厳龍さん死んじゃって悲しかった、って言うより悲しんでる言納ちゃんが可哀想だった。

四国を歩いたのは偉いなって思ったけど、あんなことになっちゃって……。

でもよかった。助けてもらえて。どうなっちゃうのか本気で心配しちゃった。

それにしても菊理媛さんに見せてもらったヴィジョンは凄かったわ。日本地図をそんなふうに見たことなかったもん。思わず定規で線引いちゃった。けど、いいなあ。健太君みたいな彼氏がいて。私もどこかお参りに行くと出会えるかしら、ステキな人と。どうせ行くんだったら菊理媛か瀬織津姫がお祀りしてあるところがいいかしらね。それともニギハヤヒ尊の方がいいかしら。ちょっと動機が不純だけどいっか。

やっと仙台に行けた。よかった。瀬織津姫もうれしかっただろうな。それで青の御柱っていうのが立って龍神さんが現れて。金龍って白い龍と青い龍が合わさると出るのね。へーって感じ。だってよく判んないんだもん。

四国が籠だったってのも不思議だったけど、金龍が銀の鳳凰を出したのはもっと驚いちゃった。でも何だかとっても楽しかった。日本ってすごい国なのね。

言納ちゃんがもらった勾玉、うらやましかったりして。私も欲しいから今度どこかで買おうかな。本当は誰かプレゼントしてくれれば一番嬉しいんだけどな。

戸隠って前から私も気になってたの。行ってみたいなって。でも、思いもよらないことになっちゃって、和也っていう人まで死んじゃうんかって思った。それじゃあ琴可さんや赤ちゃんが可哀想すぎる。だから助かってよかった。ちょっと落合信彦の小説を読んでるみたいだったけどロバートってカッコいいのね。いつかは私も世界をまたに掛けて活躍できたらいいな、憧れちゃう。それにはやっぱり英語ぐらいは話せないとね。よし、英会話スクールに行こう。

そうだそうだ。熱田神宮の楠のところにあるスポットって私が行ってもアセンションできるのかしら。それは無理か。あーあ、せめてドラえもんの〝どこでもドア〟でいいから欲しいな。駄目ならタケコプターで我慢するから欲しいよー。

御嶽山での神様の御言葉はちょっと感動。あそこのところコピーして持っていようかな。何かいいことありそうだもん。でも、そんなことするより自分が輝けばいいのね。私にだってできるはずだわ。今は石くれみたいになっちゃってるかもしれないけど、本当は私だって宝珠のはずなんだもん。よし、明日からはもう絶対に人の悪口や不満を言わない。それで目に映るすべてを祝福してみよ。ちゃんと蓮の華が咲くかしら、私の通ったあとにルイルイと。
田の原のお祭りは私も参加したい。参加費払ってでもいいから行ってみたいな。ステキだろうな、天の川の下であんなお祭りができたら。ついでに登っちゃおっかな、御嶽山のてっぺんまで。頑張れば私も行けるかも。その時はジャムパン忘れないように持って行こっと。

♪ウェストヴァージニア
マウンテンママーア
テイクミーホーム
カントリーロードゥ
テイクミーホーム
カントリーロードゥ
テイクミーホーム
カントリーロードゥ

言納ト健太ノ龍ノ道ハ　始マッタバカリ
ケド　臨界点ハ　コレニテ完
イツノ日ニカ　マタ会イマショウ
ソレデハ　御機嫌ヨウ

■参考文献

『仏尊の事典』関根俊一編　学習研究社
『アメリカは巨大な嘘をついた』ジョン・コールマン　成甲書房
『アメリカに巣くう闇の世界権力はこう動く』中丸薫　徳間書店
『二〇〇七年の地球大波乱』宇宙の法則研究会＋渡邊延朗
『おい、ブッシュ、世界を返せ！』マイケル・ムーア　アーティストハウス
『円空』里中満智子構成・木村直巳作画　岐阜県
『今日ってどんな日』中野昭夫・松形安雅　ＪＭＡＭ
『日本史歳時記三六六日』小学館
『詳説　日本史研究』山川出版社
『古神道入門』小林美元　評言社
『神々の黙示録』金井南龍　徳間書店
『脳のしくみ』岩田誠監修　ナツメ社
『９・11テロの超不都合な真実』菊川征司　徳間書店５次元文庫
ＣＤ『観音楽』小嶋さちほ　ラクシュミーレコーズ

■著者紹介——深田　剛史（ふかだ　たけし）

一九六三年（昭和三十八年）十月十七日生まれ。名古屋在住。一白水星。B型。
名古屋名物〝あんかけスパゲティ〟を全国に広める会　会長。
〝♪ふるさと〟を国民の歌にする会　代表。

主な著書　『数霊』（たま出版）
　　　　　『数霊　日之本開闢』（今日の話題社）

本人、不真面目な性格のため、他に記すことなし。

趣味——前作の著者紹介で〝たくさんあるけど秘密〟と書いたら、だったら始めっからそんなこと書くなとの投書が五万通ぐらい届いたので、はずかしいけど少しバラす。
……ハード・ロック＆へヴィー・メタル、アルペンスキー〝ホワイトサーカス〟、ASローマとアルゼンチン代表、バレーボール女子、それとムシキングだ。悪いか。
最近うれしかったこと——たくさんありすぎるから全部省略。

最近腹立たしかったこと――電話した先の音声ガイダンスも腹立たしいが、その音声ガイダンスから電話がかかってきたこと。キレそうになった。あれ、法律で禁止しろ。

最近心に決めたこと――青梅の春ちゃんと渋谷でローリング・ストーンズの映画を観た。ブライアンの物語だ。その中でブライアン・ジョーンズもキース・リチャーズもカッコ良くタバコを吸っていたので、二年前にやめてしまったタバコをこれからは一所懸命吸うことにした。

最近うんざりしていること――この期に及んでまだ〝どうしてケータイ持たないんですか〟と聞かれる。嫌なの、判る。今後そのての質問は一切無視する。

目指すぞ！　ケータイを持たない最後の日本人!!

最近感動したこと――『数霊』（たま出版）の原稿を書き終え、出版してくれるところを探してるころのこと。ある音楽関係者から美しい女性を紹介された。彼女は歌手を目指しているという。何度か会ううちに、お互いの世界で必ずメジャーデビューしようね、と誓い合ったものだ。

あれから三年半、彼女は武道館をファンで埋め、大晦日の紅白にも出場した。おめでとう。

あなたは着実に大きくなっていき、おじさんは着実に変人になっていっている。

最近困っていること――全国各地から講演を依頼され……ああ、そうそう、全国の皆さん、いつもありがとうございます。で、依頼を受ける際に、

「あのー、講演会が終わってから食事会をしたいと思うのですがよろしいですか」

「ええ、もちろん」

「何かお好きでないものはございますでしょうか」

「パクチー」

というわけで、そっち系の料理が出てくることはないのでそれはいい。問題はそれ以前にある。

約束の時間までに会場へ行くと、

「遠いところ、よくおいで下さいました。どうぞお茶でも」

と、一緒にたいていは和菓子が出てくる。実は〝あんこ〟が食べられない。あんかけスパゲティの〝あん〟は毎日のように食べているのだが、まんじゅうの〝あん〟はダメなのだ。食べると歯が痒《かゆ》くなる。それだけではない。舌の表面がモゲモゲしてくる。さらにのどの奥がゲシゲシしちゃって、同時に起こるとモゲシモゲシだ。

「これは近所でも評判のおまんじゅうですのよ。遠くから買いに来るお客さんもいるので午前中に行かないと売り切れてしまいますの。今日は先生のために娘が朝一番で買ってきてくれましたのよ」

なーんて言われちゃったりするもんだから必死の思いで食べるのだが、ときどき気を失いそうになる。

伊勢名物〝赤福〟はヘラであんこを全部削《そ》いでから餅だけを食べるし、京都の生八ツ橋だってあんこを取り除いてから皮だけを食べる。できれば微かに残るあんこの存在を完全に消してしまいたいのだが、そこまでやるのは面倒なのでそのまま食べるとやはりモゲモゲしてきていつも後悔する。

一度名古屋名物〝納屋橋《なやばし》まんじゅう〟の皮だけを剥いで食べたことがあった。あれは酒が染みていてなかなか旨い。で、皮を食べ尽くした後、残ったあんこの塊《かたまり》を箱の中へ戻しておいたらカミさんが激怒していた。もうできない。

まあそれはともかくとして、どうかまんじゅうやぜんざいだけは控えていただけませんでしょうか。

最近楽しかったこと——恋をした。久しぶりの恋だったので毎日が楽しくて仕方なかった。

最近悲しかったこと——四回目のランチデートをした日の夜、電話がかかってきてフラれた。いくつになっても失恋というのは悲しイテテテ、イタイイタイ、イタイって、何すんだ。

「おい」

「ゲッ、ジイか。もう本文は終わったぞ」

「お前なあ、恋だのデートだのと世間に公表できる立場か、バカタレ。カミさんにバラすぞ」

「いいけど。バラしたって問題起きないと思うよ」

「何だとー。カミさんは知ってるのか、そのこと」

「52って」

「何じゃそれは」

「ご自由にどうぞって」

「ハーッ、やれやれ。銀河の秩序どころか家庭の秩序からだなあ、お前んところは」

※この作品はフィクションであり、実在の人物・団体・事件等とは一切関係ありません。

数霊《かずたま》 臨界点《りんかいてん》

二〇〇七年二月二十二日　初版発行
二〇〇八年八月二十二日　第二版発行
二〇一〇年五月二十二日　第三版発行

著　者　深田剛史　ふかだ　たけし
装　幀　谷元将泰
発行者　高橋秀和
発行所　今日の話題社　こんにちのわだいしゃ
東京都港区白金台三・一八・一　八百吉ビル4F
電　話　〇三・三四四二・九二〇五
FAX　〇三・三四四四・九四三九

印　刷　互恵印刷
製　本　難波製本
用　紙　富士川洋紙店

ISBN978-4-87565-573-2 C0093　JASRAC出0616074-601